D0889418

LA LISTE DE FREUD

GOCE SMILEVSKI

LA LISTE DE FREUD

*Traduit du macédonien
par Arthur et Harita Wybrands*

RETIRÉ DE LA COLLECTION UNIVERSELLE
Bibliothèque et Archives nationales du Québec

belfond

Titre original : *SIGMUND FREUD'S SISTER*
publié par Dijalog, Macédoine

Retrouvez-nous sur
www.belfond.fr
ou www.facebook.com/belfond

Éditions Belfond,
12, avenue d'Italie, 75013 Paris.
Pour le Canada,
Interforum Canada, Inc.,
1055, bd René-Lévesque-Est,
Bureau 1100,
Montréal, Québec, H2L 4S5

ISBN 978-2-7144-5129-3

© Goce Smilevski 2009. Tous droits réservés. Édition publiée
par l'intermédiaire de l'agence littéraire Pierre Astier & Associés.

© Belfond 2013 pour la traduction française.

Belfond | un département **place des éditeurs**

place
des
éditeurs

Première partie

UNE VIEILLE FEMME EST COUCHÉE dans l'obscurité de la chambre et, les yeux clos, fouille au plus profond de sa mémoire. Elle y trouve trois souvenirs : à une époque où, pour elle, bien des choses en ce monde n'ont pas encore de nom, un jeune homme lui tend un objet tranchant et lui dit : « couteau » ; à une époque où elle croit encore aux contes de fées, une voix lui chuchote l'histoire d'un oiseau qui se déchire la poitrine à coups de bec et s'arrache le cœur ; à une époque où le toucher lui parle plus que les mots, une main s'approche de son visage et lui caresse la joue avec une pomme. Ce jeune homme qui la caresse avec une pomme, qui lui chuchote un conte de fées, qui lui offre un couteau, c'est son frère, Sigmund. La vieille femme qui se souvient, c'est moi, Adolphine Freud.

« Adolphine, lance une voix dans l'obscurité de la chambre. Tu dors ?

— Non, je suis réveillée. »

Ma sœur Pauline est couchée près de moi.
« Quelle heure est-il ?

— Sans doute autour de minuit. »

Chaque nuit, ma sœur se réveille et recommence la même histoire avec les mêmes mots.

« C'est la fin de l'Europe.

— Ce n'est pas la première fois que l'Europe voit sa fin.

— On nous tuera comme des chiens.

— Je sais.

— Et tu n'as pas peur ? »

Je ne dis rien.

« C'était pareil à Berlin, en 1933 », poursuit Pauline. Je n'essaie plus d'interrompre le récit, je l'ai pourtant déjà entendu tant de fois. « Dès que le Parti national-socialiste et Adolf Hitler sont arrivés au pouvoir, les jeunes ont commencé à défiler dans les rues au son de la musique militaire. Et maintenant ils défilent ici aussi. Sur les maisons on voyait s'agiter les drapeaux et leurs croix gammées. Et maintenant ils s'agitent ici aussi. La radio et les haut-parleurs installés sur les places et dans les parcs diffusaient les discours du Führer, et maintenant ici aussi. Il promettait une nouvelle Allemagne, une Allemagne meilleure, une Allemagne pure. »

Nous sommes en 1938. Trois ans plus tôt, mes sœurs Pauline et Maria ont quitté Berlin pour revenir vivre dans la maison familiale qu'elles avaient désertée au moment de leur mariage. Pauline est presque aveugle et ne peut plus dormir seule. Maria et moi occupons la place à ses côtés tour à tour. Elle se réveille toutes les nuits, si bien que celle de nous deux qui partage son lit doit rester éveillée.

10

« Ce sera la même chose ici, poursuit Pauline. Et tu sais comment c'était, là-bas ?

— Je sais, dis-je d'une voix somnolente. Tu m'en as déjà parlé.

— Des gens en uniforme faisaient irruption le soir dans les familles juives, ils brisaient tout, ils nous frappaient et nous criaient de déguerpir. Celui qui ne faisait pas allégeance au Führer et osait protester publiquement disparaissait sans laisser de traces. Et on disait que tous ceux qui s'opposaient aux idéaux sur lesquels devait être construite la nouvelle Allemagne étaient conduits dans des camps où on les forçait à travailler comme des bêtes. On les torturait et on les tuait. Il en sera de même ici, tu verras. »

Je la crois, mais je me tais quand même, parce que chacun de mes mots l'incite à parler davantage. Il y a quelques semaines, les troupes militaires allemandes ont pénétré en Autriche et ont imposé un nouveau pouvoir. Pressentant le danger, notre frère Alexandre a fui en Suisse avec sa famille. Le lendemain, on fermait les frontières. Maintenant, ceux qui veulent quitter l'Autriche doivent s'adresser à un nouvel organisme qui délivre des visas de sortie. Des milliers de gens font des demandes, mais seuls quelques-uns obtiennent l'autorisation de quitter le pays.

« S'ils ne nous laissent pas partir librement, c'est qu'ils ont un plan pour nous », dit Pauline. Je ne dis toujours rien. « D'abord ils nous prendront tout, puis ils nous jetteront dans des trous. Ils les rempliront de nos corps. »

Il y a quelques jours, des hommes en uniforme ont fait irruption dans l'appartement de notre sœur Rosa.

Ils lui ont montré un document selon lequel on lui confisquait l'appartement et tous les objets qui s'y trouvaient.

« Maintenant, ce sont des officiers qui occupent les lits où dormaient autrefois mes enfants », a dit Rosa le jour où elle est venue s'installer dans la maison où nous vivons, Pauline, Maria et moi. Elle est arrivée avec quelques photographies et un peu de linge. C'est ainsi qu'à présent, nous, les quatre sœurs, vivons de nouveau ensemble dans la demeure de notre enfance.

« Tu m'entends, ils vont remplir des trous avec nos corps, dit Pauline à mi-voix.

— Toutes les nuits tu me racontes la même histoire.

— Et malgré cela tu ne fais rien.

— Qu'est-ce que je peux faire ?

— Tu pourrais aller chez Sigmund, essayer de le convaincre de demander des visas de sortie pour nous quatre.

— Et où irions-nous ?

— À New York, dit Pauline, dont la fille vit là-bas. Tu sais que Béatrice s'occuperait de nous. »

Quand nous nous réveillons le lendemain matin, il est déjà midi ; je prends Pauline par le bras et nous partons faire une promenade. Alors que nous marchons sur le trottoir, une file de camions nous dépasse. Ils s'arrêtent, des soldats en sortent et nous entassent dans l'un des véhicules. Le camion est déjà rempli de gens apeurés.

« Ils nous mènent à la mort ! s'exclame ma sœur.

— Non, nous vous amenons au parc pour jouer un peu avec vous », répond un des soldats en rigolant. Les véhicules circulent dans le quartier juif, celui où nous habitons, et s'arrêtent de temps en temps pour charger d'autres gens. Puis, en effet, ils nous conduisent dans le parc du Prater. Ils nous font sortir et nous obligent à courir, alors que nous sommes presque tous vieux et fatigués. Chaque fois que quelqu'un tombe d'épuisement, les soldats lui donnent des coups de pied dans les reins. Je ne lâche pas la main de Pauline.

« Épargnez au moins ma sœur, elle est aveugle ! dis-je aux soldats.

— Aveugle ! ricanent-ils. C'est l'occasion de s'amuser un peu. »

Ils attrapent Pauline et la forcent à marcher seule, les mains attachées dans le dos. Pauline fait quelques pas, puis heurte un arbre et s'effondre sur le sol. Je me précipite auprès d'elle, et je m'agenouille pour nettoyer le sang qui coule sur son visage souillé de terre. Le rire des soldats a la douce légèreté de l'insouciance, le son amer de la jouissance que procure la douleur d'autrui. Puis ils nous conduisent au bout du parc, nous alignent et nous mettent en joue avec leurs fusils.

« Retournez-vous ! » nous ordonnent-ils.

Nous nous tournons, dos aux fusils.

« Et maintenant, déguerpissez si vous voulez sauver votre peau ! » crie l'un des soldats, et des centaines de jambes de vieillards se mettent à courir : nous courons, nous tombons, nous nous relevons et nous courons encore. Derrière nous résonne le rire des soldats avec la douce légèreté de l'insouciance, le son amer de la jouissance que procure la douleur d'autrui.

Cette nuit-là, Rosa, Pauline, Maria et moi, nous la passons en silence. Pauline tremble. Elle tremble non pas tant parce qu'elle a peur pour sa vie mais parce qu'elle craint de ne plus jamais revoir l'être qui lui est le plus proche au monde, le fruit de ses entrailles, sa fille Béatrice. Les enfants de Rosa et de Maria sont morts ; quant à moi, seule une tache de sang pâle sur le mur à côté de mon lit me rappelle la famille que je n'ai pas fondée. On dit que ceux qui laissent quelqu'un derrière eux ont plus de mal à quitter ce monde, car la mort sépare la vie que l'on a reçue de celle que l'on a donnée. Assise dans l'angle de la chambre, Pauline tremble, redoutant cette séparation.

Dès le lendemain, nous nous rendons chez Sigmund. C'est un vendredi après-midi, le moment qu'il consacre au nettoyage rituel des antiquités de son cabinet. J'ai hâte de lui raconter ce que nous avons vécu la veille, Pauline et moi, mais à notre arrivée il me tend une coupure de journal.

« Regarde ce qu'a écrit Thomas Mann », me dit-il.

Je l'interromps : « Maria et Pauline ont de plus en plus peur.

— Elles ont peur... De quoi ? me demande-t-il, en posant la coupure de journal sur la table.

— Elles disent que ce qu'elles ont vu à Berlin arrivera aussi à Vienne.

— Ce qu'elles ont vu à Berlin... » Il prend sur la table une figurine – un singe en pierre – et se met à la nettoyer avec une petite brosse. « Rien de tel n'arrivera ici.

— Mais c'est déjà le cas. Ces sauvages entrent de force dans les appartements de notre quartier et s'en prennent au premier venu. La pression est insupportable, des centaines de gens se sont suicidés la semaine dernière. Des hommes enragés ont fait irruption dans un orphelinat juif, ils ont cassé les vitres et ont obligé les enfants à marcher sur les débris de verre. »

Sigmund continue à nettoyer le corps du petit singe. « Ici, ça ne durera pas longtemps.

— Mais alors, pourquoi tous ceux qui peuvent obtenir un visa de sortie se sauvent-ils ? N'as-tu pas croisé dans la rue tous ces gens qui fuyaient ? Ils abandonnent leurs maisons, ils les abandonnent pour toujours – ils jettent le strict nécessaire dans un sac et s'en vont. L'essentiel, c'est de sauver sa peau. Ici aussi, on parle des camps de la mort. Tu as des amis influents partout dans le monde, ils peuvent t'assurer des visas de sortie pour autant de personnes que tu voudras. Demandes-en pour toute la famille. La moitié des habitants de Vienne essaient d'en obtenir, en vain. Utilise tes relations, fais-nous partir d'ici ! »

Sigmund pose le singe sur la table et s'attaque maintenant au petit corps nu d'une statuette représentant la Déesse Mère.

« Tu m'entends ? » Ma voix est sèche et fatiguée.

Mon frère me dévisage.

« Et où iriez-vous ?

— À New York, chez la fille de Pauline.

15

— Que fera la fille de Pauline avec quatre vieilles femmes à New York ?

— Alors tâche au moins de te procurer un visa de sortie pour Pauline. »

Il observe la statuette en silence. Je ne suis pas sûre qu'il m'ait entendue.

« Tu m'écoutes ? Rosa, Maria et moi, personne n'a besoin de nous. Tandis que Pauline a besoin de sa fille. Et sa fille a besoin d'elle. Elle veut que sa mère soit en sûreté. Elle appelle tous les jours, et nous prie d'insister auprès de toi pour que tu obtiennes un visa pour sa mère. Tu m'entends, Sigmund ? »

Il pose la Déesse Mère sur la table.

« Veux-tu que je te lise quelques mots du texte de Mann ? Ça s'intitule "Frère Hitler" – il commence à lire la coupure de journal : "Quelle doit être la haine de Hitler pour la psychanalyse ! Je devine secrètement que la rage avec laquelle il s'est acharné sur Vienne est en fait dirigée contre le vieux psychanalyste qui y réside : puisque celui-ci est son vrai et principal ennemi, un philosophe qui démasque la névrose, qui disperse les illusions, qui sait ce qu'il en est des choses et connaît la source du génie." » Puis il repose le papier sur la table et ajoute : « As-tu remarqué la subtile ironie qu'il y a dans ce texte de Mann ?

— Il n'y a rien de vrai là-dedans, hormis l'expression "un vieux psychanalyste". Je te le dis sans subtile ironie. Affirmer que tu es l'ennemi principal d'Adolf Hitler, avec ou sans ironie, est une idiotie. L'occupation de l'Autriche n'est que le début du grand projet de Hitler. Il veut envahir le monde afin de pouvoir exterminer tous ceux qui n'appartiennent pas à la race aryenne. Chacun sait cela : toi, Thomas Mann, et même la pauvre vieille femme que je suis. Nous le savons tous.

— Tu n'as pas de raison de t'en faire. Les ambitions de Hitler sont vouées à l'échec. En quelques jours, la France et la Grande-Bretagne le forceront à se replier en Autriche et alors, même l'Allemagne ne voudra plus de lui. Les Allemands eux-mêmes le liquideront. Le soutien qu'ils lui apportent actuellement n'est rien d'autre que la conséquence d'un aveuglement temporaire de leur esprit.

— Et pourtant, cet aveuglement dure depuis des années !

— Certes, mais il s'essouffle. Les Allemands obéissent à des forces obscures, mais quelque part en eux couve l'esprit dont j'ai moi-même été nourri. La folie de ce peuple ne saurait durer éternellement.

— Elle durera bien assez longtemps. »

Mon frère nourrit depuis sa plus tendre enfance une admiration pour l'esprit germanique. Il a cherché à nous inculquer cet amour. D'après lui, la langue allemande est la seule capable d'exprimer les plus hautes aspirations de l'esprit. Il nous a transmis sa passion pour la poésie et l'art allemands. Tout en se sachant juif, il a toujours tiré un certain orgueil de son appartenance à la culture germanique. Et maintenant, après avoir observé pendant des années la décomposition de cet esprit qu'il avait tant admiré et à voir ses fruits foulés aux pieds par les Allemands eux-mêmes, il ne cesse de répéter, comme s'il voulait s'en convaincre lui-même, que c'est là une folie passagère dont l'esprit germanique triomphera.

Les jours suivants, chaque fois que nous cherchons à joindre Sigmund, on nous dit qu'il est absent ou bien occupé avec ses patients, ou encore qu'il ne se sent pas d'humeur à parler. Nous cherchons néanmoins à savoir s'il a l'intention de demander des visas, mais sa fille Anna, sa femme Martha et sa belle-sœur Minna n'en savent rien. Un mois s'écoule ainsi. Le 6 mai, jour de son quatre-vingt-deuxième anniversaire, je me décide à lui rendre visite avec Pauline. Nous lui achetons un petit cadeau, un livre dont nous présumons qu'il va lui plaire, et prenons le chemin du 19 Berggasse.

C'est Anna qui nous ouvre.

« Vous tombez mal, nous sommes débordés de travail…, dit-elle en s'écartant de la porte pour nous laisser entrer.

— De travail ?

— Nous faisons nos bagages. Nous avons déjà envoyé une dizaine de gros paquets hier et avant-hier. Il nous reste encore à faire le tri parmi les objets offerts à papa, pour savoir ce qu'il faudra emporter.

— Vous partez ?

— Pas tout de suite, mais nous voulons finir les bagages aussi vite que possible. »

Le sol du cabinet de travail est jonché de bibelots, de livres, de grands et de petits cartons, d'antiquités – cadeaux qu'il a reçus durant toute sa vie et qu'il a précieusement conservés. Sigmund est assis dans un grand fauteuil rouge au milieu de la pièce, le regard fixé sur les objets dispersés sur le sol. Il se tourne vers nous, nous salue d'un signe de tête et se replonge dans sa tâche. Lorsque je lui explique le but de notre visite, il nous remercie et pose notre cadeau sur la table à côté de lui.

« Comme tu vois, nous partons. Pour Londres », dit-il.

Je réponds avec empressement : « Puis-je vous aider à faire les bagages ? »

Anna propose que je m'occupe des objets destinés à être jetés. Je dois les réunir dans un carton, tandis qu'elle-même range ceux qui seront envoyés à Londres par la poste. Pauline, quant à elle, reste debout près du mur.

« Cette tabatière ? demande Anna, en se tournant vers son père et en lui montrant une boîte en argent sertie de petites pierres verdâtres.

— C'est un cadeau de ta mère. Nous la prenons. »

Anna range la tabatière.

« Ce domino en ivoire ? »

Sigmund réfléchit un instant et répond :

« Je ne sais plus qui me l'a offert. Jette-le. »

Anna me tend le domino et je le fourre dans le carton où s'entassent déjà livres, figurines et autres babioles destinées à la poubelle.

« Et ça ? demande-t-elle, brandissant un livre sous les yeux de son père.

— C'est la bible que ton grand-père Jacob m'a offerte pour mon trente-cinquième anniversaire. Nous la prenons. »

Au bout d'un moment, Anna, fatiguée d'avoir travaillé toute la matinée, déclare qu'elle doit aller se reposer.

J'en profite pour parler à Sigmund : « Tu as donc demandé des visas, à ce que je vois ?

— En effet.

— Tu affirmais pourtant qu'il n'y avait pas besoin de fuir.

— Nous ne fuyons pas. Nous déménageons provisoirement.

— Quand partez-vous ?

— Martha, Anna et moi, début juin.

— Et les autres ? » Sigmund ne dit rien. « Quand partons-nous, Pauline, Maria, Rosa et moi ?

— Vous ne partez pas. C'est inutile. Je m'en vais non pas parce que j'en ai envie, mais parce que mes amis – des diplomates anglais et français – ont insisté auprès des services autrichiens pour m'obtenir des visas. »

Il pourrait nous mentir, nous dire que ces diplomates étrangers ont obtenu une autorisation uniquement pour lui, ses enfants et sa femme, et qu'il n'a pas la possibilité de sauver d'autres personnes ; il pourrait nous mentir, mais ce n'est pas son genre.

« On m'a proposé de dresser une liste des personnes que je voudrais emmener avec moi, ajoute-t-il, impassible.

— Et tu n'as pas pensé un seul instant à y inscrire nos noms ?

— Pas un seul instant. Ce n'est que temporaire. Nous allons revenir.

— Quand vous reviendrez – si vous revenez –, nous ne serons plus là. » Il ne réagit pas. J'ajoute : « Je sais que je n'ai pas le droit de te le demander, mais quand même, j'aimerais savoir : qui sont ces proches que tu as inscrits sur ta liste de personnes à sauver ?

— En effet, qui figure sur cette liste ? » demande Pauline.

Là encore, mon frère pourrait nous mentir, prétendre qu'il n'y a mis que les noms de ses enfants, son propre nom et celui de sa femme ; il pourrait nous mentir mais ce n'est pas son genre. Il me tend une feuille.

« Voici la liste. »

Je regarde les noms inscrits sur le papier.

« Lis-les-moi », demande Pauline.

Je lis à haute voix. Cette liste comprend le nom de mon frère, de sa femme, de ses enfants, de sa belle-sœur, de ses deux femmes de ménage, de son médecin personnel et sa famille. Avec, tout en bas, un dernier nom : Jo Fi.

« Jo fi », fait Pauline en souriant. Elle se tourne vers l'endroit d'où lui parvient la voix de Sigmund. « Forcément, tu ne te sépares jamais de ton petit chien. »

Nous sommes interrompus par le retour d'Anna.

« Je ne vous ai pas demandé si vous vouliez boire quelque chose. Ou peut-être avez-vous faim ? demande-t-elle.

— Nous n'avons ni faim ni soif. »

Pauline fait comme si elle n'avait pas entendu la question d'Anna.

« C'est vraiment bien de ta part d'avoir pensé à tous ces gens. Tu as même pensé à ton petit chien, à tes femmes de ménage, à ton médecin, à sa famille et à la sœur de ta femme. Mais tu aurais aussi pu songer à tes propres sœurs, Sigmund.

— S'il était nécessaire que vous partiez, j'aurais

pensé à vous. Mais ceci n'est que provisoire, je ne pars que parce que mes amis insistent.

— Et pourquoi donc tes amis auraient-ils insisté pour que tu t'en ailles si tu ne courais aucun risque en restant ici ?

— Parce que, tout comme vous, ils ne comprennent pas que cette situation est provisoire », répond Sigmund.

J'insiste : « Et si c'est le cas, pourquoi alors ne pars-tu pas seul, juste le temps de calmer tes amis ? Pourquoi emmènes-tu non seulement ta famille mais aussi ton médecin et la sienne, les deux femmes de ménage, et même ton petit chien ? »

Il garde le silence.

« Quant à moi, Sigmund, dit Pauline, à la différence d'Adolphine, je te crois. Je crois que toute cette horreur ne durera pas longtemps. Mais ma vie durera moins longtemps encore. Et j'ai une fille. Tu aurais pu penser à ça. Tu y as certainement pensé puisque depuis mon retour de Berlin et le départ de ma Béatrice pour New York, je parle d'elle constamment. Cela fait trois ans que je ne l'ai pas vue. Il te suffisait d'inscrire mon nom sur la liste pour me permettre de la voir une dernière fois. » Elle roule des yeux en prononçant ce mot « voir », elle qui ne peut distinguer que des contours. « Tu aurais pu inscrire mon nom entre celui de ta belle-sœur et celui de ton chien. Cela aurait suffi pour que je puisse sortir de Vienne et retrouver Béatrice. Maintenant, je sais qu'elle ne me verra plus jamais. »

Anna recommence à trier les objets.

« Et ça ? » demande-t-elle.

Elle tient dans la paume de sa main un minuscule objet en bois – une gondole de la taille d'un pouce.

« Je ne sais pas qui me l'a offerte, répond Sigmund. Jette-la. »

Anna me passe la gondole que j'ai offerte à mon frère pour son vingt-sixième anniversaire. Je ne l'ai pas revue depuis lors et maintenant elle est là, comme si elle avait navigué à travers le temps. Je la pose doucement dans le carton, parmi les objets mis au rebut.

Sigmund se lève et s'approche du mur où est accroché un portrait à l'huile de notre fratrie.

Alexandre, âgé d'un an et demi à l'époque où le tableau avait été peint, nous a raconté qu'un jour Sigmund lui avait dit en lui montrant la toile : « Notre famille est comme un livre. Tu en es le cadet et j'en suis l'aîné. Nous devons être la couverture solide qui soutiendra et protégera ces faibles sœurs nées avant toi et après moi. » Et maintenant, bien des années plus tard, Sigmund pointe le tableau du doigt.

« Celui-ci, je l'emballerai à part », dit-il en le décrochant.

Je proteste : « Tu n'as pas le droit d'emporter cette toile. »

Mon frère se retourne et me dévisage d'un air contrarié.

« Il est temps de partir », intervient Pauline.

Sur le palier, nous croisons Minna, la sœur de Martha. Elle est allée faire quelques emplettes indispensables pour le voyage, car elle quitte l'Autriche le lendemain, nous apprend-elle.

« Bon voyage », lui dit Pauline sèchement.

Je guide ma sœur vers notre maison en la tenant par la main. Ses doigts crispés trahissent son état d'esprit. De temps à autre, je scrute son visage où plane un sourire, ce sourire que certains aveugles arborent en permanence, même sous l'emprise de la peur, de l'indignation ou de l'horreur.

Par un matin étouffant de juin, mes sœurs et moi allons à la gare accompagner Sigmund, Martha et Anna, les derniers de la liste à quitter Vienne. Tous les trois se tiennent debout, à la fenêtre de leur compartiment, nous quatre sur le quai. Mon frère porte son petit chien dans les bras. Le sifflet annonce le départ du train. L'animal tressaille de peur et dans sa panique mord l'index de Sigmund. Anna sort un mouchoir et bande son doigt ensanglanté. Un autre coup de sifflet et le train s'ébranle. Mon frère lève le bras en signe d'adieu ; il agite la main, l'index dressé dans le mouchoir ensanglanté.

Plus tard, chaque fois que je me suis souvenue de notre séparation et du doigt ensanglanté de mon frère, j'ai songé à son texte : *Moïse et le monothéisme*, dont, avant de partir, il nous a confié le manuscrit à nous, ses sœurs, craignant sans doute de perdre son propre exemplaire.

« Déposséder un peuple de l'homme qu'il célèbre comme le plus grand de ses fils est une tâche sans agrément et qu'on n'accomplit pas d'un cœur léger. Toutefois, aucune considération ne saurait m'induire à négliger la vérité au nom d'un prétendu inté-rêt national... » C'est avec ces mots que Sigmund commence son dernier texte, mais *Moïse et le mono-théisme* ne cherche pas seulement à établir la vérité, c'est aussi une œuvre de dénégation – Moïse n'est pas juif – et une charge contre les Juifs qui l'ont tué. Ce texte respire la haine et la vengeance. La haine de son propre peuple, la vengeance contre les siens. Mais pourquoi ? Pour mon frère, être juif est un fait du destin, non un choix. Chaque fois que Sigmund a pu choisir, il a revendiqué la culture allemande : c'était à elle qu'il voulait appartenir, tout comme les fruits de cette culture lui appartenaient. Vers la fin de sa vie, il disait : « Ma langue est l'allemand. Ma culture et mes accomplissements sont allemands. Je me considérais moi-même intellectuellement comme Allemand, jusqu'au moment où je me suis aperçu de la croissance des préjugés antisémites en Alle-magne et en Autriche germanique. Depuis, je préfère me dire juif. » Il le dit précisément ainsi : « Je pré-fère me dire juif », et non « je suis juif ». Lorsqu'on lui demandait : « Que reste-t-il de juif en toi si tu as quitté tout ce qui vous a été commun à toi et aux autres Juifs : la religion, et le sentiment national, et la tradition et les coutumes ? » il répondait : l'« essen-tiel ». Et on devinait qu'il parlait du sang, la seule chose que l'on ne peut pas remplacer. C'est envers ce sang qu'il éprouve une aversion, voilà pourquoi il est allé jusqu'à proclamer non-juif le libérateur, le légis-lateur et le fondateur de la religion du peuple juif – Moïse. Chaque fois qu'il est question du non-Juif Moïse, d'une part, et des Juifs, d'autre part, on peut deviner combien il admire ce non-Juif et combien il méprise son peuple. « Comment concevoir qu'un homme ait réalisé cette tâche extraordinaire de faire de familles et d'individus différents un peuple unique et de déterminer ainsi pour des millénaires son destin ? »

Ainsi, à la fin de *Moïse et le monothéisme*, Sigmund semble rendre les Juifs eux-mêmes responsables des souffrances qui leur ont été infligées à travers les siècles. À l'origine de la croyance religieuse, dit-il, est le parricide ; toute religion n'est au fond qu'une tentative des fils pour racheter le péché qu'ils ont commis en tuant leur père, qu'ils glorifient ensuite comme un ancêtre divin. Le christianisme est fondé sur la reconnaissance de ce meurtre : à travers la mort du Christ, les hommes avouent avoir autrefois tué leur père.

« Il serait intéressant de rechercher, en en faisant l'objet d'une étude particulière, pourquoi il a été impossible aux Juifs d'évoluer dans le même sens que les autres en adoptant une religion qui, en dépit de toutes les déformations, avoue le meurtre de Dieu. Les Juifs ont par là assumé une lourde responsabilité qu'on leur fait durement expier ! » Ainsi les Juifs seraient coupables de leurs souffrances ; pour chaque exaction commise contre eux, Sigmund a réussi à trouver une justification. Et il a fait cela au moment où son peuple a le plus besoin de soutien, au moment où le sang qui coule dans nos veines s'est glacé d'horreur, la même que celle qui faisait frémir nos ancêtres.

Bien des années avant d'écrire ce texte, mon frère a absorbé avec le lait de sa mère l'amertume des persécutés, de ceux qui ont erré de pays en pays, de

ceux qui ont été damnés du seul fait de leur religion et de leur origine, de ceux que l'on a brûlés sur
les bûchers, que l'on a pendant des siècles ignoble-
ment accusés d'avoir empoisonné les puits, provoqué des fléaux, pactisé avec le diable. Avec le lait de
sa mère il a absorbé cette amertume. Avec le lait
maternel nous avons bu cette amère expérience de
nos ancêtres, puis nous l'avons refoulée. Enfants de
la nouvelle Europe, nous refusions de croire que
cette même Europe allait un jour à nouveau diriger
vers nous ses mâchoires avides de sang. Dans notre
confiance naïve, nous avons fini par oublier le sort de
nos ancêtres persécutés, humiliés, faussement accusés,
massacrés. Nous les avons oubliés, nous avons oublié
leur sang ; nous, le sang de leur sang. Et lorsque mon
frère daigne se souvenir d'eux, de ceux dont le sang
coule dans ses veines, il ne mentionne leurs souffrances qu'en passant, n'hésitant pas à les rendre
coupables, eux, les victimes, des malheurs qu'on leur
fait subir : « Les Juifs ont assumé une lourde responsabilité qu'on leur fait durement expier ! »

Toute sa vie, Sigmund a cherché à démontrer à
travers ses œuvres que l'essence du genre humain est
la culpabilité : chacun est coupable parce que chacun a été une fois enfant et chaque enfant, dans son
amour pour sa mère, a souhaité la mort de son rival
– le père. Ainsi parle mon frère. Il accuse les plus
innocents ; les plus innocents et les plus démunis
portent le péché originel – il accuse ceux qui sont
à peine entrés dans la vie de souhaiter la mort de
ceux qui la leur ont donnée. Et outre cette culpabilité qui, selon lui, est celle de tout être humain, il s'en

attribue une autre qui lui est propre. Il dit se souvenir qu'à l'âge d'un an et demi il a souhaité la mort de son frère Julius qui venait de naître et qui mourut huit mois plus tard. Il fut Caïn pour son frère et mérita les paroles de Dieu : « Qu'as-tu fait, la voix du sang de ton frère monte du sol vers moi. » Il fut aussi Noé, celui qui, avant le Déluge, avait rassemblé dans son arche « ses fils, sa femme et les femmes de ses fils. Des animaux purs et des animaux impurs, des oiseaux et tout ce qui remue sur le sol ». Ce n'est que pour nous, ses quatre sœurs, qu'il n'y a pas eu de place sur sa liste. Il fut Œdipe, il fut Caïn, il fut Noé, et il souhaitait aussi, au plus intime de lui-même, être prophète. Et c'est pour cela qu'il retira aux Juifs leur prophète. Tout comme Moïse avait conduit son peuple vers la liberté de la Terre promise, brisant les fers du refoulement et sondant les abîmes de l'inconscient, il voulait conduire le genre humain vers la libération du Moi. C'est pourquoi, à chaque page de son livre sur Moïse, retentit son cri : « Ni lui ni moi ne sommes juifs ; je suis, comme lui, chef autoproclamé et prophète ! »

Le soir qui suit le départ de Sigmund, mes sœurs chuchotent dans l'obscurité de la chambre : à présent qu'il se trouve en sécurité à Londres, il pourrait, avec l'aide de ses amis, s'occuper de nous. Pendant que je les écoute, l'index dressé de mon frère et son bandage ensanglanté s'agitent devant mes yeux clos.

Les premiers mois après leur départ, Martha et Anna nous appellent parfois de Londres pour nous dire que Sigmund a subi de nouvelles opérations de la mâchoire, qu'il se rétablit bien mais qu'il ne peut plus parler. Le cancer a tellement endommagé son ouïe qu'ils communiquent désormais par écrit. Ils habitent une belle maison dans une banlieue calme de Londres et les amis de Sigmund font tout ce qui est en leur pouvoir pour nous procurer des visas de sortie. Après quoi nous pourrons les rejoindre en Angleterre. C'est du moins ce qu'elles nous racontent.

En septembre, le neveu de mon amie Clara vient nous annoncer que sa tante est morte dans la clinique psychiatrique du Nid où elle a vécu de nombreuses années. Il me demande de l'accompagner à l'enterrement. Les nouvelles autorités de la ville ont décidé que les patients qui mouraient dans les cliniques spécialisées ne devaient pas être enterrés dans les cimetières municipaux, mais sur les domaines des hôpitaux. On les enterre où l'on peut, dans des trous peu profonds, sans cercueil, simplement enveloppés d'un drap.

Clara est morte dans son sommeil. Lorsque j'entre dans sa chambre, son visage est calme, son corps recroquevillé, comme si elle était juste endormie. Sa tête tombe sur sa poitrine, ses mains sont croisées sur son ventre. Nous l'enveloppons dans un drap.

« Comme un fœtus…, dis-je, tandis qu'on la transporte hors de la chambre, cette chambre qui était tout son univers.

— Trop grande pour un fœtus, trop petite pour une femme », ajoute l'un des médecins.

En effet, nul ne pourrait croire que le drap contient un corps humain.

Il pleut à verse et nous sommes à peine une vingtaine

à être sortis dans le parc. Les autres se tiennent debout derrière les fenêtres de l'hôpital et regardent à travers les barreaux. Nous déposons le corps enveloppé du drap dans la fosse, et des hommes armés de pelles jettent dessus de la terre mouillée.

Je rentre à la maison tard dans l'après-midi et trouve mes sœurs assises autour de la table de la salle à manger. Rosa me regarde avec des yeux rouges.

« Anna a téléphoné. Sigmund est mort la semaine dernière, me dit-elle.

— Clara est morte elle aussi. Hier soir.

— Ils l'ont incinéré », ajoute-t-elle.

Je continue mon histoire.

« Elle a été enterrée dans la cour de l'hôpital aujourd'hui, dans un trou peu profond, sans cercueil. Nous l'avons enveloppée d'un drap. Il pleuvait. »

Les gouttes de pluie frappent les vitres.

Je vais dans ma chambre et je m'allonge sur le lit. Je pense à mon frère, mais n'ai aucune envie d'imaginer les derniers instants de sa vie. Je ne veux pas savoir comment, couché et immobile, il a lutté avec ses dernières forces contre la mort. Je ne veux pas savoir ce qui pouvait se passer dans son esprit en ces moments ultimes, s'il était tourmenté par le souvenir de ses sœurs qui l'avaient tant de fois appelé à l'aide, ni s'il était rongé de remords à l'idée qu'elles seraient peut-être déportées. Non, je n'essaie pas de penser aux derniers moments de sa vie, il me suffit de savoir qu'il est mort et repose en paix, l'âme tranquille, débarrassé de toute culpabilité.

Je me réveille en sueur. Dehors, la pluie s'est arrêtée et la nuit a envahi le ciel nuageux. Je me souviens de mon rêve : Sigmund est mort et il me parle.

« Je suis très seul, me dit-il. Mais ce n'est pas le mot qui convient. Même quand on est seul, les autres existent toujours. Alors qu'ici, il n'y a personne autour de moi. Tout est désert. »

Je lui réponds que pourtant ils sont tous là.

Il secoue la tête.

« Non, il n'y a personne.

— Ils sont tous là, seulement tu dois les trouver.

— Je les cherche, mais il n'y a personne. Tout est vide, ici. Regarde : il n'y a que de la lumière, et rien d'autre. Et lorsque la lumière est seule, sans rien autour d'elle, elle est vide, creuse, c'est la prison la plus terrible. Il n'existe aucune échappatoire. Cette lumière morte est partout. Et j'y suis seul.

— Ils sont tous là, mais tu ne regardes qu'en toi-même, voilà pourquoi tu ne peux pas voir les autres.

— Non, il n'y a personne. Mais c'est peut-être ça, la mort : exister éternellement, être conscient et complètement seul. Ç'aurait été mieux de disparaître. Même l'idée de l'enfer est moins horrible que cet isolement maudit, cette veille éternelle dans le vide. Je n'aurais jamais imaginé la mort ainsi.

— Nous sommes tous là, les vivants et les morts. Tu dois seulement te détourner de toi-même.

— Reste, toi au moins !

— Je reste. Nous restons tous. À toi de nous regarder.

— Ce vide horrible est mon châtiment, dit-il en serrant les poings et en se tapant le front. Et je sais pourquoi.

— Ce n'est pas un châtiment.

— Je connais ma faute, reprend-il en regardant ses poings. Pardonne-moi.

— Je n'ai rien à te pardonner. Tu n'as fait aucun mal. Mais tu as omis de faire le bien. Tant de fois dans notre vie nous manquons de faire une bonne action. Et nous ne sommes pas en mesure de savoir laquelle de ces omissions fera du mal à quelqu'un. »

Il répète : « Pardonne-moi. »

Peu à peu son visage se transforme, devient de plus en plus jeune. Je le vois tel qu'il devait être à une époque où je ne l'avais pas connu, car je n'étais pas encore née. Et soudain il m'apparaît sous la forme d'un nourrisson. Un nourrisson nu qui pleure. Je le prends dans mes bras, je découvre mon pauvre sein et l'approche de sa bouche. J'éprouve un étrange plaisir lorsque ses lèvres touchent mon mamelon et que mon frère se met à téter le lait de mon sein flétri. Mais la béatitude de l'allaitement n'a pas duré et je me suis réveillée avec un sentiment de profonde frustration.

Dans les semaines qui suivent la mort de notre frère, Pauline, Maria, Rosa et moi passons souvent sous les fenêtres de son appartement. C'est un homme en uniforme qui y habite à présent. Nous nous habituons à vivre dans la peur, pas tant la peur de la mort que celle de la captivité. Comme tous les Juifs, nous portons des brassards avec une étoile de David. Nous n'avons plus le droit d'aller au théâtre, à l'opéra, aux concerts. Les restaurants et les parcs nous sont interdits et nous ne pouvons plus prendre le taxi. On nous permet en revanche d'utiliser les tramways, mais uniquement le dernier wagon. Nous ne pouvons sortir de la maison qu'à heures fixes. Notre téléphone a été coupé et nous n'avons accès qu'à deux bureaux de poste de la ville.

Les amies qui viennent parfois nous rendre visite prétendent que la guerre est à nos portes. Encore une « grande guerre ». Et elles ont raison. Les jeunes sont mobilisés, envoyés au front. On regroupe les habitants des quartiers juifs et on les embarque dans des trains. Les mois passent, et ceux qui sont partis ne reviennent pas. Il paraît qu'on les envoie aux travaux forcés, mais nous soupçonnons quelque chose de bien pire. Nous attendons notre tour. Finalement, un matin, des soldats munis de listes investissent les immeubles de notre rue et nous ordonnent de nous rendre à la gare de notre quartier le lendemain, le 29 juin 1942, à six heures du matin. Les consignes nous précisent ce que nous avons le droit d'emporter.

Chacune de nous rassemble le strict nécessaire dans une petite valise. C'est notre dernière nuit dans l'appartement. Nous arpentons les pièces. Une façon de dire adieu à notre demeure. Une dernière fois, nous regardons les vieux albums de photographies, et nous trouvons même encore la force de rire à la vue des vêtements que nous portions un demi-siècle auparavant, et des visages sérieux et crispés devant l'objectif. Mes sœurs soupirent devant ceux qui ne sont plus là, surtout les enfants disparus de Rosa et de Maria. Ne cessant de commenter les événements de notre enfance, nous évoquons nos souvenirs en passant nos doigts sur les surfaces lisses noir et blanc.

Je passe une nuit calme. Lorsque je me réveille à l'aube, mon regard s'attarde sur la trace de sang qui marque le mur à côté de mon lit. Cette trace pâle restera là, même quand j'aurai disparu, puis un jour elle aussi disparaîtra, avec le mur et la maison de mon enfance. Je réveille mes sœurs. Nous avalons un petit quelque chose avant de rassembler nos bagages. Sur le pas de la porte, Pauline s'immobilise.

« Nous n'avons pas oublié les photos ? »

Je trouve un peu de place dans ma valise et j'y fourre les deux albums, malgré les protestations de Rosa et de Maria.

« Elle est trop pleine, elle va tomber en morceaux », insiste Maria, et elle a raison. Nous ne sommes pas encore sorties de notre rue que ma valise se déchire. Affaires et photos se répandent sur le sol. Je récupère une seule photographie, un cliché sur lequel on voit toute notre famille, les parents et les enfants, et je le glisse dans mon corsage, près du cœur. Je récupère également un bonnet d'enfant que je glisse à côté de la photo.

« À quoi te servira ce bonnet d'enfant ? me gronde Maria.

— Quel bonnet d'enfant ? demande Pauline.

— Elle a sorti de ses affaires un vieux bonnet d'enfant et l'a glissé dans son corsage.

— Donne-nous des choses, on va les mettre dans nos valises, propose Rosa, même si les leurs sont déjà trop pleines.

— Nous allons être en retard. Je n'ai besoin de rien d'autre.

— Je ne comprends pas à quoi va te servir ce bonnet. Tu as quand même des choses plus importantes à prendre, insiste Maria.

— Je vous dis que j'ai tout ce qu'il me faut. »

Sur le chemin de la gare, les rues sont silencieuses. Des traces de vie sont pourtant présentes dans chaque recoin : un parapluie oublié appuyé contre un banc, des pots de fleurs sur les balcons, un ballon bariolé sur le trottoir... Mais aucune présence humaine. Tout le monde semble avoir disparu. Une clameur lointaine se fait entendre et nous rejoignons bientôt une longue colonne de gens, qui marchent avec empressement. Certains sont accompagnés de leurs enfants.

Je les regarde, j'observe leur façon de tenir leurs bagages, certains serrent leur sac contre leur poitrine, ils s'y accrochent avec la dernière énergie, comme si toute leur vie y était contenue. Peut-être espèrent-ils la conserver en la tenant ainsi. Il est évident qu'ils se dirigent vers la gare. Nous nous glissons dans les rangs et marchons avec eux.

Une fois sur place, des soldats demandent à voir nos papiers, puis nous ordonnent d'entrer dans le train de marchandises qui attend.

J'ignore combien de temps dure le voyage. Lorsque le train s'arrête, d'autres soldats nous attendent, nous poussent à travers la porte de ce qui semble être une petite forteresse. On nous distribue du pain et de l'eau et on nous dispose en files pour réexaminer nos papiers, enregistrer nos noms, nos dates de naissance, nos adresses. Rosa, Maria, Pauline et moi nous retrouvons avec une vingtaine de femmes de notre âge courbées sur leurs cannes, à la démarche chancelante, au regard égaré. On nous conduit vers les baraques voisines et on nous fait entrer dans une longue et étroite pièce dotée de deux étages de lits sur chaque côté. La plupart sont déjà occupés. Certaines femmes tournent leur regard vers nous, la plupart cependant continuent à fixer le vide, les yeux mi-clos. Après nous avoir ordonné de choisir un lit libre, les soldats s'en vont. Nous ne trouvons pas quatre lits côte à côte, si bien que je suis obligée de choisir un lit isolé. Chacune d'entre nous range ses affaires sous sa couche, moi seule n'ai rien à ranger, et nous nous allongeons, épuisées, sur nos grabats. En tirant la couverture sur moi, je sens les morsures des puces. Les rats courent sur le sol. L'obscurité recouvre lentement la pièce. L'ampoule à l'extérieur de la baraque, dont la lumière tombe sur mon lit, me permet de regarder autour de moi, mais guère plus. J'essaie vainement de dormir. La peau me gratte à l'endroit où les puces me mordent. Des lamentations monotones s'élèvent dans le noir. Quelque part dans la nuit sombre, une porte grince, j'entends des pas. Une femme vient se coucher dans le lit à ma gauche. D'après son aspect, elle ne fait pas partie des « vieilles ». Elle doit avoir une cinquantaine d'années. Je me rapproche du bord pour réduire l'espace qui nous sépare et lui demande où nous sommes.

Elle ouvre les yeux : « À Theresienstadt. »

Quand je me réveille le lendemain matin, son lit est vide. Des soldats nous conduisent à la cantine, située dans l'autre partie de la baraque. Nous prenons place sur des bancs étroits. Des tables s'étendent d'un bout à l'autre de la salle. On nous donne du pain, un peu de beurre et de thé. Après quoi, on nous fait sortir. Le soleil n'arrive pas à réchauffer nos vieux os et nous passons la matinée à nous interroger. Où sommes-nous ? Quel sort nous réserve-t-on ? Ce n'est qu'à midi, lorsque nous retournons au réfectoire, que je revois la femme de la nuit dernière.

« Le menu est toujours le même, me dit-elle, un vague sourire aux lèvres. Le matin, du pain, du beurre et du thé, le midi, du pain et de la soupe aux lentilles, le soir, à nouveau du pain et de la soupe aux lentilles. »

J'écoute ce que racontent les femmes autour de moi. Elles parlent de leur vie, de leur mari, de leurs enfants, de leurs petits-enfants. Ici, nous sommes toutes semblables, anonymes. La petite vieille qui me fait face et qui s'appelle Johanna Broch parle de son fils Hermann. L'autre vieille assise à ses côtés, Mia Kraus, qui a fait avec nous le voyage depuis Vienne, est inquiète pour ses petits-enfants. Ma voisine, ayant sans doute remarqué ma curiosité, m'explique :

« C'est leur façon de se protéger de ce qui se passe ici. Elles parlent de la vie qu'elles ont laissée derrière elles. Tu es ici avec ta famille ?

— Avec mes sœurs – et je les désigne du regard. Et toi ? »

Elle vient de Prague. Elle a des filles, elle a divorcé pour les protéger. Elle est contente car, leur père n'étant pas juif, elles sont à l'abri là-bas. Je lui parle de ma sœur Anna qui, aussitôt après son mariage, est partie en Amérique. Je mentionne aussi mes frères, Sigmund et Alexandre.

« Nous sommes trois sœurs, me répond-elle, Elli, Valli et moi. Nous sommes ici toutes les trois. Nous avions aussi un frère : Franz. » Je mange lentement mes lentilles. Elle laisse tomber sa cuillère dans son écuelle vide. « J'ai toujours fini la première, dit-elle. Je suis obligée. J'aide dans les baraques où sont logés les enfants des orphelinats de Prague et de Vienne. Il faut que j'y aille. » Elle pose la main sur mon épaule. « Je m'appelle Ottla. Ottla Kafka.

— Moi, je suis Adolphine Freud. »

Elle me presse l'épaule, sourit et sort rapidement de la salle.

Je retrouve Ottla le soir même, au dîner.

« Tu commences à t'habituer ? » me demande-t-elle.

Que répondre ? Pour s'habituer à un lieu, il faut savoir ce qu'il est et pourquoi l'on s'y trouve.

« Comme tu le sais, c'est un camp. Mais pas un camp comme les autres. Jusqu'à cet hiver, c'était encore une petite ville. Ils en ont expulsé tous les habitants pour nous loger. Ceux qui ont moins de soixante ans travaillent douze heures par jour. Ils construisent d'autres baraques pour les nouveaux groupes de Juifs qui doivent arriver, ou cultivent la terre pour que nous ayons de quoi manger. Après ces douze heures, celui qui tient encore debout est libre de faire ce qu'il veut, ce qu'il faisait dans la vie avant de finir ici. Il y a parmi nous des écrivains et des musiciens, des comédiens et des danseurs, des peintres et des sculpteurs. Durant la journée, ils mélangent le mortier, charrient du sable, clouent des planches ou labourent les champs. Et le soir ils préparent des concerts ou des spectacles de music-hall. Certains composent, peignent, écrivent... Quand tu auras le temps, nous irons assister à un concert ou à un spectacle, si tu veux.

— Cela fait longtemps que je ne fréquente plus ce genre de lieu.

— Il faut faire quelque chose, il faut s'occuper. Moi, on m'a mise dans ce baraquement pour assister les personnes âgées qui ont des problèmes de santé. Dans la journée, j'aide les enfants. Avec d'autres femmes, nous apprenons à lire aux plus petits et nous enseignons les bases des mathématiques, un peu de géographie et d'histoire aux plus grands. En échange, les enfants nous aident à nettoyer les baraques, faire la cuisine. Il ne faut pas rester les bras croisés. »

Le lendemain, Ottla m'emmène voir les enfants. Ils sont divisés en groupes de dix, chacun dirigé par une femme. Mais Ottla s'aperçoit que, malgré mes efforts, j'ai la tête ailleurs. Elle m'entraîne dehors, et nous nous asseyons sur un banc, devant une baraque voisine.

« C'est ici qu'on loge les femmes enceintes pendant les derniers mois de leur grossesse. Après l'accouchement, on ne les envoie pas tout de suite au travail. On leur permet de se reposer quelques jours. Les nouveau-nés sont placés dans une garderie. Ce sont d'autres prisonnières qui en prennent soin. » Elle glisse sa main dans sa poche et en sort deux photographies : « Voici mes filles, et là, mes sœurs, mon frère et moi. C'est tout ce qui me reste de ma vie passée. » Elle range les photos. « Il y a longtemps que mon frère est mort, je me souviens à peine de son visage. Je me rappelle un de ses récits jamais achevés qu'il m'avait lu à une époque où nous étions encore jeunes : *Le Malheur du célibataire.* Je le connais par cœur, et souvent je me le répète : "Rester célibataire paraît si cruel : vieux, alors qu'on veut passer une soirée en compagnie d'autres hommes, prier qu'on vous accueille tout en peinant à conserver sa dignité ; être malade et voir de son lit pendant des semaines la chambre vide ; prendre toujours congé devant la porte de la maison ; ne jamais remonter l'escalier aux côtés de sa femme ; n'avoir dans sa chambre que des portes latérales conduisant à des appartements voisins ; apporter son dîner dans une main jusqu'à chez soi ; devoir admirer les enfants des autres et ne pouvoir constamment répéter : "Je n'en ai pas" ; s'imaginer à quoi ressemblent et ce que font un ou deux célibataires de vos souvenirs de jeunesse. Ainsi faudra-t-il vivre, sauf qu'en plus, demain et plus tard, il faudra soi-même être là avec un corps et une tête bien réels, et donc aussi avec un front pour se le frapper de la main." »

Deux femmes enceintes sortent de la maternité et s'asseyent sur le banc à côté de nous. Elles se présentent. L'une s'appelle Eva, l'autre Lina. Nous engageons la conversation, mais très vite Ottla déclare qu'il est temps d'aller au bain.

Lorsque nous arrivons dans notre dortoir, des jeunes gens apportent plusieurs grandes cuves vides et des chaudrons remplis d'eau qu'ils posent au milieu de la pièce entre les deux rangées de lits.

« Maintenant, dépêche-toi, tant qu'il y a de l'eau »,
me dit Ottla.

Autour de moi, les vieilles femmes se déshabillent
à la hâte. Les doigts engourdis, elles arrachent leurs
vêtements et se tiennent là, nues, la peau pendante,
les seins ballants, le ventre tombant, des veines bleues
leur sillonnant les jambes. Leur haleine fétide se mêle
à l'odeur aigre de la sueur. Une femme essaie de dire
quelque chose, mais ses paroles se perdent dans le
brouhaha causé par notre empressement à parvenir
aux chaudrons, à nous verser de l'eau sur le corps
et à nous frotter. Tout cela ne dure que quelques
minutes, il y a très peu d'eau, à peine assez pour se
décrasser mais pas pour se laver. Comme les autres,
je m'essuie avec les couvertures et les draps, et je
me rhabille. D'après Ottla, je dois me réjouir d'être
arrivée en été.

« Comme ça, tu pourras t'habituer progressive-
ment à ces débarbouillages. Moi, quand je me suis
lavée la première fois, il gelait dehors », ajoute-t-elle.

Les jeunes gens reviennent et emportent les cuves
et les chaudrons. Je m'aperçois alors que pendant
tout ce temps Pauline est restée assise sur son lit. Je
m'assieds à côté d'elle. Elle me reconnaît à ma respiration.

« Je n'ai pas pu me laver », me dit-elle.

Le soir, quand Ottla revient dans la baraque,
la plupart des femmes sont déjà endormies. Alors
qu'elle se couche, je lui demande à voix basse :

« Jusqu'à quand resterons-nous ici ?

— Le plus longtemps sera le mieux. Ce n'est pas un
vrai camp, mais un lieu de transit, de regroupement.

Des trains partent d'ici régulièrement. Ils transportent des milliers de Juifs vers d'autres camps, très différents. Le travail est bien plus cruel, cruel jusqu'à la mort, disent certaines personnes qui se prétendent au courant. Il paraît que ceux qui y entrent n'en ressortent plus jamais. Sous couvert de les emmener aux douches, on les enferme dans des pièces dans lesquelles on diffuse des gaz toxiques pour les tuer. On raconte des choses terribles, je préfère ne pas en parler… C'est pourquoi il vaut mieux rester ici le plus longtemps possible. Jusqu'à ce que le mal s'apaise. » Elle ferme les yeux. « Ne répète à personne ce que je viens de te dire. Nous souffrons déjà assez comme ça. Je n'aurais pas dû t'alarmer. » Elle reste silencieuse quelques instants, puis me tourne le dos en me souhaitant bonne nuit.

Le lendemain matin, je retourne au foyer des femmes enceintes. Lina et Eva, assises sur un banc, discutent avec deux autres femmes. Je m'assieds à l'écart. Lorsque Lina et les deux autres s'en vont, Eva vient s'installer près de moi. Nous bavardons. Elle est née à Prague. Son père était commerçant, sa mère travaillait pour le Bureau de protection des ouvriers. Elle a rencontré son mari dès sa sortie du lycée et s'est mariée très jeune. Elle est tombée enceinte au moment même où son mari et elle apprenaient qu'ils allaient être déportés.

« On nous a amenés ici avec le premier groupe, cet hiver. On m'a donné des tâches faciles, en cuisine. J'ai eu la chance de ne pas avoir à travailler aussi durement que les autres, et je n'ai jamais souffert de la faim. La journée, au moins, j'étais au chaud, à côté des fourneaux. Le soir, par contre, j'étais transie de froid, j'avais peur pour mon bébé. Mon mari m'avait donné sa couverture, mais cela ne suffisait pas à me réchauffer. Puis le printemps est arrivé. Je ne compte plus le temps selon les jours du calendrier mais selon les semaines de ma grossesse. Trente-neuf semaines déjà. Il n'y en a plus pour longtemps. » Elle pose les mains sur son ventre. « Il y a quelques jours, mon mari a été transféré dans un autre camp avec une centaine d'autres personnes, ajoute-t-elle en essuyant les larmes qui coulent sur ses joues. Ils leur ont dit avant de partir qu'ils seraient mieux là-bas.

— Ils seront sûrement mieux, oui », dis-je en hochant la tête.

À l'heure du déjeuner, je retourne dans notre baraque. Ottla n'est pas au réfectoire. Après avoir rapidement mangé mes lentilles, je retourne au dortoir. Ottla est là, seule, en train de faire sa valise. Elle a posé quelques vêtements sur mon lit.

« Je n'aurai plus besoin de tout ça, et je sais que tu es venue ici sans rien.

— Tu t'en vas ?

— Un convoi d'enfants va être transféré dans un autre camp. Un adulte doit les accompagner. Je me suis portée volontaire. » Elle prend ma main et la serre très fort dans les siennes. « J'ai dit aux enfants que je les emmenais en voyage. »

Elle m'embrasse et sort, sa petite valise à la main. Tout en la suivant des yeux, je repense à ce qu'elle m'a raconté. Sur la manière dont sont traités les Juifs dans les autres camps. Je l'imagine dans l'obscurité du wagon de marchandises, avec les enfants. Elle les rassure en leur racontant qu'ils partent en vacances, qu'ils vont voir la mer. Puis j'imagine la descente du train, leur arrivée au camp. Je vois Ottla caresser les petites têtes apeurées, l'entends leur expliquer que ce n'est là qu'une halte. Elle-même sait que c'est la fin, pourtant elle cherche jusqu'au bout à les réconforter.

Je passe tout l'après-midi à l'intérieur de la baraque. Assise sur mon lit, je contemple la couche vide d'Ottla et je trie machinalement les affaires qu'elle m'a laissées : un jupon, deux chemisiers, quelques bas…

Eva accouche quelques jours plus tard. J'attends, assise sur le banc, devant la maternité. Lorsqu'on me laisse enfin entrer, on place dans mes bras le petit corps frêle. Je suis heureuse, je tiens la fille d'Eva, tandis que cette dernière gît sur son lit, exténuée.

« Je ne sais toujours pas quel prénom lui donner. Avec mon mari, on n'y avait pas pensé, nous voulions seulement que le bébé naisse sain et sauf. Si je pouvais lui parler maintenant… », dit-elle en sanglotant. J'essaie de la calmer et lui propose de l'appeler Amalia, comme ma mère.

Désormais, je vais tous les jours à la maternité. Je m'assieds sur le lit d'Eva et j'observe le nourrisson. Je ne me lasse pas de cette nouvelle vie qui respire, dort, pleure, tète. Eva me parle de son espoir de revoir bientôt son mari.

Un jour, on nous apprend que toute notre baraque doit être transférée dans un autre camp.

« Promets-moi que tu essaieras de trouver mon mari là-bas. Pavel Popper. S'il te plaît retiens ce nom, Pavel Popper », dit Eva.

Je répète : « Pavel Popper.

— Promets-moi, insiste-t-elle, que tu feras tout pour le retrouver. Dis-lui qu'il est devenu père et que sa fille s'appelle Amalia. Que nous allons bien toutes les deux et qu'un jour nous serons tous à nouveau réunis. Promets-le-moi. »

Je pose un baiser sur le front d'Eva et sur les cheveux d'Amalia.

« Je ne t'ai rien offert pour la naissance de ta fille, dis-je en tirant le bonnet d'enfant que j'avais gardé près de mon cœur. Je l'ai acheté il y a bien longtemps. Tu n'étais pas encore née. Je ne savais pas pourquoi je l'avais emporté avec moi. Maintenant, je le sais. »

Eva saisit ma main qui lui tend le bonnet et l'embrasse.

Alors que je me dirige lentement vers la porte, je sens encore la trace invisible de ses lèvres sur ma main. Avant de sortir, je jette un dernier coup d'œil sur Eva qui allaite son bébé. Devant ce spectacle, l'espoir se mêle étrangement à la peur. Je songe à la longue lignée de mères et de filles qui se sont suivies à travers les siècles depuis le début de l'humanité. Et je sors en emportant cette image.

De nouveau, je passe l'après-midi au lit. Par moments, je relève un peu le drap, à quelques centimètres au-dessus de ma tête, comme nous le faisions autrefois avec Sigmund, et je regarde le tissu, blanc comme un ciel en coton.

Nous partons le lendemain. On nous entasse dans un train de marchandises et notre voyage commence. Le wagon obscur devait servir au transport du bétail car il est toujours imprégné de l'odeur des bêtes. Assises sur le sol crasseux, serrées les unes contre les autres, nous étouffons. Néanmoins la présence de Pauline, Rosa et Maria me rassure.

C'est un long voyage. Il fait nuit quand on nous fait enfin sortir et nous avons perdu toute notion du temps. On nous embarque dans des camions qui nous conduisent à l'entrée d'un bâtiment. Dans la nuit obscure, nous n'en distinguons que les contours. Une femme en uniforme nous ordonne d'aller à la douche, de nous dévêtir et de bien faire attention à l'endroit où nous laisserons nos vêtements. Nous mettons du temps à nous déshabiller. La photo jaunie de la famille – de notre famille, les parents et les enfants – tombe de mon corsage.

On nous fait entrer dans une pièce sombre. Une porte se referme derrière nous. J'entends un chuintement. Sens une odeur amère. Des doigts crispés s'agrippent à moi. C'est Pauline. Je sais que, même maintenant, son visage arbore ce sourire, que certains visages gardent toujours, même quand ils se contractent devant l'horreur. Autour de nous, des cris perçants et des paroles de prière. La mort approche, la mort est devant moi et je ferme les yeux devant ma mort.

Deuxième partie

UNE VIEILLE FEMME FERME LES YEUX FACE À LA MORT et devant elle, au lieu de l'ombre de la peur, passent trois souvenirs : à une époque où, pour elle, bien des choses en ce monde n'ont pas encore de nom, un jeune homme lui tend un objet tranchant et lui dit : « couteau » ; à une époque où elle croit encore aux contes de fées, une voix lui chuchote l'histoire d'un oiseau qui se déchire la poitrine à coups de bec et s'arrache le cœur ; à une époque où le toucher lui parle plus que les mots, une main s'approche de son visage et lui caresse la joue avec une pomme. Ce jeune homme qui la caresse avec une pomme, qui lui chuchote un conte de fées, qui lui tend un couteau, c'est son frère, Sigmund. La vieille femme qui ferme les yeux devant sa mort, c'est moi, Adolphine Freud.

J'essaie de remonter le plus loin possible dans le passé ; je m'efforce de plonger jusqu'à ce temps où une femme s'approche de mon berceau, me prend dans ses bras, dénude son sein et me donne la tétée. J'essaie de me souvenir de l'odeur et de la chaleur du corps de cette femme, du contact de ma bouche avec son mamelon, de l'effort que font ma langue, mes lèvres et ma mâchoire pour extraire la nourriture, du goût du lait qui gargouille dans ma gorge. La femme qui m'allaite dans ce recoin inatteignable de ma mémoire s'appelle Amalia. Elle est née à la périphérie de l'Empire austro-hongrois, dans le village de Brodi, en 1835. Avant qu'Amalia ait appris à lire, sa famille déménage dans la capitale de l'empire, renommée pour la splendeur de ses nouvelles constructions et pour la magnificence de ses valses. Cependant, la ville qui les accueille est différente. C'est la Vienne des émigrants, une métropole aux rues boueuses où les apprentis courent pieds nus et transis de froid, une cité qui dégage des odeurs de tannerie, où s'agitent les vagabonds en loques, où se tendent les mains des mendiants. Dans cette ville, dans la rue Ferdinand, le père d'Amalia ouvre une petite échoppe de tissus. Un après-midi d'été, lorsque la jeune fille a vingt ans, son père la fait venir dans la boutique et lui présente un homme barbu de grande taille, appuyé aux étals sur lesquels sont exposés les rouleaux de tissus. Son père se tourne vers elle et lui dit : « Cet homme sera ton mari. » L'inconnu qui se tient devant Amalia s'appelle Jacob Freud. Veuf, il a un an de plus que son père et est deux fois plus âgé qu'elle. Il vit à Freiberg, petite ville de Moravie. Négociant en tissus, il se rend à Vienne une fois par mois pour y vendre de la laine à Jacob Nathanson. Ce mois-là, alors qu'il est déjà grand-père, Jacob Freud demande la main de la fille de Jacob Nathanson, sans même prendre la peine de faire sa connaissance. Amalia ne s'oppose pas au désir de son père, et quelques semaines plus tard les nouveaux mariés partent vivre à Freiberg. Ils logent dans une chambre au-dessus d'un atelier de forgeron, dans la plus longue rue de cette petite ville. Là, au 117 Schlossergasse, naît en mai 1856 leur fils Sigmund. Il sera suivi un an plus tard de Julius, qui mourra à l'âge de huit mois. L'année suivante viendra Anna. Cependant, le commerce de laine marche mal à Freiberg et lorsque Jacob Nathanson apprend que Jacob Freud doit s'endetter pour nourrir sa famille, il propose à son gendre de venir travailler avec lui. Ainsi, un matin de mars, Jacob et Amalia Freud retournent à Vienne avec leurs enfants. Ils habitent un petit appartement de la rue Pfeifer qui sent le moisi, où l'air rance est épaissi par la poussière. Puis les déménagements se suivent, d'une petite rue à l'autre – d'abord Weissgerberstrasse, puis Pillersdorfgasse, Pfeffergasse, Glockengasse et pour finir Pazmanitengasse, toutes situées à Leopoldstadt, le quartier juif de Vienne. Chacune de leurs demeures sent le moisi, est imprégnée de la puanteur des corps et des objets de ceux qui y ont habité avant eux, leur rappelant à chaque instant qu'ils ne sont entre ces murs que provisoirement. Amalia et Jacob Freud tentent de chasser ces effluves à l'aide d'herbes séchées et d'épices : cumin, vanille, poivre, cannelle, romarin... Au milieu de ces parfums, entre 1860 et 1862, à un an d'intervalle, naissent leurs filles Rosa, Maria et moi. Puis viendront Pauline et Alexandre, en 1864 et 1866.

Je suis de santé fragile et c'est de mon lit que j'observe la plupart des événements qui marquent mon enfance. Je me rappelle les crampes d'estomac qui me font vomir, l'œdème au cou qui m'empêche d'avaler, la douleur dans la poitrine qui entrave ma respiration, l'engourdissement de mes mains et de mes pieds, le sifflement dans mes oreilles, et la fièvre qui me maintient la plupart du temps dans un état entre la veille et le sommeil. Je perçois ma mère et mon frère Sigmund à travers une nuée blanchâtre. Maman m'applique des chiffons humides sur le front, retire mes vêtements mouillés de sueur pour les remplacer par des chemises propres. Sigmund se tient près du lit. Il me donne une cuillérée de miel ou il m'apporte une pomme avec laquelle il me caresse la joue avant de l'approcher de mes lèvres. Moi, je détourne la tête, je n'ai pas la force de mordre. Il mord un morceau pour moi, mais je n'ai pas la force de mâcher. Alors il mâche le morceau pour moi, se penche au-dessus de mon visage et lâche la bouillie dans ma bouche, comme le font les oiseaux quand ils nourrissent leurs petits. D'ailleurs, il me raconte l'histoire de deux oiseaux amoureux – c'est un conte de fées qui n'est écrit nulle part, un conte que mon frère a inventé pour moi ou que j'ai peut-être inventé moi-même, bien plus tard, en essayant de me remémorer les détails de mon enfance. Bouchée après bouchée, mon frère me donne la becquée en me racontant que l'un des oiseaux, un matin, s'est envolé pour ne plus jamais revenir et que l'autre, de chagrin, s'est déchiré la poitrine à coups de bec et s'est arraché le cœur. Quand il ne reste plus de la pomme que le trognon, mon frère colle ses lèvres à mon front pour vérifier ma température. Peut-être est-ce ma constitution maladive qui le rend plus tendre avec moi qu'avec ses autres sœurs. Avant d'aller se coucher, il n'oublie jamais de m'embrasser. Il le fait en cachette, de peur que notre mère ne tourne en dérision son geste de tendresse.

Bien des années plus tard, maman me racontera qu'entre deux maladies, elle m'emmenait chez ma grand-mère invalide, couchée immobile dans son lit, dont elle allait s'occuper tous les jours. Elle lui faisait sa toilette avec des chiffons mouillés, l'essuyait avec des serviettes sèches et lui enfilait des vêtements propres. Dans les dernières années de sa vie ma grand-mère ne connaissait plus que deux mots : maman et Malka. Malka, c'est ainsi qu'elle appelait ma mère quand elle était petite. Voyant en moi sa fille telle qu'elle avait été bien des années auparavant, elle prenait ma main et ne voulait plus la lâcher. Et pendant que je me tenais, crispée, auprès de son lit, le regard terrorisé, elle répétait : « Malka… Malka… Malka… » et tendait son autre main vers mon visage tandis que j'essayais de me dégager. « Laisse-la te caresser, me disait ma mère. Elle pense que tu es sa fille, que tu es moi. » Alors je pleurais et me débattais encore plus, et ma grand-mère pleurait, elle aussi, affligée d'avoir fait pleurer la fillette qu'elle croyait être son enfant, puis elle se tournait vers le mur. Lorsque ma mère lui prodiguait ses soins, il lui arrivait parfois de délirer. Cramponnée aux doigts de sa fille comme un enfant qui s'accroche à sa mère, elle murmurait le mot « maman » jusqu'à ce que sa voix se perde dans un chuchotement. Puis continuait à remuer les lèvres en répétant ce mot silencieusement. Ma grand-mère est morte en balbutiant ces paroles. Ma mère me racontera plus tard que j'étais présente ce jour-là, mais je n'en ai aucun souvenir. Ce qui m'est resté de mon enfance, ce sont surtout certaines impressions, certaines peurs, certains rêves, certains événements que j'anticipais ou redoutais. Je me souviens de cela plus que de tout ce qui s'est passé en réalité.

À cette époque, je rêve souvent que ma mère, mon frère et moi sommes seuls à la maison, que notre appartement se détache petit à petit du monde et se met à flotter dans l'espace ; c'est la façon dont mon imagination d'enfant emplie d'une douce béatitude se représente l'existence idéale, quelque chose comme le jardin d'Éden avant la Chute. La seule chose qui me remplit de crainte à cet âge de ma vie, c'est de les perdre. Un autre rêve : mon frère et ma mère m'abandonnent alors que je suis là, immobile, incapable de bouger, s'évanouissant petit à petit jusqu'à s'évaporer dans l'air ; je reste plantée là, je m'enfonce dans le sol. Lorsque bien des années après, mon frère expliquera que les rêves sont une réalisation de nos désirs, je repenserai à cette hantise de ma jeunesse.

La fin de mon enfance marque aussi celle de mes maladies, mais ce vague sentiment de peur s'est installé pour de bon. Jusqu'alors ma santé fragile avait créé une sorte de rempart entre moi et le monde extérieur. À présent, je découvre l'hostilité du monde : chaque fois que je sors de la maison, je suis submergée par la panique que suscitent en moi les lieux et les gens inconnus. Je pourrais aller jouer dans l'arrière-cour avec mes sœurs et les autres enfants du quartier, mais la peur me cloue à la fenêtre. Pour moi, le monde se limite à notre foyer, et je souhaite qu'aucun visage nouveau n'y fasse intrusion. Lorsque je me réveille, toujours plus tôt que mes sœurs, je me rends tout de suite dans la cuisine. Ma mère est là, en train d'allumer le feu, de coudre ou de préparer à manger, et mon père est déjà dans la boutique. Je m'assieds auprès d'elle et elle me tend une tartine beurrée ou une pomme de terre brûlante. Pendant que je mange, j'attends avec impatience l'arrivée de Sigmund. Je sais qu'il est réveillé et qu'il est en train de réviser ses leçons de la veille. Tout comme je sais qu'il partira à l'école et que je passerai toute la journée seule aux côtés de maman. Assise dans un coin de la cuisine, je la regarde travailler, j'observe ses mains et son visage pendant qu'elle fait la lessive, frotte le plancher, reprise les vêtements et s'affaire autour des casseroles. Parfois, quand elle s'absente pour aller au marché, j'en profite pour me glisser dans la chambre de Sigmund. À chaque nouveau déménagement, il est convenu qu'il aura un lieu à lui – c'est en général un petit espace réaménagé, un ancien débarras ou un cagibi à peine éclairé par une minuscule fenêtre. J'explore sa chambrette comme on le fait d'un univers. Je m'approche de son lit et reste là longtemps, immobile ; seul mon regard se promène alentour : sur les murs, le plancher, les étagères où sont rangés tout à la fois ses vêtements et ses livres. Je prends néanmoins garde à ne pas m'y attarder trop longtemps, afin de ne pas me faire surprendre par notre mère. Elle n'aime pas mes intrusions dans l'espace de Sigmund. Avant sa naissance, elle était déjà sûre qu'il deviendrait un « grand homme ». Elle raconte souvent comment, alors qu'elle était enceinte, une vieille femme le lui avait prédit, en utilisant exactement ces mots : « un grand homme ». Elle n'a cessé de les répéter depuis lors. Cependant, elle s'adresse toujours à lui comme à un petit enfant, l'appelant « mon petit Siggy en or ». Ce surnom sonne à la fois comme une marque de possession et comme une menace.

Ce n'est que les jours où ma mère sort de la maison pour rendre visite à ses frères ou lorsqu'elle passe la journée au magasin que je peux passer un moment avec Sigmund. Je m'assieds dans un coin de sa chambrette et je reste là, à le regarder travailler, suivant avidement son regard qui se promène sur les pages de ses livres, imitant le mouvement de ses lèvres lorsque, sans produire aucun son, il répète les mots du texte qu'il étudie. À huit ans, il lit déjà Shakespeare en anglais, puis à neuf ans, au collège, où il s'est inscrit avec un an d'avance, il s'initie au latin, au grec ancien et au français. L'italien et l'espagnol, il les apprendra plus tard, tout seul. S'il a un peu de temps, je lui demande de me lire à haute voix un passage dans l'une de ces langues ou de me raconter ce qu'il est en train d'apprendre, et qui pour moi est tout aussi incompréhensible qu'une langue étrangère.

Mon père rentre toujours très tard de la boutique, à la tombée de la nuit ; même pendant ces brefs moments qu'il passe à la maison, il a l'air absent. Il échange quelques mots avec ma mère, à propos du ménage ou des enfants, puis il prend son Talmud et, s'asseyant un peu à l'écart, se met à lire à voix basse en hébreu, cette langue sacrée pour lui que pourtant aucun d'entre nous ne connaît. Comme tant d'autres

Juifs de la capitale, nos parents ont décidé, en s'installant à Vienne, de ne pas initier leurs enfants au judaïsme. S'ils croient en la sauvegarde des signes invisibles relatifs à notre origine, ils espèrent néanmoins qu'une lente assimilation nous rendra égaux aux autres citoyens. Ils entretiennent leur foi en silence.

Nous, les cinq sœurs, dormons toutes dans la même chambre. Le soir, drapées de nos longues chemises de nuit en coton blanc, nous veillons longtemps avant de trouver le sommeil. Seule Anna dispose de son propre lit. Nous autres, nous partageons les deux lits restants : Rosa et Maria dorment près de la fenêtre, Pauline et moi à côté de la porte. Souvent, Anna et Rosa commentent les événements de l'école ou répètent les histoires de leurs amies du quartier. Elles chuchotent car nos parents sont tout près, de l'autre côté du mur ; Pauline, Maria et moi essayons de saisir leurs paroles, mais elles sont à peine audibles. Lorsque tout redevient silencieux, je reste longtemps éveillée, les yeux ouverts dans l'obscurité. Parfois, lorsque je me réveille au milieu de la nuit, j'entends l'une de mes sœurs balbutier dans son sommeil des mots incompréhensibles.

Un soir, Anna nous raconte que la cousine d'une de ses camarades de classe s'est jetée dans le Danube parce que ses parents avaient décidé de la marier à un homme qu'elle ne connaissait pas. En général je m'abstiens de commenter leurs discussions, mais cette fois je ne peux m'empêcher de demander avec ma naïveté de toute petite fille : « Pourquoi n'a-t-elle pas épousé son frère ? » Anna et Rosa éclatent de rire : « Parce qu'un frère et une sœur ne peuvent pas se marier. Lorsqu'ils trouvent l'amour de leur vie, frères et sœurs partent fonder une nouvelle famille et deviennent étrangers les uns aux autres », explique Rosa, ajoutant que le plus souvent, ce sont les parents qui choisissent pour leur fille un époux que parfois elle n'a même pas eu l'occasion de rencontrer.

Je mets encore plus de temps à m'endormir cette nuit-là. L'idée qu'un jour Sigmund et moi devrons nous séparer et deviendrons étrangers l'un pour l'autre me tourmente. Je ne peux envisager l'avenir sans lui.

Le matin au réveil, comme tous les matins, je vais m'asseoir auprès de ma mère. Elle est en train de vider l'eau de la casserole où elle a fait cuire des pommes de terre qu'elle attrappe une à une et range dans un grand plat. Tout en suivant ses gestes, je lui pose la question qui me tourmente : est-ce qu'un frère et une sœur peuvent se marier ?

« Bien sûr qu'ils ne peuvent pas, me répond-elle en épluchant une pomme de terre brûlante qui fume dans sa main.

— Et pourquoi ?

— Parce que c'est ainsi que Dieu l'a dit à Moïse. » Mais j'insiste : « Qu'a-t-il dit à Moïse ?

— Il lui a dit : "Tu ne découvriras point la nudité de ta sœur, fille de ton père ou fille de ta mère, née dans la maison ou née hors de la maison. Car tous ceux qui commettront quelqu'une de ces abominations seront retranchés du milieu de leur peuple." »

J'écoute, toujours pas convaincue.

« Mais qu'y a-t-il au monde de plus proche qu'un frère et une sœur ? »

Ma mère me tend une pomme de terre chaude et sort de la cuisine sans daigner me répondre.

Alors que je mords dans la pomme de terre, me brûlant au passage le palais et la langue, Sigmund entre dans la cuisine. Voyant que notre mère n'est pas là, il me pose un baiser sur le front. Il s'est levé plus tard que d'habitude et n'a pas le temps de prendre son petit déjeuner. Il enveloppe rapidement un bout de fromage et deux pommes de terre dans un morceau de papier et s'en va. Au moment où il quitte la maison, je lui lance avec inquiétude : « Promets-moi que nous serons toujours ensemble !

— Je te le promets », répond-il en riant.

Sa promesse a pour moi plus de poids que le commandement que Dieu a prescrit à Moïse et que Moïse a transmis à son peuple. Dieu n'existe pas vraiment pour nous, parce que nos parents ne nous en parlent pas, et Moïse nous apparaît moins comme un prophète que comme un personnage de fable. Notre père nous a raconté l'histoire de Moïse enfant, comment sa mère, pour le sauver de la mort, l'a déposé au milieu des roseaux du Nil dans une corbeille en osier enduite de résine, et comment la fille de Pharaon qui venait se baigner là a trouvé l'enfant et décidé de l'amener dans son palais. Ces histoires bibliques qu'il nous raconte parfois le rapprochent un peu de nous, même si la plupart du temps il reste froid et distant, comme s'il ne se sentait pas à l'aise dans sa famille, entouré de sa progéniture. Nous sommes plus jeunes que les petits-enfants issus de son premier mariage, c'est peut-être cela qui crée ce gouffre entre nous. Ses manières à notre égard sont gauches, dépourvues de chaleur, ses paroles sonnent comme des avertissements, ses caresses sont forcées et maladroites.

Le premier jour d'école me remplit de terreur. J'implore mes parents de me permettre de rester à la maison. J'y resterai aussi le lendemain et les jours suivants. Anna, Rosa et Maria essaient de me convaincre d'y aller, me racontent combien elles s'y plaisent. Sigmund m'explique l'importance de l'éducation, mais rien n'y fait ; la plupart des fillettes de notre rue ne vont pas à l'école et, tout comme elles, je préfère rester à la maison. Il est convenu que je m'instruirai dans les manuels de mes sœurs aînées. Ainsi, désormais, lorsque mon frère rentre du lycée, il m'appelle dans sa chambre, sort un de ses livres et m'enseigne ce qu'il considère important pour moi.

Tous les dimanches, mes parents vont se promener au Prater avec Anna, Rosa, Maria, Pauline et Alexandre. Sigmund reste à la maison avec moi, sous prétexte qu'il doit travailler. Dès que nous sommes seuls, il laisse tomber son livre et nous nous allongeons sur le lit que je partage avec Pauline. Nous tirons le drap sur nos têtes et le soulevons à quelques centimètres au-dessus de nos visages. Dans cette proximité que je souhaite faire durer éternellement, dans la synchronie de nos souffles pendant que nous demeurons sous le ciel blanc du drap, Sigmund me parle des merveilles de la nature, de la longévité des étoiles et de leur mort, de l'imprévisibilité des volcans, des vagues qui érodent la terre, des grands vents qui peuvent tuer, et je me grise de ses paroles, de son souffle, du contact de nos corps serrés l'un contre l'autre. Ce jeu nous plonge dans une douce béatitude où nous ne faisons plus qu'un. Nous restons dans cette magie jusqu'à ce que la fatigue l'emporte sur notre exaltation et que je m'endorme. Je ne me réveille généralement qu'au retour de nos parents, de nos sœurs et de notre petit frère, lorsque la maison s'emplit à nouveau de bruits. Quand je rouvre les yeux, Sigmund n'est jamais à côté de moi.

Un après-midi d'automne, alors que j'écoute les paroles de Sigmund mêlées aux battements de mon cœur, je sens, comme tant de fois, ma respiration se ralentir, mes paupières s'alourdir. Je demeure ainsi entre la veille et le sommeil, comme dans un état second. Sigmund me demande si je dors. Je ne réponds pas et reste immobile dans mon engourdissement, le souffle régulier, non parce que je veux le tromper, mais parce que je n'ai pas envie d'interrompre le plaisir que j'éprouve. Doucement, il se glisse hors du lit et sort de la pièce. Je reste couchée encore quelque temps avant de me lever à mon tour. Après être restée un petit moment dans le couloir, je me dirige vers sa chambre. J'entrouvre la porte et je reste clouée sur le seuil. Sigmund est couché sur le lit, le pantalon déboutonné et baissé jusqu'aux genoux, ses yeux levés au plafond. Sa main droite glisse sur son ventre à un rythme régulier. Je sens mon cœur battre dans ma gorge, j'écoute sa respiration entrecoupée. Il respire de plus en plus vite, puis il ferme les yeux, tout son corps se ramasse dans une violente contraction, sa bouche s'entrouvre et il pousse un léger gémissement. Je m'entends pousser un cri. Mon frère sursaute et se tourne vers moi. Mais je suis déjà partie me réfugier dans ma chambre. Je me jette sur le lit, me couvre le visage de mes mains et pleure. Le monde rassurant de mon enfance n'existera plus jamais, je le sens. Les longues heures que je passais dans sa chambrette à regarder ses lèvres remuer pendant qu'il répétait ses leçons, les délicieux moments où il cherchait à me transmettre son savoir, lorsque nous restions couchés sur le lit comme si rien n'allait jamais nous séparer, tout cela s'évanouit en un seul instant. Cette sensation me fait mal, je comprends pour la première fois que mon frère et moi sommes en train de nous séparer et que nos vies prendront des cours différents. Et cette idée m'est insupportable.

« Je t'en prie, ne pleure pas », me dit-il.

Ses doigts, empreints d'une odeur étrange, s'agrippent aux miens tandis que j'essaie de me cacher le visage. « Ne pleure pas », m'implore-t-il, tout à côté de moi, si proche et si lointain à la fois. Il m'arrache les mains du visage. Je l'observe et il me semble voir un autre Sigmund qui me regarde comme une étrangère. Je ferme les yeux et je sens de nouveau affluer les larmes. J'enlace mon oreiller, alors qu'il reste assis sur le lit, ses mains posées sur ma tête.

Nous entendons du bruit à la porte d'entrée.

« Je leur dirai que tu dors », fait-il dans un souffle, et il s'éclipse de la chambre en refermant la porte derrière lui.

Restée seule, je lutte contre les sanglots qui montent dans ma gorge, je mords mon oreiller pour étouffer mes gémissements. Par peur d'affronter les visages familiers, je reste couchée jusqu'au soir.

À partir de ce moment, j'évite Sigmund. Le lendemain, j'attends qu'il soit parti au lycée pour me lever et je cours me réfugier dans ma chambre lorsque je sais qu'il doit rentrer. Lui non plus ne vient pas me chercher. Ce premier jour tout me dégoûte : l'eau, la nourriture, mon corps, les mots que j'entends et jusqu'à l'air que je respire. Je traîne dans la maison dans un état fiévreux qui me soumet à une incoercible envie de dormir en même temps qu'il me maintient éveillée. La journée suivante, je la passe au lit, à moitié délirante. C'est le moyen qu'a trouvé mon corps pour protéger mon âme d'enfant du traumatisme provoqué par la vue d'une image insupportable. Je pense à ce conte sur l'oiseau qui a perdu sa compagne et qui, de tristesse, se déchire la poitrine à coups de bec. Est-ce mon frère qui me l'a raconté ou l'ai-je imaginé moi-même ? Je ne sais. Mais, allongée dans une demi-conscience, je sens quelque chose me déchirer la poitrine, cherchant à atteindre mon cœur.

Ce soir-là, dans l'obscurité de la chambre, alors qu'Anna et Rosa se racontent les événements de la journée, les potins de la rue et de l'école, je reste tournée vers le mur, les yeux clos, sentant battre en moi la peur et la douleur dans un même rythme. J'ai peur de la vie, de tous ses secrets qui ne m'ont pas encore été révélés et que je devrai un jour affronter. L'idée de la différence entre le corps de l'homme et celui de la femme me fait mal, tout comme le vague pressentiment des rapports qui les lient. Je devine l'obscure loi de l'accouplement qui se transmet de génération en génération, une loi inscrite dans le sang, gravée dans la mémoire dès la naissance et qui s'enracine douloureusement en moi avec la conscience nouvellement acquise de la différence entre le corps de mon frère et le mien.

Bien des années plus tard, je lirai une étude où Sigmund explique la façon dont la petite fille doit conquérir sa féminité. Selon son interprétation, une enfant devient femme lorsque « pour la première fois elle voit les organes génitaux de l'autre sexe. Elle se rend compte aussitôt de la différence et en reconnaît la signification ». Avec cette prise de conscience, la petite fille « sent qu'elle est gravement mutilée » et devient pour cette raison « une victime de l'envie du pénis ». Ce qui « laissera des traces indestructibles dans son développement et la formation de son caractère ». J'ai beaucoup pensé à ces théories. S'il est vrai que le sentiment d'être femme n'est ni immédiat ni spontané chez la fillette, mais quelque chose qui lui vient du dehors, de la prise de conscience qu'elle n'a pas le même organe sexuel que le garçon – ce qui, comme le dit mon frère, se traduit par un sentiment de « mutilation » –, je me demande pourquoi le résultat de cette prise de conscience serait l'envie, et non, par exemple, la tristesse ou la peur. La tristesse parce que les corps ne sont pas identiques, la peur parce que l'autre sexe peut être éprouvé comme menaçant. Sigmund n'admet pas que cette prise de conscience de la petite fille-qui-devient-femme puisse susciter d'autre réaction que l'envie, faisant de celle-ci le noyau autour duquel se forme le moi féminin. Devenir femme, selon mon frère, n'est ni le résultat d'une prédétermination biologique, ni un fait anatomique, ni une donnée métaphysique, quelque chose qui se joue dans les profondeurs de l'âme ou dans l'obscurité de la nature, mais un processus mû par l'envie. Dont le sentiment reste gravé dans l'existence de chaque femme comme la marque durable de ce premier sentiment féminin de mutilation. Lorsque mon frère a dévoilé à la face du monde cette théorie comme vérité absolue, il n'a pas pensé à la tristesse que j'avais éprouvée ce jour-là, alors qu'il avait treize ans et moi sept, à la douleur et à la peur qu'avait suscitées en moi la conscience de la différence entre nos deux corps, le pressentiment que ma vie et la sienne ne continueraient pas ensemble mais qu'elles avanceraient séparément sur le chemin de la mort. Il avait oublié ce jour-là la tristesse et la peur qu'il avait provoquées et qui s'étaient déversées sur moi comme une ombre se mêlant à d'autres peurs et d'autres tristesses à venir. Il avait oublié cela et défini le développement de toutes les petites filles devant « devenir femmes » par une seule notion : l'envie.

Seule ma mère se rend compte que quelque chose s'est brisé entre mon frère et moi. Elle remarque les changements d'expression sur mon visage lorsque nous nous trouvons par hasard dans la même pièce, l'accélération de ma respiration et mes efforts pour éviter son regard.

Je prends l'habitude de sortir avec ma mère. Nous allons ensemble au marché ou à la boutique de mon père. Il m'arrive aussi de faire le tour du pâté de maisons toute seule. De temps en temps, Sigmund, sans proférer un mot, me tend un livre qu'il a emprunté pour moi à la bibliothèque du lycée. Quand je l'ai lu, je le lui rends, toujours sans lui adresser la parole, et j'attends qu'il m'en apporte un autre. Je n'entre plus jamais dans sa chambre, même lorsqu'il n'est pas là. J'évite de le rencontrer, mais tout comme avant, je guette son retour du lycée. Et dès que j'entends ses pas dans le couloir, je me jette sur mon lit, je tire le drap sur ma tête et le soulève à quelques centimètres au-dessus de mon visage, comme nous avions l'habitude de le faire ensemble. Mais au lieu du bonheur qui me transportait alors, la douleur m'arrache la poitrine, cherchant à se frayer un passage jusqu'à mon cœur.

Troisième partie

LA RUE KAISER-JOSEPH S'ÉTEND ENTRE DEUX PARCS, le Prater et l'Augarten. Dans cette rue, dans une maison à trois étages de couleur grisâtre, se trouve l'appartement dans lequel nous emménageons. J'ai maintenant onze ans et Sigmund dix-sept. Pour la première fois, mes sœurs et moi ne dormons plus toutes les cinq dans la même pièce. La chambre de nos parents – où dort aussi notre frère Alexandre –, celle d'Anna et de Rosa et celle que nous occupons Maria, Pauline et moi, donnent sur la cour arrière, tandis que la salle à manger, le salon et la chambre de Sigmund, que nous appelons le « cabinet de travail », s'ouvrent sur une large rue bordée d'arbres. Le matin suivant notre emménagement, aussitôt après le réveil, je sors sur le balcon du salon. C'est dimanche, la rue est silencieuse et déserte. En regardant en direction de la fenêtre de mon frère, adjacente au balcon, à travers les rideaux écartés, je le vois assis à son bureau en train de lire. Cela fait déjà quatre ans que nous sommes devenus des étrangers l'un pour l'autre. Chaque fois qu'il m'apporte un livre de la bibliothèque du lycée, je me dis que je préférerais ne plus jamais le revoir, tout en regrettant notre proximité de jadis. Lorsque nous causions allongés sur le lit, lorsque je me laissais bercer par sa voix et que seule la peau de nos corps nous séparait. Il est là, si près et si loin, assis à son bureau, plongé dans son travail. Soudain, il lève les yeux et nos regards se rencontrent ; je sursaute, comme prise en flagrant délit. Gênée, je rentre vite dans le salon et rejoins furtivement notre chambre, où Pauline et Maria dorment encore. Je me jette sur mon lit, je tire le drap sur ma tête et le soulève à quelques centimètres au-dessus de mon visage.

À cette époque, Vienne vit une période de grande pauvreté et, pour ne pas fermer boutique, mon père est contraint de licencier ses vendeurs ; maman les remplace et je l'accompagne souvent. Nous passons de longues heures au milieu des teintures, des étals de tissu et des pelotes de laine ; sitôt rentrée à la maison, maman se met à sa broderie. Tandis que mes sœurs jouent dans l'arrière-cour, discutent dans leurs chambres ou observent les passants depuis le balcon, je reste aux côtés de ma mère jusqu'à l'heure du coucher. Je suis les mouvements de l'aiguille, des fils, j'admire les motifs qui émergent sous ses doigts agiles. La broderie est pour elle une activité privilégiée qu'elle ne se permet que le soir, pour se reposer du dur labeur de la journée. La couture est en revanche réservée au matin, quand personne ne peut la voir. Dès l'aube, elle reprise les bas, les robes que nous nous échangeons mes sœurs et moi, les pantalons de Sigmund, d'Alexandre et de notre père, ainsi que ses propres vêtements. Dès que nous entrons dans la cuisine, elle range sa boîte à couture, et ce n'est qu'après son retour de la boutique qu'elle se met à broder. Parfois, je l'imite ou bien, assise par terre à ses côtés, je feuillette un des livres que mon frère m'a prêtés.

Un après-midi d'été, alors que nous rentrons du magasin, mon père, ma mère et moi décidons de passer par l'Augarten. Le regard de mon père est soudain attiré par une grande affiche placardée sur l'un des bâtiments du parc, indiquant une exposition de tableaux aux thèmes bibliques. Nous nous dirigeons vers la salle d'exposition, mais ma mère, voyant la nudité représentée sur certaines œuvres, me retient à l'entrée. Une toile cependant attire mon regard. Un vieillard, un garçon et un ange. C'est *Le Sacrifice d'Abraham*, de Rembrandt. Des frissons me parcourent alors que je regarde le vieillard qui, d'une main, tient la tête du garçon, lui recouvrant complètement le visage, et de l'autre, brandit un couteau. Je demande à ma mère de m'expliquer le sens de ce tableau. Elle me récite :

« Il était une fois un homme et une femme qui s'appelaient Abraham et Sarah. Ils n'avaient pas d'enfants. Abraham avait quatre-vingt-dix-neuf ans lorsque le Seigneur lui apparut et fit alliance avec lui, lui prédisant qu'il aurait un fils et que de sa descendance sortirait un grand peuple. Et en effet Sarah, à l'âge de quatre-vingt-dix ans, mit au monde un fils auquel on donna le nom d'Isaac. Mais lorsque l'enfant grandit, Dieu demanda à Abraham d'aller sur la montagne et de lui sacrifier son fils. Abraham partit sur la montagne de Moriyya, éleva un autel, y disposa des bûches, lia Isaac et prit le couteau pour l'immoler. Mais alors, un ange lui apparut et arrêta sa main. Lorsque Abraham leva les yeux, il vit un bélier qu'il sacrifia à la place de son fils. L'ange lui dit alors : "Parce que tu as fait cela et n'as pas épargné ton fils unique, je m'engage à te bénir, à faire proliférer ta descendance et la faire régner sur le monde." »

J'ai du mal à comprendre comment un père peut se décider à tuer son fils, même s'il le fait pour obéir à Dieu. Ma mère m'explique alors : « Dieu l'a mis à l'épreuve pour s'assurer de sa foi. » Mais comment Dieu peut-il accorder à la foi d'un homme une telle signification ? L'amour d'un père pour son enfant n'est-il pas infiniment plus important ? Ma mère ne trouve rien à me répondre.

Cette nuit-là, mes pensées reviennent sans cesse vers l'histoire d'Abraham et d'Isaac. Je cherche à me remémorer la physionomie du père se préparant à accomplir un crime, le visage absent de l'innocent qui doit mourir et celui de l'ange porteur de salut. Même si l'expression des visages et la posture des corps m'échappent, j'essaie de reproduire le tableau dans ma mémoire, de me souvenir au moins des couleurs, mais tout finit par se fondre en une masse informe. La seule chose dont je suis certaine, c'est que le tableau est peint avec toutes les couleurs et nuances de la terre.

Le lendemain, je refuse d'accompagner ma mère à la boutique. Et l'après-midi, rassemblant tout mon courage, je confie à Sigmund le projet qui s'est formé dans ma tête durant la nuit : j'aimerais apprendre à peindre. Il saisit alors ma main droite et la regarde tendrement, si tendrement qu'un spectateur extérieur pourrait penser que ce jeune homme de dix-sept ans est amoureux de cette fillette ; il plie et déplie mes doigts, ouvre la paume de ma main comme si quelque part, sous la peau, derrière la chair et les os, il cherchait à découvrir ce talent qui doit éclore.

« Tu vas apprendre à peindre et à dessiner », me dit-il.

Nous restons un long moment ainsi, main dans la main. Et l'espace d'un instant, je retrouve un peu de cette complicité qui nous transportait autrefois. Sigmund veut savoir ce qui a suscité en moi l'envie de peindre. Est-ce le désir de saisir la nature dans ses perpétuels changements ou celui de capter le caractère humain dans les vibrations de la peau, la posture des corps, l'éclat des yeux ? Moi, je ne cesse de revenir sur la toile merveilleuse et déchirante, œuvre de ce peintre dont j'ignorais jusqu'alors le nom. Dans sa jeunesse, l'être humain s'imagine que tout ce qu'il désire, il le réalisera un jour ; il le pourrait en effet, mais *ce jour* n'arrive jamais, non pas parce que ce qu'il désire est impossible, mais parce que, entre le jour où naît son désir et le jour de sa réalisation (le-jour-qui-ne-viendra-jamais), il s'en écoule une quantité d'autres, tous différents, qui brouilleront les pistes et donneront à la vie une autre configuration. Ainsi, peu à peu, son désir d'enfance lui apparaîtra plus tard comme dérisoire, ou insensé, ou parfois même touchant – à moins qu'il ne sombre tout simplement dans l'oubli. Je n'oublierai jamais celui qui m'a portée si inopinément vers la peinture. Désormais, pour moi, peindre signifie chercher – avec les couleurs de la terre où se fondent l'air et le sang – le bien et le mal, l'impuissance et le pouvoir, la menace de la mort et l'attente du salut.

Ma mère est opposée à mon désir de peindre. Je ne me souviens pas de sa réponse exacte lorsque Sigmund déclare : « Adolphine veut prendre des cours de dessin », mais elle insiste sur le fait qu'une jeune fille ne doit apprendre que les choses qui lui seront utiles dans la vie. Moi qui ai déjà refusé d'aller à l'école, comment serais-je capable d'apprendre quoi que ce soit ? Ses paroles sont pleines d'amertume et de reproche. En un seul instant, toute la tendresse qu'elle m'avait jusqu'alors manifestée disparaît. Ses traits se durcissent, sa voix devient haineuse. De son visage et de sa voix s'échappe un vent glacial qui me frappe de plein fouet.

Ce jour-là, une goutte de venin est tombée de quelque part, en dehors de cet espace familier, sur le fil invisible qui me lie à ma mère ; au moment où elle a appris mon désir par la bouche de mon frère et qu'elle a deviné cette nouvelle complicité qui s'est installée entre nous, le monde clos que nous formions elle et moi s'est détérioré pour toujours. Dès cet instant, elle est devenue différente et je ne suis plus pour elle qu'un réceptacle où déverser une rancœur dont elle ignore sans doute l'origine. Sigmund perçoit lui aussi ce poison et c'est pourquoi il choisit soigneusement ses moments pour me parler. Aussi loin que je m'en souvienne, il a toujours répété ces deux phrases : « Je dois d'abord demander à maman » et « Que dira maman de cela ? ». Maintenant qu'il connaît les réponses, nos conversations se déroulent presque toujours en cachette, lorsqu'elle s'absente de la maison pour aider mon père à la boutique. À son retour, elle guette nos gestes, traque les moindres signes de nos échanges dans les modulations de ma voix, dans le reflet de mes yeux, et elle crache son venin, comme si elle voulait y noyer mon existence : « Il aurait mieux valu que tu ne sois pas née ! » Elle me décoche cette phrase chaque fois que je commets quelque maladresse propre aux fillettes de mon âge. Elle me dit cela au lieu de me souhaiter bonne nuit ou de me demander si j'ai besoin de quelque chose. Et parfois, j'entends ces paroles même lorsqu'elle ne les prononce pas. J'aimerais pouvoir aller dans la cuisine comme autrefois. Elle m'offrirait une pomme de terre brûlante et, assise dans un coin, je la regarderais travailler. Je garde encore l'espoir qu'un jour ma mère m'accueillera avec son regard de jadis et que nous serons à nouveau proches comme nous pouvions l'être. Je pourrais alors lui demander comment racheter cette culpabilité dont elle me fait porter le poids. Mais hélas, quand j'entre dans la cuisine, la froideur de son regard, la brutalité de ses paroles, la façon dont elle m'évite me pétrifient sur place. La question n'arrive pas à sortir ; je voudrais la vomir, l'expulser comme on recrache un plat avarié, mais elle reste en travers de ma gorge.

Le soir parfois, lorsque je me couche dans mon lit, je me tourne vers le mur et tout mon corps tremble de peur et de tristesse. Au cours de la nuit, ma main cogne contre la paroi – dans mon sommeil je cherche une autre main, je cherche à m'agripper à elle, à la retenir...

Ce sentiment d'abandon m'est d'autant plus pénible que Sigmund semble ne pas s'apercevoir du mépris et des moqueries de notre mère : « Il aurait mieux valu que tu ne sois pas née. » Son silence est pour moi comme une approbation tacite du fait que mon existence est une erreur. Il est pourtant souvent présent lorsqu'elle me fait des remarques sur ma façon de manger, de rire, de marcher ; lorsqu'elle me compare aux filles de ses amies qui viennent nous rendre visite avec leurs mères et qui, contrairement à moi qui suis timide et taciturne, savent mener une conversation en société, ont de bonnes manières, échangent des politesses et marchent avec élégance. Elle tourne en dérision mes enthousiasmes naïfs et se moque des joies enfantines que je voudrais partager avec elle. « Une mère qui a une fille comme toi est bien à plaindre », dit-elle souvent. La vie devient alors pour moi un cadeau immérité, puisque celle qui me l'a donnée me rappelle constamment que je n'aurais pas dû exister. Devant toutes ces humiliations, je me tais, un méchant oiseau me déchire la poitrine à coups de bec et quelque chose gémit en moi. Un sentiment de dégoût s'inscrit petit à petit sur mes traits, je le reconnais chaque fois que je me regarde dans le miroir. Je déteste mon visage où se peint mon excessive sensibilité. Je m'apitoie sur mon sort, mais j'exècre aussi cet apitoiement. Un jour, après avoir entendu cette phrase pour la énième fois, je me glisse dans le lit et, serrant mon cou de toutes mes forces, je m'enfonce les pouces dans la gorge, au-dessus des clavicules, jusqu'à perdre conscience.

Un jour, pourtant, Sigmund m'offre des crayons et du papier, et je commence à dessiner en cachette. Je vois l'ombre de ma main tomber sur la feuille, recouvrant les traits gauches de mon croquis. J'essaie de tracer les lignes de cette ombre mais, très vite, je laisse tomber le crayon, j'observe l'ombre qui s'agite au-dessus de la table et me laisse aller à mes rêveries. J'oublie le dessin.

C'est au cours de cet automne-là que Sigmund s'inscrit à la faculté de médecine. Un après-midi, en rentrant, il me parle de son professeur de physiologie, le Dr Ernst von Brücke, peintre amateur, qui donne gratuitement des cours de dessin dans son atelier. Le lendemain matin, un dimanche, il m'accompagne chez le professeur pour mon premier cours. Celui-ci habite tout près de chez nous et je prends bientôt l'habitude d'y aller seule tous les dimanches. Ma mère ne manque pas une occasion de reprocher à Sigmund de m'avoir introduite dans ce milieu. Mon engouement pour le dessin me rend distraite. « Elle restera toujours ainsi, absorbée par ces gribouillis, au lieu de s'occuper de ce qui lui sera utile un jour, quand elle deviendra femme. » Il y a une sorte de menace dans sa voix quand elle dit « devenir femme ». J'examine parfois mon corps avec peur, guettant les transformations qui feront de moi une adulte.

C'est lors de ces cours de dessin que je fais la connaissance de Sarah, dont le père Otto Auerbach est un collègue du Dr Brücke. Sarah et moi devenons amies, et sa mère Rebecca m'accueille désormais dans leur maison tous les samedis. Sarah a un an de plus que moi et porte aux jambes un appareillage compliqué qui l'aide à marcher. « Je suis obligée de porter ça, m'explique-t-elle un jour, car mes jambes ne sont pas assez fortes pour supporter mon corps. J'ai besoin d'être soutenue quand je marche. » Souvent, elle s'appuie à moi et nous arpentons, ainsi enlacées, sa vaste chambre aux murs tapissés de soie. Ravies du contact de nos corps, nous nous imaginons flânant dans les allées d'un parc. Les appareils qui encerclent ses jambes devraient normalement lui permettre de se déplacer seule mais, à cause de son anémie, elle risque toujours une chute qui pourrait briser ses os trop fragiles, c'est pourquoi elle doit être accompagnée. J'ignore ce que le mot « anémie » veut dire, mais je n'ose pas poser de questions. Un jour, alors que collée l'une contre l'autre nous déambulons dans sa chambre, je lui dis combien j'admire la blancheur de sa peau.

« Ça vient de mon anémie. »

Je lui avoue que je ne connais pas le sens de ce mot.

« Il m'arrive parfois, à l'improviste, de ne plus savoir ce qui se passe autour de moi. Je me sens alors extraordinairement faible. Un délicieux étourdissement s'empare de moi, je ne vois plus rien et je perds connaissance. Tout cela est merveilleusement beau, je ne sais pourquoi. Je suis envahie d'une extrême faiblesse et j'oublie qui je suis », dit-elle en arrangeant une mèche de cheveux qui lui tombe sur le front. Et d'ajouter : « Si c'est comme cela que l'on meurt, je n'ai pas peur de mourir. »

Sarah et moi sommes très proches, nous parlons de tout. C'est elle qui m'explique ce que sont les règles et par quels signes elles se manifestent la première fois. Dans son cas, une forte fièvre les a précédées, la faisant trembler de froid.

« C'est le premier pas vers la féminité, après ça on peut devenir mère.

— Est-ce que tu as envie de devenir mère ?

— J'y penserai plus tard, ce n'est que le premier pas. C'est ce que maman m'a dit », explique-t-elle. Elle pose ses mains sur son ventre. « Ça doit être merveilleux de porter un enfant, une autre vie.

— Moi, je trouve ça horrible.

— C'est peut-être horrible. Horrible et simple à la fois », poursuit-elle en se levant avec peine. Elle tend une jambe devant elle comme si elle voulait faire un pas, la laisse planer à une certaine distance du sol, et retombe sur sa chaise. Au prix d'un grand effort, elle parvient à se relever. Elle s'accroche tendrement à mon bras et nous refaisons un tour dans la chambre.

Quelques mois plus tard, c'est à mon tour de faire un pas vers la maternité. Je me souviens de l'épais liquide rouge qui coule entre mes jambes, de la douleur qui me brise le dos, du malaise que j'éprouve à me confier à ma mère et, surtout, de la cruauté de sa réponse : « Désormais tu connais ton devoir, ce qui fait le sens de la vie d'une femme : payer sa dette à l'égard de l'existence en donnant soi-même la vie. »

Je songe qu'un jour mon frère deviendra père et qu'il se liera au sang d'une femme inconnue, tout comme moi je me lierai, par mon sang, à un homme, un parfait étranger. Les paroles de Sarah résonnent dans mon esprit : « C'est le premier pas vers la féminité » et maintenant je sais, tout comme elle, qu'il reste encore bien des pas à faire, et que la nature elle-même se chargera de les accomplir pour nous plier à ses lois, indépendamment de notre volonté. J'observe avec encore plus d'appréhension les changements qui surviennent dans mon corps, le duvet qui pousse sur mon pubis et sous mes aisselles, l'arrondissement de mes hanches, le gonflement de mes seins... et cette appréhension se lit sur les traits crispés de mon visage.

Au bout de trois ans d'apprentissage, le Dr Brücke nous conseille, à Sarah et à moi, de nous inscrire à l'école des beaux-arts, où nous pourrons approfondir les techniques que nous avons acquises et nous familiariser avec la vraie peinture. Sarah a quinze ans, j'en ai quatorze. Ses parents considèrent que sa santé ne lui permettra pas de poursuivre sa vocation. Quant à moi, j'échoue malheureusement à l'examen d'admission. Nous continuons à nous voir et, à chacune de nos rencontres, nous dessinons. Je le fais aussi à la maison, en cachette, lorsque ma mère n'est pas là, profitant de son absence pour étaler mes travaux dans la cuisine. Un jour, elle rentre plus tôt que prévu et découvre mes œuvres exposées partout dans la pièce, sur la table, les chaises, le bord de la fenêtre... Surprise comme si j'étais en train de faire quelque chose de honteux, je dois supporter son regard méprisant qui se promène sur mes esquisses. Pour elle, mes velléités artistiques se sont arrêtées avec la fin des cours chez le Dr Brücke et mon échec à l'examen d'admission aux beaux-arts.

« Je ne comprends vraiment pas pourquoi tu t'obstines à dessiner ! » me crie-t-elle pendant que je me hâte d'empiler mes travaux les uns sur les autres comme si je ramassais ma propre honte. « Ce que tu fais là est insensé. » Dans mon empressement, je chiffonne les feuilles entre mes doigts. « Faut-il que je t'explique ce que le mot "insensé" signifie ? C'est quelque chose de vain, quelque chose qui n'a pas de suite. Tu apprends à marcher pour aller quelque part. Tu apprends à parler pour pouvoir t'entendre avec quelqu'un. Tu mets au monde un enfant pour que la vie continue. Et toi, est-ce que tu sais pourquoi tu dessines ? Tu l'ignores. C'est donc insensé. Et en t'obstinant tu risques même de détruire les choses qui ont du sens. Tu n'arriveras nulle part avec ça. » Elle attrape la feuille la plus proche et la jette par terre. « Laisse tomber cela si tu veux sauver le sens de ta vie. »

Après cette scène, je renonce à la peinture. Non pas parce que je crois que je sauverai ainsi le sens de ma vie, mais parce que chaque fois que je prends un crayon j'entends les paroles de ma mère et mes doigts s'engourdissent. Je sens en permanence son regard accusateur se poser sur moi. À tel point que je finis par déchirer tous mes dessins et les jette dans la cheminée.

Mais le poids de la désapprobation de ma mère ne s'arrête pas là. Chaque fois que je veux aller à la bibliothèque avec mon frère, qui a pris l'habitude d'y passer des heures, elle cherche un prétexte pour m'en empêcher, en déclarant par exemple que mon père a besoin de moi dans sa boutique et en m'obligeant à l'y accompagner. Mais je résiste et dès qu'elle a le dos tourné je trouve un moyen de me sauver. À la bibliothèque, Sigmund lit des ouvrages médicaux,

81

tandis que moi je déchiffre des œuvres philosophiques. Il m'aide à comprendre. Ma mère m'accable de reproches. Mais les heures passées dans la salle de lecture sous la surveillance de mon frère, ses commentaires et ses conseils, m'apportent une nouvelle confiance en moi. Les paroles de ma mère ne m'atteignent plus comme avant, la froideur de son regard n'a plus le pouvoir de m'anéantir. Elle en est consciente et sa toute-puissance s'en trouve ébranlée, ce venin qui s'égoutte sur le fil ténu qui nous lie encore, nous ne le partageons plus de la même façon, il l'empoisonne elle-même sans m'affecter et elle étouffe dans son impuissance. Elle ne supporte pas la joie qui se lit dans mes yeux quand, le soir, Sigmund et moi rentrons ensemble. C'est lors de nos après-midi passés à la bibliothèque que Sigmund me fait part de ses ambitions. Il veut dévoiler les secrets de l'être humain, ceux dont l'anatomie ne peut rendre compte. Il est convaincu que le chemin vers ce savoir particulier passe par l'interpénétration de la raison et de la sensibilité, et que seule une collaboration entre ces deux dimensions peut permettre à l'homme de se connaître lui-même. Les affects ne doivent ni être entravés ni étouffés, mais seule la raison peut permettre de les déchiffrer et de les interpréter. Il me fait découvrir ses auteurs préférés : Sophocle, Shakespeare, Goethe et Cervantès. Il m'interdit de lire Balzac et Flaubert en raison de leur immoralité et me déconseille Dostoïevski, qu'il vient seulement de découvrir, sous prétexte qu'il est trop sombre. Il m'aide à comprendre Hegel et Schopenhauer, Platon également, qui m'est devenu familier grâce à la lecture de John Stuart Mill.

À la maison pourtant, il m'arrive encore d'ouvrir la Bible. Je trouve toujours le même plaisir à lire ce passage du *Chant de Salomon* :

« Oh ! que n'es-tu comme mon frère, tétant les seins de ma mère ! Si je te trouvais dehors, je t'embrasserais. Les gens ne me mépriseraient pas. Je te conduirais, je t'introduirais dans la maison de ma mère, qui m'enseignait. Je te ferais boire du vin aromatisé, du jus frais de grenades[1] (...). »

Mais je veille à le faire en cachette de Sigmund. Pour lui, la Bible est un texte plein d'aberrations. C'est là que se rompt le fil ténu qui nous lie à nos ancêtres oubliés. Nous sommes les premiers infidèles dans une longue lignée de générations, les premiers à travailler le samedi, à manger du porc, à ne pas aller à la synagogue, à ne pas dire le Kaddish aux enterrements et à l'anniversaire des parents morts, à ne pas connaître l'hébreu. Pour nous, la langue sacrée, c'est l'allemand. Sigmund est convaincu que cette langue est la seule capable d'exprimer les plus hautes aspirations de l'âme. Non seulement nous vénérons l'esprit germanique, mais nous nous efforçons également d'en faire partie. Avec une sorte d'exaltation qui masque un mépris pour notre propre tradition, nous adoptons les us et coutumes de la classe moyenne viennoise.

Mon frère est adepte des théories de Charles

---

1. *Cantique des cantiques. (Toutes les notes sont des traducteurs.)*

Darwin qui a, selon lui, découvert la vraie place de l'espèce humaine dans le royaume animal. Il est persuadé qu'avec Darwin commence la compréhension objective de l'homme en tant que création naturelle, à travers la transformation d'une forme animale en une autre, et non pas en tant que créature divine, issue de la poussière et du souffle de Dieu. Il est persuadé que la raison est capable de déchiffrer les mystères de l'existence et que la théorie de Darwin n'est qu'un commencement. « Je veux élucider la texture complexe autour de laquelle se tisse ce que l'on appelle destin et hasard. » Afin de pouvoir détacher chaque strate de cette structure, et de savoir quelles sont les composantes qui la déterminent, il faut faire ce premier pas : se débarrasser des illusions, dont la plus grande est la religion, avec ses dogmes. Pour lui, la raison seule peut détruire ces illusions et il cherche ses modèles dans ceux de ses prédécesseurs qui la mettent au-dessus de toute forme de croyance.

Lorsqu'il s'aperçoit que je ne parviens pas à le suivre dans ses raisonnements, il fait invariablement le même geste, qui signifie que nous devons changer de sujet : il me touche le front du bout de l'index, puis le nez, les lèvres et le menton et nous reprenons nos rêveries. Venise nous fascine tout particulièrement et nous nous promettons souvent d'y aller un jour ensemble. Venise, avec son architecture de dentelle et les reflets de la lune sur l'eau. Venise qui, sur les photos de nos livres, nous apparaît de façon plus réelle et plus intense qu'à la plupart de ceux qui y sont allés. Chaque fois que nous en parlons, je presse mes poignets l'un contre l'autre et je courbe un peu mes doigts de façon à former une gondole que je fais naviguer dans l'air. Nous admirons les reproductions de ses peintres les plus célèbres, Carpaccio, Bellini, Giorgione, Lotto, le Titien, Véronèse, le Tintoret et Tiepolo. Nous découvrons aussi d'autres peintres, qui n'ont jamais mis les pieds dans cette ville où nous rêvons de vivre un jour. En scrutant le foisonnement des reproductions de Bruegel et de Bosch, nous cherchons les fous du Moyen Âge, cette race depuis longtemps disparue. Ils sont reconnaissables à leurs capuches, le plus souvent affublés d'oreilles d'âne ou de petites cornes ; les fous qui déjà à l'époque des pharaons avaient le rôle de distraire les souverains en débitant des absurdités, dissimulant parfois de grandes sagesses ; les bouffons que l'on trouvait aussi dans les cours d'Europe et qui, jusqu'aux XVIe et XVIIe siècles, étaient un phénomène courant dans les fêtes et les cérémonies, qui erraient de village en village, cherchant à gagner quelques sous. Les fous, cette catégorie à part du genre humain qui, par sagesse, avait renoncé à la raison et décidé d'être la risée du monde en riant de tous les autres et d'eux-mêmes.

Je ne suis pas la seule que Sigmund fascine. Sarah ne cesse de me demander de ses nouvelles. Elle ne l'a jamais vu, mais son père le considère comme son meilleur étudiant et cela éveille sa curiosité.

Bertha Auerbach, la grande sœur de Sarah, de trois ans son aînée, réunit tous les mercredis dans son salon des dizaines de jeunes gens qui rivalisent entre eux en étalant leurs connaissances sur la vie, l'amour, la musique ou la littérature. C'est à qui produira la plus forte impression. Sarah trouve ces gens prétentieux et participe rarement à ces soirées, cependant elle nous y invite parfois, mon frère et moi, voyant sans doute là une occasion de faire sa connaissance. Je me débrouille pour n'en parler à Sigmund que lorsque je sais qu'il est pris par ses cours pratiques à l'hôpital ou qu'il a déjà prévu une sortie avec ses amis. Ainsi, nous pouvons rester toutes les deux seules dans la chambre de Sarah ; parfois des rires bruyants nous parviennent au milieu des discussions passionnées, ou encore le son du piano et les échos des voix qui chantent à l'unisson dans l'appartement du dessus. Un mercredi, cependant, Bertha fait irruption dans la chambre et nous demande de venir faire la connaissance d'un peintre qu'elle vient d'engager pour réaliser les portraits des membres de leur famille. Son visage me paraît familier. Lorsqu'il commence à raconter sa vie, je me souviens de lui. J'étais assise à son côté à l'examen d'admission aux beaux-arts il y a quatre ans. À présent, il a dix-huit ans, tout comme moi. Il s'appelle Gustav Klimt. Son visage est embroussaillé d'une barbe épaisse et son front déjà dégarni, mais je le reconnais à son nez retroussé, son regard insolent, son sourire plein d'aplomb. Il ne cesse de raconter des choses scandaleuses, de ces choses que chaque foyer, chaque société un tant soit peu décente s'efforcent de taire. Même lorsque les amis de Bertha essaient d'orienter la conversation vers d'autres sujets en lui demandant, par exemple, des anecdotes sur ses premiers portraits peints sur commande, il en profite pour dire qu'à quinze ans déjà il dessinait des scènes érotiques sur les murs d'une maison close, puis il enchaîne sur ses expériences sordides dans ce même établissement. Quand quelqu'un cherche à en savoir plus sur son travail, il se met à énumérer les femmes de bouchers, de banquiers, de médecins, avec lesquelles il a eu des aventures. Notre gêne ne fait que croître à mesure qu'il parle, et il est évident que Bertha Auerbach est déjà en train de réfléchir à un stratagème poli pour décommander les portraits de famille. À côté de Gustav est assise sa sœur Clara, un peu plus âgée que lui. Par moments, et de façon tout à fait inconvenante, elle lui décoche des coups de coude pour le ramener à la raison, ce à quoi il objecte que personne n'a le droit de brimer la liberté qui échoit à tout être humain. Elle lui rétorque que sa façon de s'exprimer n'est pas la marque de sa liberté mais de son mépris pour les femmes, du besoin qu'il éprouve de les humilier. Un échange qui a pour effet de le lancer dans une nouvelle histoire scandaleuse. Lorsque les aberrations de Gustav deviennent si insupportables que les amies de Bertha commencent à quitter le salon, Clara interrompt son frère, cette fois plus fermement.

« Il n'empêche que mon frère a raison de dire que la sexualité est un chemin vers la libération de l'homme. Le problème, c'est qu'il a une vision erronée de la liberté et de la sexualité. On ne peut cependant pas nier que la sexualité est indispensable à la liberté. C'est pour cette raison que la société a peur, car la libération de la sexualité fera tomber les hiérarchies et les systèmes qui la supportent. Avec cet affranchissement, la société elle-même, telle qu'elle est aujourd'hui, risque de s'écrouler. C'est pour cette raison qu'elle cherche à envelopper la sexualité d'imposture et d'hypocrisie. »

Un jeune homme assis près du piano intervient : « Nous le savons tous, mais comment changer les choses sans risquer qu'elles partent à la dérive ?

— Pour commencer, reprend Clara, les mères doivent arrêter de prôner la soumission des filles à leurs maris. Leur attitude se résume en une seule phrase : en obéissant à ton mari tu obéis à Dieu qui légitime ton mariage ; et, même s'il te traite mal, avec de la patience, tu arriveras à tout supporter sans te plaindre à personne. »

Ces paroles entraînent une virulente discussion sur les droits des femmes entre Clara et les amis de Bertha qui appartiennent pour la plupart à la jeune intelligentsia viennoise. La discussion finit par se transformer en querelle, tous ces jeunes intellectuels soutenant que les hommes doivent malgré tout garder une suprématie sur les femmes.

Clara conclut par une sortie fracassante.

« Selon toute évidence nous, les femmes, devrons prendre par nos propres forces ce que le monde et l'époque ne veulent pas nous donner. »

Après cet incident, Clara ne vient plus aux mercredis de Bertha Auerbach. En revanche, Sarah et moi la voyons presque quotidiennement. Nous nous lions d'amitié et nous familiarisons peu à peu avec sa vie, si différente de la nôtre. Elle nous parle beaucoup, nous raconte le bon comme le mauvais ; son père, Ernst Klimt, graveur et orfèvre, peint pour survivre des miniatures sur des carreaux qui servent à décorer les cuisines des belles demeures. C'est non seulement un excellent peintre, mais aussi un conteur hors pair, capable de transformer ses dessins en récits : il parle du coq et de la poule, du moulin à vent et de la vache, de la laitière et du ruisseau, tous des sujets conçus par sa main. Il lui arrive aussi parfois de se saouler et de frapper ses enfants et son épouse Anna, une chanteuse lyrique ratée qui gagne sa vie en nettoyant les planchers dans les maisons des riches. Clara nous confie que, quand ils étaient petits, leur mère, avant de partir travailler, les attachait à leurs chaises et battait à son retour ceux qui avaient fait dans leur culotte en son absence. Sans parler des innombrables punitions qu'on leur infligeait lorsqu'il leur arrivait de chahuter ou de sortir de la maison sans permission. Pour échapper à ce régime, ses frères préféraient se rendre dans l'atelier de leur père et l'aider à son travail, mais quand celui-ci avait bu il les frappait à son tour et il ne leur restait plus qu'à se réfugier dans la rue. Ses sœurs, Hermine et Johanna, étaient allées vivre chez leurs grands-parents maternels, tandis que Clara logeait chez sa tante, la sœur de leur père qui, ayant perdu son mari, était rentrée de Londres où elle avait vécu jusqu'alors. N'ayant pas d'enfants, elle s'était consacrée à l'éducation de sa nièce, lui avait appris l'anglais et le français, lui avait fait lire des romans à la mode, notamment les œuvres d'Olympe de Gouges et de Mary Wollstonecraft, avant qu'elle ait pu vraiment les comprendre, ce qui l'avait sensibilisée très tôt à la lutte pour les droits des femmes. Au bout de cinq ans, lorsque, à la mort de sa tante, elle avait dû rentrer chez ses parents, sa mère avait trouvé bon de brûler tous les vêtements et les livres qu'elle avait rapportés avec elle. Clara rit lorsqu'elle nous raconte comment les gens sont choqués lorsqu'elle conduit sa bicyclette vêtue d'un pantalon, et comment les enfants lui lancent des pierres. Elle parle des injustices sociales, des orphelins qui se trouvent à la rue après la mort de leurs parents, affamés et transis de froid ; elle parle des femmes abusées par leur mari, de l'hypocrisie qui règne dans les foyers, et elle répète : « Nous, les femmes, devons lutter nous-mêmes pour nos droits à une époque comme la nôtre. »

Chaque fois, je songe à cette phrase de ma mère : « La place des jeunes filles est à la cuisine », à son regard réprobateur lorsque mon frère lui a fait part de mon désir de peindre. Clara, Sarah et moi appartenons à la première génération de femmes nées après l'apparition du mot « sexualité », en 1859, même si le rapport sexuel est la plupart du temps appelé « acte corporel » ou encore « instinct de fécondation ». Dans mon entourage le plus proche, on ne parle de ces choses que d'une voix tremblante qui trahit une émotion brimée. Les gestes deviennent gauches, timorés, la peur se lit dans les regards. Celles qui ont une sœur aînée ou une cousine plus âgée sont averties plus tôt que les autres. La peur et la honte se confondent avec une langoureuse attente. Le rapprochement intime entre deux corps est tout à la fois idéalisé et vécu comme une dégradation, comme quelque chose qui doit élever l'âme dans des sphères célestes, mais aussi comme une activité animale qui la salit. Dans les romans que nous lisons, l'amour est décrit comme la « fusion simultanée de deux âmes et de deux corps », la passion est le « grondement d'un volcan », le « roulement assourdissant d'un ouragan » ; les mots « âme », « passion », « langueur » sont si souvent répétés que les jeunes gens, ceux de ma connaissance, s'imaginent le mariage comme la réalisation du paradis sur terre, jusqu'au jour où la banalité de la vie quotidienne viendra les dégriser. Car toute attente plus grande que la réalité se termine par une catastrophe, et tout amour plus important que l'être aimé retombe dans la trivialité.

La vérité, c'est que notre époque garde le silence sur tout ce qui concerne le corps. Tout ce qui est lié à ce mot nouvellement forgé – la sexualité – est tabou. On se tait dans les écoles, dans les maisons, les salons, les journaux. Les vêtements sont faits pour cacher intégralement le corps. Jusqu'au jour de leur mariage, la plupart des jeunes filles ignorent tout de la sexualité ; elles ne peuvent que deviner ce que personne ne leur dit. Couvées par leurs mères, elles sont tenues dans la totale ignorance du corps masculin et de toute idée des rapports intimes. La virginité est un idéal qui flatte le mari ; en revanche, les jeunes filles célibataires sont un objet de dérision. La virginité, l'idéal du siècle, se réduit alors à un résidu honteux, du moment que personne n'en profite. Grâce à Clara, Sarah et moi savons bien plus de choses que les autres filles de notre génération. Parfois aussi nous parviennent des bribes des propos libéraux qui se tiennent dans le salon de Bertha ; il nous arrive de feuilleter en cachette les livres de médecine du père de Sarah mais, le plus souvent, c'est Clara elle-même qui nous rapporte les récits de son frère Gustav ou ceux des femmes abandonnées à qui elle a porté secours. Grâce à elle, nous découvrons l'existence d'un monde différent de celui qui est officiellement représenté, ce monde imposteur et hypocrite qui tait la sexualité.

Un soir, mon frère décide de me montrer un aspect de ces bas-fonds dont Sarah, Clara et moi connaissons à peine l'existence. Il m'entraîne dans le quartier le plus malfamé de Vienne. Les rues sont étroites et, dans la pénombre, je découvre des filles vêtues de haillons et des hommes à l'air suspect. Certaines ont le visage précocement vieilli, leur maquillage outrancier accuse leurs traits endurcis. Elles empestent l'alcool. Elles effleurent Sigmund, proposent un prix, courent après lui en marchandant. Depuis les fenêtres de certaines de ces maisons délabrées, des femmes à moitié nues interpellent les hommes qui passent. Après avoir traversé plusieurs quartiers, nous arrivons enfin dans un faubourg un peu plus distingué. Dans les rues latérales, Sigmund me montre des petits hôtels. Selon lui, des gens de la classe moyenne y fréquentent des prostituées. Dans ces mêmes chambres, ils installent parfois leur maîtresse, à l'insu de leur famille. Les hommes riches entretiennent, quant à eux, des actrices ou des danseuses ou fréquentent des maisons closes dissimulées derrière les façades des plus beaux palais viennois. « Ne pense pas qu'il y a une différence entre les uns et les autres ; on fait les mêmes choses dans les chambres sordides des maisons en ruine que dans les hôtels et dans les palais, me dit Sigmund. Seule la façade est différente. La canaille donne libre cours à ses pulsions, tandis que nous, nous les retenons. Et ce, afin de sauvegarder notre intégrité. Nous n'usons pas notre santé, notre capacité de jouissance, nos forces : nous nous épargnons, même si nous ne savons pas pour qui et pour quoi. Et cette économie de nos forces rend nos sentiments plus profonds et plus élevés, au lieu de nous laisser nous consumer de cette façon plate, dans la satisfaction animale. »

Avec cette expédition dans les quartiers malfamés de Vienne, mon frère a voulu me donner une leçon, je le sais. Il a cherché à me montrer la part animale de l'homme afin de me transmettre son dégoût pour ce qui est vil et bas. Ce jour-là, je me suis demandé si Sigmund pourrait s'unir physiquement avec l'une de ces femmes qui l'assaillaient avec leurs propositions obscènes et s'il pourrait se perdre un instant dans le tourbillon de ce monde où seul le corps existe – le corps vidé de son âme –, ce qui l'éloignerait pour toujours du monde protégé de notre enfance.

C'est sans doute l'horreur que m'inspire cette idée et tout ce qui s'y rattache qui me pousse à lui présenter Sarah. Dès leur première rencontre, alors que Sigmund entre dans sa chambre et lui tend la main, tandis qu'elle se lève en essayant de ne pas perdre l'équilibre, un rapport d'amitié s'instaure entre eux. Plus tard, bien des fois, j'essaierai de me remémorer ce moment, cette timide incertitude non seulement chez elle, mais aussi chez lui, la retenue forcée de leurs regards, derrière laquelle perce l'expectative et la curiosité, cette gêne joyeuse faite de bonheur et d'appréhension qui vibre sur leurs deux visages, le visage délicat de Sarah et celui, un peu austère, de Sigmund que la barbe, qu'il laisse pousser depuis son entrée à l'université, vieillit. Ensuite, toutes leurs rencontres garderont cette même nuance de joie et de gêne, cette légère confusion qui cherche à se dissiper dans les mots, mais se heurte toujours à l'indicible. Je suis présente à chacune de leurs rencontres, témoin de cette confusion, de leur trouble, de l'émotion qui passe entre eux sans jamais trouver un chemin jusqu'à la parole. Parfois même, je souhaiterais être le spectateur invisible de leur solitude, de ce qu'ils vivent lorsqu'ils sont seuls, séparés l'un de l'autre. J'aimerais partager les images qui peuplent leurs rêveries, écouter leurs pensées les plus intimes, essayant de deviner ce qu'ils pourraient se dire s'ils arrivaient à se débarrasser de leur timidité, de leur réserve. Je souhaiterais imaginer les mouvements de leurs corps au moment où le désir surmonterait toute retenue. Leurs mondes sont complètement différents et cependant ils désirent si fortement être à l'écoute l'un de l'autre. Sigmund raconte à Sarah sa vie, ses travaux universitaires, ses amis et les hôpitaux où lui et ses collègues sont en train de s'initier à l'expérience concrète de la pratique médicale. Sarah, elle, lui parle de la sienne, qui commence et finit au seuil de la maison, de ce qu'elle peut voir et imaginer au-delà, la rue, les arbres devant sa fenêtre et le ciel qui les surplombe, et aussi, ce qu'elle découvre dans les livres, notamment la Bible dont il connaît lui-même peu de choses. Il lui apprend les bases de la neurologie, tandis qu'elle lui conte l'histoire du roi Salomon qui, dans le *Cantique des cantiques*, prie les filles de Jérusalem de ne pas réveiller et troubler sa reine, dont il décrit le corps :

Les courbes de tes cuisses sont comme des orne-
ments, œuvre de mains d'artiste. Ton nombril est un
bol arrondi. Que le vin mélangé n'y manque pas. Ton
ventre est un tas de blé, entouré de lis. Tes deux seins
sont comme deux faons, les jumeaux d'une gazelle. Ton
cou est comme une tour d'ivoire. Tes yeux sont comme
les piscines de Heshbôn[1].

Sigmund est fasciné par la biographie des grands
conquérants et, durant des heures, il lui parle d'Han-
nibal, d'Alexandre et de Napoléon. Sarah, elle, leur
oppose la pauvre existence de ses ancêtres, ceux
dont elle a hérité le sang. Le premier, Samuel, était
bûcheron et s'est installé à Vienne en 1204 ; elle
regrette de ne pas connaître le nom de sa femme. Et
avec la même ardeur que mon frère met à raconter
la vie des grands de ce monde, elle relate celle de ses
aïeux, les persécutions, les pogroms, les fuites et les
retours. Elle voudrait en savoir davantage sur l'histoire de notre famille, mais nous n'avons quasiment
rien à raconter. Comme si nous étions les premiers
de notre lignée. Sarah s'intéresse aussi aux amis de
Sigmund, à ses études, à ses projets. Il lui expose son
ambition de déchiffrer les mystères de l'être humain,
comment il veut comprendre d'où viennent les passions, l'amour et la haine, en quoi consiste le désir et
qu'est-ce qui mobilise les pensées. « C'est très probablement quelque chose d'important », dit Sarah avec
amertume, en frôlant sa robe qui dissimule ses appareillages métalliques. Quand nous sommes seules, je

---

1. *Cantique des cantiques.*

ne lui parle jamais de mon frère. Je sais seulement avec quelle impatience ils attendent tous les deux ce mercredi, le jour où Bertha tient ses soirées. Ils passent de longs moments dans sa chambre, et moi seule suis le témoin de tout ce qui entre eux n'est pas dit. Lorsque la fête dans le salon du dessus touche à sa fin, nous montons saluer les invités, passant outre aux discrets reproches de Bertha, fâchée que nous n'ayons pas assisté à la soirée.

Depuis le scandale provoqué par sa première visite, Clara Klimt ne met plus les pieds dans le salon de Bertha et évite de rendre visite à Sarah les mercredis. Elle fait cependant irruption un soir, à l'improviste. Elle est venue annoncer qu'elle tiendra une conférence sur les droits des femmes quelques jours plus tard dans une usine située à la périphérie de la ville. Sigmund et moi arrivons juste au moment où Clara est en train de commenter le livre de John Stuart Mill, *De l'assujettissement des femmes*. Nous l'écoutons attentivement parler de l'abus de pouvoir des hommes, de leur domination sur les femmes qui non seulement enfreint les principes fondamentaux du droit de chaque individu, mais empêche l'évolution de l'humanité. Lorsqu'elle commence à expliquer les thèses de Mill, selon lesquelles les femmes doivent exercer une influence y compris en politique, par le droit de vote, mon frère intervient. « Je suis content d'entendre que, comme Mill, vous luttez contre l'assujettissement des femmes, mais j'espère que vous ne partagez pas toutes ses idées sur leur émancipation.

— Je partage toutes les thèses exposées dans son ouvrage, rétorque Clara.

— Vous êtes donc d'accord avec son idée que les femmes devraient être autorisées à exercer toutes les fonctions politiques qui incombent aux hommes ?

— Bien sûr.

— C'est une folie. L'égalité totale entre les hommes et les femmes donnerait des résultats opposés à ceux que Mill croit pouvoir obtenir. Cela ne précipiterait pas l'évolution de l'humanité. Mill peut bien considérer que la soumission des femmes amène à une stagnation de l'évolution, cependant cette égalité peu naturelle et prématurée des deux sexes engendrerait au contraire une régression de l'espèce humaine.

— Moi, je n'imagine pas le progrès sans égalité.

— Quel progrès pourrait donc résulter de la mise en pratique des hypothèses de Mill sur l'égalité des sexes ? Peut-on vraiment espérer qu'une femme mariée puisse gagner sa vie comme son mari ? Les tâches ménagères et l'éducation des enfants représentent une occupation à plein temps. Si la femme devait travailler comme un homme, qui s'occuperait de la maison, qui ferait la cuisine, qui prendrait soin des enfants ?

— La société doit se réorganiser, dit Clara. Elle doit se fonder sur d'autres bases pour que personne ne soit lésé, et que les femmes puissent s'exprimer dans d'autres domaines et concrétiser leurs possibilités latentes.

— Même si nous admettions qu'une telle réorganisation est possible, qu'adviendrait-il des femmes dans ces nouvelles conditions ? Elles ont des particularités qui les distinguent des hommes. Jetées dans le monde du travail et dans la lutte acharnée pour l'argent, elles perdraient leurs attributs principaux, leur délicatesse et leur dévotion. Nous perdrions ainsi notre idéal de féminité.

— Et qui se soucie de votre idéal de féminité ? » lance Clara. Cette fois, mon frère ne trouve rien à répondre. « Nous n'avons pas besoin des idéaux créés par les hommes, nous avons besoin d'autonomie et de liberté.

— Je pense que cela pourrait provoquer bien des effets indésirables. Je crains que cette liberté ne soit une boîte de Pandore, d'où pourraient jaillir beaucoup de maux.

— Je ne crois pas que les mythes reflètent la réalité.

— Mais ils l'expliquent, répond Sigmund.

— C'est ça, on s'en sert pour compenser le défaut d'arguments ! Je vais vous prouver que le mythe de Pandore est le fruit de la misogynie antique. Hésiode, cet homme amer, a présenté la première femme, Pandore, comme celle qui, ouvrant sa boîte, déverse tous les maux et fléaux sur la terre. Les misogynes affirment que toutes les femmes sont comme elle, porteuses de malheurs : "Car c'est de celle-là qu'est sortie la race, l'engeance maudite des femmes, terrible fléau installé au milieu des hommes mortels." Mais le mythe de Pandore est ambivalent. Son nom lui-même l'indique. Pandore signifie : *panta dôra*, celle qui a tous les dons. Les dons du bien et du mal à la fois, puisque l'un n'existe que par opposition à l'autre. Homère dit la même chose dans *l'Illiade* : Zeus possède deux jarres, l'une qui renferme les maux, l'autre les biens. Dans la philosophie païenne, Pandore est, tout à la fois, la source des maux mais aussi celle de la force, de la dignité et de la beauté, puisque l'être humain ne peut s'améliorer sans adversité. Même Hésiode décrit Pandore comme un "si beau mal" : sans femme, la vie de l'homme est impossible, et avec elle, elle ne l'est guère plus. Johann Jakob Bachofen parle d'une époque primitive, qui est selon lui l'ère de la "gynocratie du droit maternel". Dans cette sorte de matriarcat, la femme est représentée par la Grande Déesse Mère, dispensatrice du bien. Mais avec le commencement du patriarcat les hommes ont modifié cette histoire. Cette misogynie est omniprésente dans la Grèce antique. Hésiode en est le spécimen le plus représentatif. »

Un silence pesant suit ce long exposé. Un silence bientôt rompu par Sigmund.

« Je ne suis pas d'accord avec vous. La Grèce antique accorde beaucoup d'importance à ses héroïnes...

— Ce ne sont que des résidus de l'âge d'or où régnait le matriarcat, enchaîne Clara, et ils nous parviennent dans une version déformée. On ne parle des femmes qu'en rapport avec les héros mâles. Il en est ainsi dans chaque tragédie antique. Sans parler de la dérision dont elle sont l'objet dans les comédies et les satires. Et il fallait que le plus féroce de tous soit un grand philosophe, Aristote. N'affirme-t-il pas que la conception d'un enfant de sexe féminin est le fruit d'une dégénérescence, le signe de l'impuissance du père ? Pour atteindre l'idéal, il faudrait remplir trois critères : mettre au monde un enfant de sexe masculin ; cet enfant devrait ressembler à ses ancêtres mâles ; et enfin, dans le meilleur des cas, il devrait être à l'image de son père. L'imperfection la plus absolue s'incarne lorsqu'il s'agit d'une fille qui ressemble à sa mère. D'après Aristote, la totale prépondérance du principe féminin entraîne la naissance des monstres. Les monstres ne sont pas le résultat d'un accouplement entre l'homme et l'animal comme on le croyait alors, mais celui de l'échec total du principe masculin, autrement dit du triomphe du principe féminin. Ainsi, les monstres ne sont pas mi-bêtes, mi-hommes, mais des hommes à la forme viciée, qui représentent, en d'autres mots, une totale incarnation du principe féminin. Voilà ce qu'affirme Aristote, l'un des fondateurs de la pensée occidentale ! Et cette haine envers le sexe féminin s'est poursuivie, avec de petites variations, jusqu'à aujourd'hui. Pour s'en convaincre, il suffit de lire les œuvres de Rousseau et de Schopenhauer !

— Vous ne pouvez pas résumer les rapports entre hommes et femmes après vingt-cinq siècles de civilisation en une seule conclusion.

— J'ai parlé de variations. Pour Aristote, la femme est une "erreur de la nature", pour la Bible, elle est l'initiatrice du péché. Pour Tertullien, la femme est la "porte du diable" ; saint Thomas d'Aquin la considère lui aussi comme un "homme imparfait". S'il croit que l'homme et la femme peuvent l'un et l'autre se racheter devant Dieu, il affirme que la femme ne peut le faire que sous l'égide de son époux. La Renaissance apporte une certaine libération par rapport aux dogmes religieux, je le reconnais, mais les misogynes, eux, n'en continuent pas moins de prospérer avec la même férocité. Dans une satire très réputée du XVIIe siècle, *Disputatio nova*, ce sujet est même traité avec dérision. Le texte commence avec cette question : "Les femmes sont-elles des êtres humains ?" et s'emploie ensuite à prouver avec beaucoup d'ironie qu'elles n'en sont pas, entre autres parce qu'elles n'ont pas d'âme. Mais pour revenir aux problèmes qui nous intéressent actuellement, il me semble que les hommes qui protègent les droits des femmes sont fort peu nombreux et je n'ai pas l'impression que vous en faites partie.

— Vous tirez là des conclusions un peu hâtives à mon sujet, rétorque Sigmund. Qui plus est, notre siècle marque l'apothéose de la femme. Elle est vénérée dans la poésie et traitée généralement comme la meilleure moitié du genre humain. Elle est plus pure et plus généreuse que l'homme. Depuis un siècle, bien des œuvres ont attesté que l'élévation de l'esprit humain doit beaucoup à l'inspiration qui lui vient de la femme.

— Cela signifie qu'elle n'est qu'un instrument pour anoblir l'homme et prouve une fois de plus que la misogynie règne encore et que seules les formes de sa manifestation changent. Dire que la femme est un être délicat et fragile qui a besoin de protection contribue à la maintenir dans la dépendance. Mais les choses sont en train de changer, les femmes cherchent à s'affirmer et commencent à se révolter. Elles réclament leur droit au travail, à l'instruction, à la séparation des biens. Pour quelle raison partageraient-elles avec leur époux tout ce qu'elles possèdent et tout ce qu'elles pourraient gagner par leur labeur ? N'est-il pas scandaleux de lire dans les journaux que les études supérieures et les responsabilités qu'elles entraînent risquent de compromettre la pureté d'un idéal ? Et peut-on affirmer en toute honnêteté qu'en confiant à une femme la gestion de ses biens, on la pousse dans la luxure ? Les hommes qui craignent les conséquences de notre liberté sont des minables. Il est grand temps de la conquérir, cette liberté. Elle est la condition incontournable du développement du genre humain : les peuples soumis doivent se débarrasser de leurs bourreaux, l'esclave doit s'affranchir de son maître, le croyant, du prêtre qui lui donne une fausse image de Dieu, et la femme doit assumer son indépendance vis-à-vis de l'homme. »

Sigmund n'abandonne pas la partie

« Donnez à la femme une totale liberté, débarrassez-la de ce que vous appelez à tort l'esclavage et que moi j'appellerais l'ordre naturel des choses, et vous verrez qu'elle ne saura que faire.

— Bien évidemment, elle ne le saura pas. Gardez un animal en captivité pendant quelques années, puis lâchez-le dans la nature. Que fera-t-il ? Il retournera dans sa prison. La liberté exige une préparation. Il faut pousser les femmes à apprendre d'autres choses que les tâches ménagères, des choses qui leur permettront de gagner leur vie. Il faut donner des conférences qui réveilleront toutes les femmes. Il est temps que nous prenions notre destin en main, et ce sera la première fois dans l'Histoire.

— Vous appelez à la révolution, dit le jeune avocat assis à côté de Bertha et qui deviendra quelques années plus tard son époux. N'avez-vous pas peur d'aller à l'encontre de la loi ?

— Parfois, la loi de la société s'oppose aux principes éthiques. Le chemin qui mène à la réparation de l'injustice historique passe par la politique. Et nous n'avons pas le droit d'y participer. Pas seulement ici, mais même en Allemagne, la loi interdit aux femmes d'assister aux réunions politiques. Alors, si on doit nous jeter en prison à la moindre transgression, comment voulez-vous que nous luttions pour nos droits ?

— Il vous reste à cultiver ce qui vous appartient en propre. Qu'avez-vous contre le mariage et la maternité ? demande Sigmund.

— Combien de jeunes filles épousent un homme qui leur a été imposé par leurs parents, en fonction de son statut social, de sa famille ou de l'argent qu'il possède ! Tout ce qu'on nous demande, c'est d'être obéissantes. Nos parents nous disent que l'amour viendra plus tard, mais le plus souvent l'amour ne vient jamais. Il ne reste que la procréation, où l'homme est le principe actif et la femme un instrument. Il est temps, mesdames et messieurs, de vous confronter à ce fait : nous prendrons par nos propres forces ce qui nous appartient. »

Clara est déterminée à mener sa lutte jusqu'au bout. Elle placarde sur les murs des écoles des affiches de sa propre fabrication. Des tracts qui stipulent que l'éducation des filles se doit de les préparer à un métier et d'assurer leur indépendance ; elle participe à des organisations pour le droit de vote des femmes. Son engagement ne plaît pas, et les partis politiques la dénoncent souvent à la police. Elle se retrouve régulièrement en prison sous prétexte qu'elle porte atteinte à l'ordre public. Ses séjours en cellule sont brefs, quelques jours tout au plus, mais elle en sort chaque fois avec des hématomes. Cependant, lorsqu'elle vient nous voir, Sarah et moi, elle évite de nous parler des sévices qu'elle a subis ; avec nous, elle préfère s'entretenir de littérature.

En dépit de cette conversation houleuse, Sigmund continue de rendre visite aux Auerbach. Il connaît le goût de Sarah pour la poésie et lui apporte un jour un recueil d'Adam Mickiewicz dont la traduction vient tout juste de paraître. Elle passe sa main sur la couverture qui représente un paysage automnal et cela lui rappelle qu'elle n'a pas mis les pieds dehors depuis une éternité. « Allons au parc ! » propose Sigmund. Enthousiaste, elle repose le livre encore non ouvert sur sa table de chevet.

Le fiacre des Auerbach nous conduit à l'Augarten. Sigmund et moi soutenons la frêle Sarah. C'est le printemps, la nature présente un foisonnement d'images luxuriantes, une symphonie de couleurs, de parfums et de sons. Sarah ne cesse de s'arrêter, non pas parce qu'elle a des difficultés à marcher, mais parce qu'elle veut s'imprégner de ce qui l'entoure, ces choses que nous ne remarquons même pas car elles font partie de notre quotidien : une mère et son enfant jetant des miettes aux pigeons, un peintre debout devant son chevalet, une vieille femme aveugle conduite par une charmante jeune fille, des bambins s'ébattant dans le sable pendant que leur père lit le journal assis sur un banc, un jeune homme qui sifflote, installé sur la branche d'un grand chêne comme dans un fauteuil, des petits garçons jouant à la balle.

— Que de bonheur concentré en un seul endroit ! s'écrie Sarah ravie.

— Je ne suis pas sûr que tous ces gens soient heureux en ce moment, dit Sigmund d'un air imperturbable.

— Le bonheur, tout comme le péché, est souvent dans les yeux de celui qui regarde, répond-elle.

— Ce qu'on appelle "bonheur" résulte d'une satisfaction plutôt soudaine des besoins ayant atteint une haute tension et, de par sa nature, il n'est possible que sous forme de phénomène épisodique.

— Je ne réduirais pas le bonheur à la simple satisfaction d'un besoin.

— Et alors que serait le bonheur ? demande Sigmund.

— Je ne sais pas. Je crois que le bonheur est quelque chose qui ne se laisse pas résumer par une définition. C'est tout simplement ce que l'on éprouve. »

Lorsque nous arrivons à une extrémité du parc, celle où se trouve la première école maternelle de Vienne, nous nous asseyons sur un banc près de la grille et observons les enfants perchés sur les balançoires. Une femme sort de la cour en tenant un jeune garçon par la main.

« Voilà, c'est ça le bonheur, dit Sarah en suivant du regard la femme et l'enfant.

— La maternité ? demande Sigmund. Moi je n'y vois pas le bonheur, mais la procréation qui, elle-même, fait partie du processus de l'évolution et de la sélection naturelle. »

Sarah le regarde, étonnée.

« Et non pas quelque chose qui fait partie de notre existence la plus intime ?

— Notre existence s'inscrit dans le processus universel de l'évolution et de la sélection naturelle. Seuls les plus capables subsistent, c'est la loi du plus fort. Les individus mieux armés que les autres ont de plus grandes chances de s'en sortir.

— Ainsi, nous vivrions donc dans un monde de tueurs ! » proteste Sarah, et elle se lève avec difficulté. Nous la soutenons pour faire les quelques pas qui la séparent de la grille du jardin d'enfants, à laquelle elle s'agrippe.

« Ce n'est qu'une vision très superficielle de la question, reprend Sigmund. La survie est une condition de l'évolution, du progrès des espèces et du genre humain. Les nouvelles générations seront plus fortes, plus efficaces, plus habiles que les précédentes et elles transmettront ces qualités à leur descendance qui pourra continuer à se perfectionner. Au fil des générations, ces caractéristiques deviendront de plus en plus prononcées et leur développement décidera de la survie ou de l'extinction de l'homme. Les faibles disparaîtront, c'est la loi de ce monde. Nous autres humains sommes bien sûr le fruit du processus de la sélection naturelle. Nous avons évolué à partir de formes inférieures de la vie. Voilà, c'est ainsi que je vois la maternité et la paternité, comme un moment constitutif du processus global de l'évolution.

— Ma vision du monde est différente, dit Sarah en

se tournant vers les enfants qui jouent dans la cour de la maternelle. Porter pendant des mois une nouvelle vie, enfanter dans la douleur un petit être désemparé qui se sépare des entrailles protectrices dans un cri de terreur et affronte un monde hostile dans l'ignorance de ce qu'il éprouve, prendre conscience de la nécessité de ma présence pour cette petite créature vulnérable, du bonheur que lui procure la nourriture qui coule de mon sein, être attentive aux nouvelles expériences qui se liront peu à peu dans ses yeux vierges, y reconnaître sa première espérance et sa première déception, voir cette nouvelle vie prendre son essor et son autonomie, la regarder se détacher de moi, et ne pas regretter qu'elle me quitte et se dirige par ses propres moyens vers un univers inconnu de moi... voilà, c'est cela pour moi la maternité. »

Un enfant s'approche de la grille, arrache un pissenlit et le tend à Sarah à travers les barreaux. Elle prend la fleur, caresse tendrement la tête du petit, mais elle perd rapidement l'équilibre et doit se rattraper aux barreaux.

Peu après, Sigmund nous quitte pour retourner à l'hôpital, où il est interne depuis l'obtention de son diplôme, et je raccompagne Sarah chez elle. Aussitôt arrivée dans sa chambre, elle ouvre le livre offert par mon frère et glisse la fleur entre deux pages.

Quelques jours plus tard, c'est l'anniversaire de Sigmund. Avec la petite somme dont je dispose, je lui achète une gondole, de la taille d'un pouce. Alors que je lui offre mon cadeau, il me confie qu'il est tombé amoureux d'une jeune fille, à la voix douce et au regard rêveur, une jeune fille simple, sans instruction, ce qu'il prend comme un véritable défi. Pour lui, c'est une occasion de l'initier aux beautés de la littérature. Il veut passer toute sa vie à ses côtés. Le cœur serré, je l'écoute en silence.

Deux mois plus tard, lorsque Sarah me demande pourquoi Sigmund ne vient plus la voir, j'essaie de réprimer la tristesse et l'inquiétude qui percent dans ma voix et lui annonce qu'il vient de se fiancer à une jeune fille nommée Martha Bernays. Sarah se penche légèrement sur sa chaise comme si elle allait tomber. Elle saisit un pan de sa robe, le soulève au-dessus de ses mollets et de ses cuisses. Ses maigres jambes encastrées dans leurs appareillages métalliques paraissent aussi frêles que les tiges d'une plante qui n'aurait pas vu le soleil. Elle se met à dégrafer ses prothèses. Je la regarde défaire les attaches des chevilles, puis celles des mollets et des cuisses, et les jeter par terre. Appuyée contre un meuble, elle esquisse un mouvement, mais ses jambes sont trop faibles et elle s'effondre sur le lit. Après plusieurs vaines tentatives, son visage se crispe, ses lèvres se mettent à trembler et ses yeux se remplissent de larmes. Dans son désespoir, les poings serrés, elle frappe ses jambes impuissantes. Je m'agenouille près d'elle et je prends ses mains dans les miennes. Secouée par des sanglots, elle laisse tomber sa tête dans le creux de mon épaule, et je sais qu'une autre douleur se conjugue à celle déjà provoquée par son impuissance physique.

Cette année-là, Sigmund oublie mon anniversaire. Bien après la date, je le vois arriver avec un livre sous le bras, un livre que j'ai toujours rêvé de posséder : *L'Âge d'or de Venise*.

« Regarde ce que j'ai acheté à Martha, dit-il en me montrant le volume. Aujourd'hui, c'est son anniversaire. »

Un mois plus tard, il s'installe dans une petite chambre à l'hôpital de Vienne, spécialement aménagée pour lui dans le service où il travaille. Il ne dort plus jamais chez nous, et j'évite d'aller le voir, par crainte de rencontrer Martha. J'ai déjà fait sa connaissance, elle est venue plusieurs fois nous rendre visite à la maison avec sa sœur Minna. Sigmund passe souvent, mais lorsqu'il est là il discute avec notre mère et s'occupe fort peu de nous. Leur conversation tourne généralement autour de sa fiancée, il ne tarit pas d'éloges. Martha est tendre, dévouée, il regrette cependant que sa mère chaperonne chacune de leurs promenades. Il parle aussi des livres qu'il lui fait lire et surtout de leur rêve d'avoir leur propre appartement.

Depuis que Martha Bernays est entrée dans notre existence et que Sigmund est parti vivre à l'hôpital, je me sens seule et abandonnée, privée de ce sentiment de sécurité que me donnait la protection d'un frère. Maman devine mon impuissance et elle sait qu'elle peut de nouveau distiller ce poison qui pendant si longtemps a envenimé nos rapports.

Notre père se fait vieux et souhaite prendre sa retraite, mais Sigmund gagne trop peu d'argent pour assumer intégralement notre charge. Afin de parer aux difficultés matérielles, nos parents décident donc d'envoyer leurs filles à Paris, où elles pourront travailler dans des familles allemandes. C'est une habitude très fréquente dans certaines familles viennoises et ce projet nous enchante. Mes sœurs ne cessent de rêver de Paris, elles essaient d'apprendre les bases de la langue française et la perspective de ce voyage les plonge dans un enthousiasme sans bornes. Pour ma part, je me réjouis seulement à l'idée de m'éloigner de ma mère et de ne pas être témoin de l'engouement de mon frère pour Martha. En guise de consolation, je songe à ce que j'ai entendu dire à propos des grandes passions qui, avec le temps, s'effilochent et tombent dans la trivialité. Un jour de septembre, à peine une semaine avant le départ, alors que nous sommes plongées dans les derniers préparatifs pour le voyage, ma mère m'annonce que je ne partirai pas à Paris avec mes sœurs. Mes parents se sont déjà beaucoup endettés et ils ne peuvent pas se permettre de payer le voyage de cinq jeunes filles. J'ai beau protester, jurer que les dettes pourront être remboursées avec ce que j'aurai gagné là-bas, rien n'y fait. Sous mes yeux, elle tire de son sac quatre billets qu'elle distribue à Anna, Rosa, Maria et Pauline. L'excitation de mes sœurs ne fait qu'accentuer ma frustration, la cruelle déception à laquelle je dois faire face. Je ne trouve qu'un remède à mon désespoir : aller retrouver Sigmund à l'hôpital. En larmes, je lui raconte ce qui s'est passé. Pris au dépourvu, il essaye de me consoler mais ses phrases sont convenues. Alors qu'il parle de la santé fragile de notre père et des devoirs qui incombent aux enfants de s'occuper de leurs parents lorsqu'ils atteignent un âge avancé, Martha fait irruption dans la pièce et il se précipite pour la prendre dans ses bras. Sa mère les attend dans les jardins de l'hôpital et ils doivent se presser pour la rejoindre. Ils sortent ensemble, complètement indifférents à ma présence. Je ne revois Sigmund que le jour où nous accompagnons nos sœurs à la gare. Ensuite, lorsqu'il vient à la maison, il s'assied en face de ma mère et parle longuement avec elle. Mon père et moi les écoutons depuis l'autre bout de la pièce.

Les chambres de notre appartement sont désormais vides. Je me rends parfois dans celle de Sigmund et j'observe les étagères où étaient rangés ses livres et ses vêtements. Chaque fois que ma mère me trouve assise sur son lit, elle me parle de Martha.

Ce sentiment d'abandon, de n'être utile à personne, hormis à mon père dont les forces déclinent de jour en jour, me rend vulnérable. Il m'arrive, sans aucune raison, d'éclater en sanglots au milieu d'un repas ou d'une promenade. Ma mère retrouve de nouveau les mots qui ont empoisonné mon enfance : « Il aurait mieux valu que tu ne sois pas née ! » Il semblerait que ma faiblesse ne fasse qu'exciter sa haine. La haine ne peut être comprise, on ne peut en détecter les causes ; tout comme le bonheur, elle ne se laisse pas définir, mais s'éprouve, comme l'avait dit Sarah. Et peut-être n'existe-t-elle, elle aussi, que dans les yeux de celui qui la voit, de celui qui en souffre. J'ai essayé tant de fois de déchiffrer les motifs de la haine que me voue ma mère. Je me demande parfois si je ne suis pas seulement une victime choisie au hasard, moi, la plus faible de ses filles. Il est évident qu'elle a besoin de cracher son venin sur quelqu'un. Cette haine qu'elle porte en elle se destine peut-être à mon père, son vieil époux, plus vieux que son propre père. Peut-être compense-t-elle son désir d'avoir un mari de son âge ? Ou alors, est-ce mon attachement à Sigmund qui l'irrite ? Ne projette-t-elle pas sur moi son aversion envers Martha, cette Martha qui l'éloigne de son « Siggy en or » ? L'amour que voue mon frère à sa fiancée rend celle-ci inaccessible et c'est pourquoi elle s'acharne sur moi. C'est du moins ce que je ressens alors que j'essaie de m'expliquer le fardeau de mon existence.

Les mythes les plus anciens parlent de cette colère qui pousse les parents à sacrifier leurs enfants, victimes innocentes de leur courroux. Dans la tragédie d'Euripide, lorsque Médée doit quitter Corinthe, la nourrice pressent que le malheur retombera sur les enfants :

> *Elle abhorre ses fils ; leur vue ne la réjouit plus. Je crains qu'elle ne médite quelque coup inattendu : c'est une âme violente (...)*

Et plus loin :

> *Votre mère excite sa colère, elle excite sa rage. Plus vite ! Hâtez-vous ! Dans le palais ! N'approchez pas de sa vue, ne l'abordez pas, gardez-vous de son caractère sauvage, du naturel terrible de cette âme orgueilleuse. Allons ! rentrez maintenant au plus vite[1].*

Chez l'enfant, avec les premières lueurs de la conscience, s'éveille la douloureuse perception du temps. Le vague pressentiment que l'existence est composée de grains de sable que le vent disperse. Seul notre moi nous maintient apparemment intègres, jusqu'à ce que le dernier grain, cet ultime reliquat de la vie, ne soit emporté. Le vent frappe parfois si

---

1. Euripide, *Médée*, trad. Henri Berguin.

fort qu'il arrache également des lambeaux entiers du moi, et celui-ci se sent impuissant. Et le moi cherche alors un autre moi, d'autres moi, pour l'accompagner sur le chemin de la vie, pendant que le vent du temps hurle tout autour. Il a besoin de ces autres moi non pas pour sa survie matérielle, mais parce qu'il cherche en eux un support pour ce qui le constitue en propre. Ainsi le moi n'est pas seul, quel que soit l'isolement dans lequel il vit, il n'est pas détaché du monde, il fait partie intégrante d'une constellation où il fait un avec les autres. D'un regard, d'un mot, d'un geste, les humains se nourrissent les uns des autres, se soutiennent et se maintiennent. Ils émiettent le moi d'autrui ou le protègent de l'émiettement, ils en recueillent les morceaux et l'aident à se recomposer. Parfois, ils font tous ces gestes contradictoires en même temps : ils nourrissent l'autre et le mangent simultanément, ils le protègent et le détruisent. Ainsi ma mère, d'un regard, d'un mot, d'un geste, arrache une part de mon être que plus rien ne pourra remplacer. Toute ma vie, je me suis sentie mutilée. De la même manière que les bras manquent à la Vénus de Milo, quelque chose fait défaut à mon âme ; je suis amputée d'une part de moi-même et un sentiment persistant d'absence, de manque, de vide, me rend démunie face aux exigences de la vie.

Un an plus tard, mes sœurs rentrent à Vienne. Elles ne tarissent pas d'anecdotes sur Paris et ressassent indéfiniment leurs souvenirs. Elles ont beaucoup changé. Ce sont maintenant d'élégantes jeunes femmes aux manières distinguées. Elles usent de mots français, leur attitude est devenue charmante, leurs visages n'expriment plus l'humble timidité de naguère, mais une modeste assurance, une allégresse et une joie de vivre. Je ne me lasse pas de les observer, fascinée par leurs manières et leur conversation, dont je suis pourtant souvent exclue. Elles se sont éloignées de moi autant qu'elles se sont rapprochées de maman. Celle-ci cherche leur compagnie et trouve toujours un prétexte pour me tenir à l'écart. Souvent, je reste sur le seuil de la pièce, tentant de saisir des bribes de leurs discussions ; j'entends les conseils qu'elle leur donne sur la façon de trouver un bon mari, sur les devoirs de la femme envers son époux et ses enfants. Elles se voient déjà dans le rôle d'épouses, elles entreront avec leur progéniture dans la longue lignée des mères. Elles préparent leur avenir et remportent ainsi la lutte contre le temps, tandis que moi je reste seule, tournée vers le passé, à jamais exclue de cette mission qui incombe à chaque femme.

Quatrième partie

IL N'EST PAS RARE QU'UNE MÈRE S'ATTACHE maladivement à sa fille juste au moment où celle-ci, ayant trouvé un époux, menace de quitter le giron familial.

Emmeline Bernays est une mère possessive. L'attachement croissant de sa fille pour Sigmund renforce son hostilité à son égard. Plus encore, son animosité a un motif indéniable : elle a fait le vœu à la mort de son mari d'éduquer leurs filles Martha et Minna, ainsi que leur fils Eli, selon les principes de la tradition juive, et elle supporte difficilement l'attitude de dérision qu'arbore mon frère à l'égard de la religion et sa tendance à influencer Martha en ce sens. Pour lui, le samedi est un jour comme un autre. Désireuse d'éloigner sa fille de ce fiancé athée, Emmeline décide de repartir avec ses enfants à Vandsbeck, près de Hambourg, ville que la famille avait quittée une dizaine d'années auparavant. Malgré les larmes et les protestations de Martha, un jour d'hiver, les Bernays quittent Vienne. La tristesse et l'agitation de mon frère n'échappent à personne, même s'il ne doute pas de la profondeur des sentiments de sa fiancée.

Martha n'étant plus là, je recommence à lui rendre visite à son appartement de l'hôpital. Les jours où il fait beau, nous partons généralement en promenade et, lorsqu'il fait froid ou qu'il pleut, nous restons à causer dans sa petite chambre, seulement meublée d'une chaise, d'une table et d'un lit. Parfois, l'exi-guïté de cet espace nous pousse à sortir dans les couloirs de l'hôpital que nous arpentons en discu-tant, tout comme nous le faisions jadis à la biblio-thèque. Nous abordons les mêmes sujets, mais avec plus d'expérience et moins d'enthousiasme. Un jour, au milieu d'une conversation, Sigmund me propose brusquement de me montrer un service de l'établis-sement, un service plus ou moins clandestin. Chemin faisant, il me parle de ces jeunes filles qui, tombées enceintes et se voyant rejetées par leur séducteur, ont perdu toute chance de sauver leur honneur. Je sais déjà quelle peut être la cruauté des parents dans ce genre de situations : pour éviter la honte, ils obligent ces pauvres créatures à quitter le domicile familial et, sous l'effet des lourdes humiliations qu'on leur fait subir, leur vie se termine parfois tragiquement. Je sais aussi que d'autres se voient contraintes à livrer leur enfant à l'Assistance publique, et que d'autres encore s'adressent à des femmes à la moralité dou-teuse qui les débarrassent de l'embryon au péril de leur vie. D'après Sigmund, les personnes influentes ont la possibilité, moyennant privilèges et argent, de contourner la loi contre l'avortement. Dans cet hôpi-tal de Vienne, des chirurgiens consacrent une par-tie de leur temps à l'exercice de cette activité illégale mais tolérée pour les filles et les maîtresses des puissants. Alors que nous pénétrons dans une aile abandonnée de l'hôpital, Sigmund me confie qu'il lui arrive de pratiquer lui-même des avortements et il se met à me les décrire avec force détails. Conscient du malaise que j'éprouve face à ses explications, il change de sujet et me parle d'un grand banquier qui a déjà fait appel à ses services. Ironie du sort, celui-ci est réputé pour son impressionnante collection de *Vierges à l'Enfant*, qu'il expose actuellement dans son palais. Sigmund me propose d'aller voir les œuvres qui s'y trouvent. Je ne refuse jamais une proposition de mon frère et nous nous donnons rendez-vous pour l'après-midi.

À notre arrivée au palais, l'exposition touche à sa fin. Dans les vastes pièces vides, il ne reste plus que deux tableaux de Giovanni Bellini, apportés du musée Correr de Venise : *La Vierge à l'Enfant* et la *Crucifixion*.

Nous contemplons un long moment le petit Jésus dans les bras de sa mère. Son visage exprime la tristesse, dans ses yeux mi-clos on ne lit pas le regard innocent de l'enfance mais celui de quelqu'un qui en a beaucoup trop vu, un regard où l'on devine une douleur intense, une terrible souffrance, comme si cet enfant percevait son propre destin et pressentait la séparation d'avec celle qui en ce moment se tient derrière lui, arborant cet air si tranquille et si protecteur. Bien des années plus tard, ce sera elle qui, sous la Croix, ressentira cette angoisse et cette détresse, impuissante face au destin. Quelque chose de cette douleur se dégage aussi des lèvres de l'enfant et de la position de ses mains – l'une d'elles est placée sur sa poitrine à l'endroit du cœur, tandis que de l'autre il tient le pouce de sa mère, l'index pointé vers le bas. Le regard de la mère s'abîme dans les profondeurs, il se perd quelque part au loin, hors du cadre. Elle ne peut pas voir le désarroi de son fils, mais le devine peut-être ; elle sait sans doute, elle aussi, ce qui doit arriver et se tient immobile dans sa résignation. On dirait que son regard dirigé vers l'horizon en dehors de l'image est tourné vers une autre réalité, là où tout a déjà eu lieu, ce qui est et ce qui sera. Ce regard contient tout le sens du tableau.

Dans la *Crucifixion*, la mère se tient debout près de la Croix, les mains jointes, la tête baissée, le regard aveugle. Le visage du Christ n'est que douleur et résignation, celui de la mère exprime une horrible détresse. Résignation et détresse, comme sur l'autre toile.

Alors que nous allons d'un tableau à l'autre, je songe à tout ce que Sigmund m'a appris sur la différence radicale qui sépare le monde judéo-chrétien de la Grèce antique, notamment sur la question du tragique : selon les grands philosophes et théologiens, le tragique disparaît avec le christianisme, qui apporte l'idée du rachat et du pardon. Ceux qui souffrent ici-bas nourrissent l'espérance d'être récompensés après la mort et savent que le royaume des cieux leur appartiendra. Le salut et la rédemption sont incompatibles avec la tragédie. La tragédie grecque met en scène des personnages impuissants face au destin, ballotés par le bon vouloir des dieux et de la fatalité, sans aucun espoir de salut. En observant cette toile, mon corps vibre d'émotion.

« Regarde ce tableau, dis-je à Sigmund. Y a-t-il quelque chose de plus tragique que cette scène ? Une mère assistant à la mort de son fils ? Pour moi, aucune souffrance sur terre ne peut être réparée par une justice divine et la seule consolation qui existe en ce monde est la beauté. »

Sigmund, qui généralement se méfie de mes commentaires, acquiesce cette fois-ci avec un sourire approbateur : « Même si cette constatation n'est pas vraie, elle sonne juste : la beauté est la seule consolation en ce monde. »

Certains jours, j'accompagne Clara Klimt dans ses visites aux orphelinats et aux foyers où se réfugient les femmes qui ont fui le domicile conjugal. À présent, son frère Gustav gagne assez d'argent pour entretenir toute la famille et elle n'est plus obligée de vendre des fleurs au cimetière. Elle se consacre désormais entièrement aux pauvres et aux humiliés, tentant de leur ouvrir les yeux, de leur faire prendre conscience de leurs droits. Elle visite les usines et pousse les ouvrières à s'insurger contre les patrons et à revendiquer des conditions de travail plus décentes. Il n'est pas rare que les propriétaires engagent des hommes de main pour la rouer de coups. Elle reste parfois alitée pendant des jours mais, insensible aux menaces, elle s'expose chaque fois à de nouveaux risques. Elle fait des séjours en prison dont son frère a de plus en plus de mal à la faire sortir. Les journaux publient des photos d'elle et la traitent d'anarchiste. Ses cheveux courts, ses vêtements simples, si différents des robes garnies de rubans, de dentelles et de fleurs artificielles à la mode, deviennent célèbres. Elle est l'une des premières femmes de Vienne à porter le pantalon. Les gens la couvrent d'injures, lui crachent à la figure et vont jusqu'à lui jeter des pierres. Elle ne sort pas indemne de ces épreuves et des outrages. Tout en enseignant aux autres l'assurance et la confiance en soi, elle en a de moins en moins elle-même. Peu à peu, elle perd son air crâneur, sa voix pleine d'aplomb ; les mots restent coincés dans sa gorge, son regard devient fuyant et mal assuré. Même la posture de son corps a changé. Elle a une étrange façon de rentrer sa tête dans ses épaules et de regarder vers le bas. Elle ressemble de plus en plus à un oiseau recroquevillé sous la pluie. Lorsqu'elle rencontre mon frère, elle ne cherche plus à remettre en cause ses idées comme autrefois, mais se contente de se renseigner auprès de lui sur des sujets pratiques. Elle veut savoir, par exemple, comment aider les malheureuses que l'on jette de force dans les asiles psychiatriques. Il suffit qu'une femme s'insurge contre l'autorité de son mari pour que celui-ci puisse la faire enfermer derrière les barreaux d'un hospice ; ou qu'une jeune fille réclame sa part d'héritage à la mort de ses parents pour que ses frères songent à l'enfermer. D'après elle, les maisons de santé sont pleines de femmes parfaitement saines d'esprit, car rien n'est plus facile que d'accuser une femme, de proclamer qu'elle est dangereuse pour elle-même et pour les autres. Elle lui demande des conseils pour faire changer les choses, mais chaque fois, il tente de la décourager en lui disant qu'il n'y a rien à faire.

Je finis par la voir de moins en moins souvent. Ses visites chez Sarah se font rares et, lorsqu'elle vient chez nous, ma mère trouve toujours un mot déplaisant pour lui faire sentir qu'elle est indésirable. Je pourrais l'accompagner dans ses activités révolutionnaires, me mêler à la foule des pauvres, mais je n'ai ni le courage ni la folie pour cela.

Depuis le jour où il m'a révélé l'existence du service clandestin, il n'est pas rare que Sigmund me conduise dans les chambres des malades lorsque je lui rends visite. Parmi les innombrables visages que j'y vois, il y en a un qui retient tout particulièrement mon attention : celui d'un jeune homme endormi. Je l'observe longuement. Les légers mouvements de ses lèvres et de ses yeux clos me font comprendre qu'il est en train de rêver. Je me tourne vers mon frère et je me rends compte qu'il me considère attentivement, un sourire aux lèvres. Il a deviné mon désir de tout savoir sur cet homme qui rêve. Il m'explique qu'il s'appelle Rainer Mendelssohn, qu'il ne souffre d'aucune maladie particulière, mais qu'il a été hospitalisé pour se rétablir d'une grande fatigue physique et morale. Il est né à Munich, où il vit la plupart du temps, possède aussi un appartement à Vienne, « mais la mélancolie le fait voyager ». Et Sigmund ajoute en riant, tout en faisant attention à ne pas réveiller le rêveur : « Non pas qu'il soit lui-même mélancolique, mais ses recherches sur la mélancolie exigent de nombreux déplacements. » Selon lui, la quête de ce Mendelssohn est une tâche vaine. Tout le monde sait déjà que la mélancolie doit être étudiée par la médecine, alors que le jeune homme endormi mène encore ses recherches en se fondant sur la philosophie, la théologie, la mythologie et l'art. Pour moi, ces quelques mots évoquent un monde inconnu et fascinant. Le lendemain, nous nous rendons de nouveau dans la chambre du jeune homme. Il est réveillé cette fois. Je suis saisie par son regard ; il observe ce qui l'entoure avec lucidité, comme s'il contemplait un tableau, comme si pour lui rien n'était le fruit du hasard, conscient que tout ce qui existe a sa raison d'être et n'arrive qu'une seule fois. Et, dès ce premier instant, je souhaite demeurer dans la proximité de ce regard, être enveloppée par lui, ne plus jamais le quitter.

C'est l'été, et comme tous les ans en cette saison, mes parents partent pour une cure de quelques semaines dans la station balnéaire de Bad Gastein. Je peux donc passer des heures au chevet de Rainer. Il sait que je suis la sœur du Dr Freud et que je viens souvent lui rendre visite ici, à l'hôpital. Il est si épuisé par ses voyages qu'il peut à peine parler. Un jour, il me cite des vers de John Keats sur la tristesse et la douleur. Le lendemain il me montre le livre qui se trouve sur sa table de nuit : *Traité des maladies mentales : Pathologie et thérapeutique*, de Wilhelm Griesinger, dans une édition récente de 1867, complétée par quelques nouveaux chapitres, parmi lesquels se trouve celui qu'il voudrait me faire lire : *États de dépressions mentales – mélancolie*. Pour Griesinger, la mélancolie résulte d'une maladie du cerveau. Rainer, pour sa part, considère que cette façon de ramener la mélancolie à la médecine sans tenir compte de la philosophie et de la mystique est un appauvrissement considérable. Dans la conception médiévale, la mélancolie est un effondrement de l'âme dans l'abîme de la douleur, c'est la contrepartie de son désir de s'élever jusqu'aux plus hautes sphères de l'esprit, ou encore, une conséquence de l'influence de Saturne sur l'âme, une épreuve de Dieu, la possession par le diable, l'influence de la bile noire dans le corps... Tout ce qui intéresse Rainer m'intéresse aussi, et bientôt les noms des grands interprètes de la mélancolie me deviennent familiers : Hippocrate et Aristote, Hildegarde de Bingen, Marsile Ficin, sainte Thérèse d'Avila, Robert Burton... Rainer s'intéresse aux interprétations les plus récentes des causes de cette maladie : les anomalies de la structure crânienne, mais aussi les malheurs de la vie quotidienne et, chez certaines femmes, le rapport aux règles et à la ménopause.

Le rétablissement de Rainer est rapide. Très vite, il sort de l'hôpital et s'installe dans son appartement de la rue Schönlatern. À nos longues discussions se substituent maintenant d'autres expériences. Au lieu des mots, nos corps peu expérimentés se meuvent selon une courbe inconnue de nous, ils effectuent ces gestes que tant d'autres corps ont effectués avant eux d'innombrables fois, depuis les débuts de l'humanité, lorsque les notions de corps et d'âme n'existaient pas encore, et par ces gestes nous nous rattachons à de longues générations d'ancêtres. Et malgré cela, tout est nouveau, comme l'embrasement du premier feu ; son regard sur mon corps nu, mon regard sur le sien, nos deux regards timides dans l'obscurité de la chambre. Chacun de nous cherche les yeux de l'autre et en même temps nous baissons le regard, par honte, confusion. Tout est inédit, même si ce n'est là qu'un moment dans une longue suite de répétitions. Tout est nouveau pour nous : ce premier contact de nos corps, ces quelques pas jusqu'au lit, maladroits, comme si nous ne savions pas marcher, notre respiration aussi forte que le premier souffle du nouveau-né.

Rainer quitte Vienne à la fin de l'été. Il doit se rendre à Moscou, Saint-Pétersbourg et Cracovie, puis en Espagne. Il me promet de revenir au début de l'été prochain ; il me donne rendez-vous dans un an, à la date précise de notre rencontre, dans son appartement de la rue Schönlatern, où il m'attendra. En cette fin d'après-midi d'août, je l'accompagne à la gare. Je suis sur le quai et lui, accoudé à la fenêtre de son compartiment, m'observe de son singulier regard, ce regard qui veut tout voir, tout vivre et tout connaître.

Mes parents rentrent de Bad Gastein, et repartent aussitôt pour Hambourg afin de célébrer le mariage de mon frère avec Martha Bernays. Sigmund continue à travailler à l'hôpital mais, dans l'appartement de location qu'il partage désormais avec Martha, il ouvre aussi son propre cabinet, où il reçoit des patients atteints de maladies neurologiques.

Depuis ses fiançailles, je n'ai plus parlé de Sigmund à Sarah. Un jour, alors qu'elle me raconte qu'elle a rêvé qu'elle enfantait des poissons morts, je décide de lui dire que Sigmund s'est marié et que sa femme est enceinte.

Comme promis, Rainer revient à Vienne l'été suivant. Ses voyages ne se sont pas passés comme prévu et ses recherches sur la mélancolie l'ont amené dans d'autres villes. Il y a à présent une note de prudence dans ses yeux : tout voir, tout vivre, tout connaître, mais sans rien détruire, sans rien déplacer, comme s'il ne voulait rien abîmer par son regard. Il a visité des musées et étudié les tableaux des grands maîtres. Il a d'ailleurs rapporté la reproduction d'une gravure de Dürer que je connais bien. À une époque, lorsque j'accompagnais Sigmund à la bibliothèque municipale, j'avais passé des heures à la contempler dans un livre d'art. Rainer la déchiffre pour moi : la figure principale est plongée dans une profonde méditation, elle a des ailes, mais ce n'est pas un ange. C'est l'allégorie de la mélancolie. Sa tête est penchée, soutenue par une main repliée. Son autre main, posée nonchalamment sur ses genoux, tient un compas. Le visage est noyé dans l'ombre et seul le blanc des yeux scintille dans l'obscurité ; le regard est absent. À l'arrière-plan, la mer a la même luminosité. Dans le ciel, une chauve-souris dont les ailes déployées portent le nom du tableau, et une comète d'un éclat merveilleux qui s'évanouira bientôt dans le ciel de la Mélancolie. Quelque part au loin, on devine une ville – là-bas se trouve le reste du monde, là-bas sont les autres, tandis que la Mélancolie est ici, seule, isolée. Deux choses la protègent dans son mal : derrière elle figure un carré magique, qui contient seize chiffres et qui doit attirer les puissances salvatrices de Jupiter, seul capable de vaincre les forces maléfiques de Saturne, porteur de tristesse. À côté du carré, un sablier, une cloche et une balance. Le sablier est à moitié vide, les plateaux de la balance sont en équilibre, la cloche est immobile, même si à tout moment peut sonner l'instant ultime. Ou peut-être le temps s'est-il arrêté et le sable va-t-il cesser de s'écouler ? La stabilité de la balance montre que les jeux sont faits, que tout est indifférent, que plus rien n'a de sens et que la cloche ne peut rien annoncer. La Mélancolie est assise devant sa construction inachevée, entourée de ses instruments ; sa pose laisse entendre qu'elle renonce à tout, comme si quelque chose lui disait que son œuvre ne sera jamais terminée. À ses côtés, une échelle et un bloc de pierre en forme de polyèdre. Doit-elle monter avec l'échelle au sommet de son édifice ? Elle est entourée d'un grand nombre d'outils de menuisier et de tailleur de pierre, mais tout est comme à l'abandon – elle sait qu'elle ne pourra rien achever, que tout est vain. Le bloc de pierre est encore brut. Elle pourrait fabriquer toutes les choses du monde, mais le non-sens s'est infiltré partout. Cette construction sur laquelle elle est adossée est en fait sa vie, la vie qui de toute façon restera en friche. Une vie inutile. La balance s'y trouve-t-elle parce qu'il faut toujours évaluer la difficulté de ce que l'on voudrait construire, ou est-elle le symbole d'une hésitation incessante ? Vit-on ou ne vit-on pas ? C'est la question que pose cette gravure, ce visage noyé dans l'obscurité où ne scintille que le blanc des yeux. La Mélancolie gravée par Dürer a des ailes, mais nul ne pense qu'elle s'en servira pour voler. Elles sont là pour alourdir sa marche, comme un fardeau qu'il lui faut porter, pour lui rappeler qu'elle a pu voler, mais qu'il est maintenant trop tard pour cela.

Cet été-là, Rainer et moi sommes transportés par le même rêve de voyager ensemble, même si au fond, mon véritable désir est de fonder une famille.

Durant les mois qu'il passe à Vienne, nous ne nous quittons que rarement et je ne vois presque plus jamais Sarah et Clara, comme si je les avais entièrement oubliées, ce qui me ronge de remords. Notre séparation à la fin de l'été est inéluctable. Son travail l'appelle vers de nouvelles pérégrinations. Il doit partir seul, et moi rester à Vienne avec mes parents.

Au printemps de l'année 1888, alors que Mathilde, le premier enfant de Sigmund, apprend à peine à parler, les oiseaux migrateurs ne reviennent pas à Vienne. Ce n'est pas le seul événement qui agite la ville, ce printemps-là. On finit de construire le Kunsthistorisches Museum dans lequel seront exposées les œuvres de Vermeer, Rembrandt et Bruegel. On annonce de façon pompeuse l'ouverture du Burgtheater où l'on peut admirer les fresques de Gustav Klimt. L'empereur François Joseph est tombé de cheval et s'est cassé la jambe, et son épouse a inauguré une nouvelle maison de santé que l'on appelle « clinique psychiatrique » et qui porte le nom bizarre de « Nid ». Les mots prononcés par l'impératrice lors de l'ouverture du Nid : « La folie est plus vraie que la vie » font le tour de la ville. Cette année est donc riche en événements mais aucun ne suscite plus d'intérêt que la désertion des oiseaux migrateurs.

Lors de ce printemps survient aussi la mort de Sarah. Même si elle a toujours été de santé fragile, l'annonce de son décès est une surprise. Durant les dernières semaines de sa vie, nous l'avons vue s'éteindre à petit feu. Sa disparition progressive était évidente et cependant nous avons tous cru qu'elle se rétablirait. Tous, sauf elle-même, qui supportait calmement sa souffrance sans rien dire. La plupart des êtres, lorsqu'ils voient leur fin approcher, se soucient du sort de ceux qu'ils laissent derrière eux. Dans sa façon de me parler, je devinais sa tendre sollicitude à mon égard, mais surtout, elle s'inquiétait pour Clara. Elle m'en parlait à chacune de mes visites.

« Je t'en prie, n'oublie pas Clara, et aide-la si tu peux. »

Nous allons déjeuner chez Sigmund tous les dimanches, mais je ne mentionne jamais Sarah. Lorsque j'apprends que ses jours sont comptés, je me décide pourtant à lui en parler. Il propose alors que nous allions lui rendre visite. Cela fait plusieurs années qu'ils ne se sont pas vus et, lorsqu'il approche du lit où elle est couchée, les mains posées sur un livre, il me semble percevoir sur leurs deux visages le même trouble, la même émotion étouffée que lors de leur première rencontre et toutes celles qui avaient suivi. De nouveau, je suis le témoin muet du léger tremblement dans leurs voix, de cette gêne plus éloquente que les mots, et je guette une fois de plus chacun de leurs gestes, chaque expression de leurs visages. Mais, alors que Sigmund s'assied à son chevet, je baisse le regard et me contente d'écouter le roulement fatigué de leurs voix, les mots graves prononcés dans un murmure où je devine, sans rien distinguer de précis, leur ancienne complicité. Lorsque Sigmund se lève pour partir, Sarah saisit le livre qui repose sur sa poitrine et le lui tend.

« Tu m'as prêté ce livre le jour où nous sommes allés nous promener dans l'Augarten. Tu t'en souviens ? Prends-le. »

Ce recueil de poésie de Mickiewicz était un cadeau qu'il lui avait fait et elle le lui rend maintenant comme s'il le lui avait seulement prêté. Sigmund lui demande d'un air gêné si certains poèmes l'ont touchée plus que d'autres.

« Je l'ai lu il y a bien trop longtemps pour pouvoir m'en souvenir, dit Sarah. Je me rappelle surtout un poème sur la jeune fille qui, des années après la mort de son bien-aimé, le voit avec les yeux de son âme et ne cesse de lui parler. »

Elle tient dans sa main le pissenlit séché que l'enfant lui avait donné à travers la grille de l'école, il était resté entre les pages du livre depuis ce jour-là.

Je rendrai visite à Sarah encore deux ou trois fois. Elle aussi se demande à la fin du printemps si les oiseaux migrateurs reviendront à Vienne, ou s'ils sont morts quelque part en chemin, à moins qu'une force de la nature les ait retenus pour toujours dans les pays chauds. Puis, comme si cette remarque lui rappelait quelque chose, elle me supplie à nouveau : « Promets-moi que tu n'oublieras pas Clara ! »

L'année suivante, les oiseaux reviendront dix fois plus nombreux et beaucoup affirmeront que des espèces venues des quatre coins de l'Europe se sont jointes aux nôtres. Ce premier printemps après la mort de Sarah, leurs nuées assombrissent le ciel telle une nappe noire étendue sous le soleil.

Cet été-là, Rainer ne rentre pas. Comme l'année précédente, il m'a donné rendez-vous à son appartement.

Je me rends chaque matin au 7 de la rue Schönlatern, mais je n'y trouve jamais personne. Les premiers jours, je garde espoir, me disant qu'il a été retenu quelque part sur la route, puis, comme le temps passe, de noires pensées m'assaillent. Lui est-il arrivé quelque chose ? Pis encore, a-t-il simplement pris la décision de mettre fin à notre relation ?

Cette fois, lorsque mes parents rentrent de leur cure thermale, ma mère s'aperçoit de ma douleur. Une fois de plus, ma vulnérabilité attise sa haine. Je n'ai pas la force de fuir ses mots pleins de mépris. Le silence de Rainer me ronge en permanence. Je me rends parfois chez Clara, mais chaque fois je dois faire face à l'hostilité de sa mère. Clara a le regard absent, elle semble plongée dans ses pensées, je ne sais pas si elle m'écoute lorsque je lui parle. Quand je lui prends la main et lui demande : « Clara, m'entends-tu ? », elle se tourne vers moi, un vague sourire aux lèvres, avec l'air résigné de ceux qui n'attendent plus rien de la vie. Je me souviens alors des paroles de Sarah sur son lit de mort. Elle me demandait de l'aider. Peut-être aurais-je pu le faire, mais il est maintenant trop tard, je le sais. Et le souvenir de ses paroles me fait mal.

Gustav me confie que leur mère a beaucoup maltraité Clara dans son enfance, à une époque où elle n'avait pas les moyens de se défendre. Elle le fait encore maintenant. Clara n'a jamais vraiment abordé ce sujet avec moi et Gustav lui-même a longtemps ignoré ce problème. À présent, il s'inquiète pour sa sœur, d'autant plus qu'il voyage beaucoup et doit la laisser seule avec sa mère. Elle s'enfuit parfois de la maison et c'est la police qui l'y ramène de force. Afin de la protéger, Gustav prend finalement la décision de la placer au Nid, la clinique psychiatrique. Lorsque j'apprends la nouvelle, je me précipite pour lui rendre visite. À ma grande surprise, elle semble aller mieux depuis qu'elle est séparée de son milieu familial. À son regard, à sa voix, à son attitude générale, je sens qu'elle a retrouvé quelque chose de son ancienne assurance.

« J'ai enfin trouvé ma place », me dit-elle sur le ton de la confidence.

Elle me présente le chef de la clinique, le Dr Goethe. Celui-ci m'explique les nouvelles méthodes de traitement des malades atteints de troubles psychiatriques. Il s'agit d'établir un rapport spontané avec eux, de leur parler et de gagner leur confiance. Soudain, alors qu'il est en train de m'exposer ses théories, une patiente s'approche de nous et lui crache violemment à la figure. Il fait mine d'ignorer son geste, sort un mouchoir de sa poche et s'essuie soigneusement le visage.

« En général, voyez-vous, les patients qui souffrent de maladies mentales détestent leur médecin, ils voient en lui une instance supérieure qui est là pour les punir, un tyran qui les empêche de vivre dans leur monde clos. Je ne cherche pas à éviter leurs accès de fureur, je les écoute lorsqu'ils m'injurient et me maudissent. L'important c'est de les laisser s'exprimer, de supporter leurs crises sans se révolter, de les prendre au sérieux, de leur faire comprendre que leur monde n'est pas en rupture avec le nôtre. Et lorsqu'ils dépassent les bornes, je leurs dis que ce sont des idioties. Exactement : des idioties. Car, voyez-vous, la spontanéité est le premier pas vers un rapport constructif entre patients et médecins. »

« Oui, "des idioties", c'est le mot qui revient le plus souvent dans la bouche du Dr Goethe », dit Clara en souriant.

Comme dans toutes les maisons de fous (le Dr Goethe évite systématiquement de succomber à la mode de son temps et d'appeler ces institutions des « cliniques psychiatriques »), les malades sont répartis entre différents services : pour les hommes, pour les femmes, pour les dociles, les maniaques sous surveillance rigoureuse et parfois même attachés, les dépendants qui ont besoin de soins permanents, les séniles enfin, qu'on abandonne à leur propre sort. Ce n'est que rarement que tout ce petit monde peut se rencontrer : dans les vastes réfectoires, dans la Grande Salle, où le Dr Goethe tient ses conférences, dans le parc, lorsqu'ils vont prendre l'air. Comme partout ailleurs, là aussi, on distingue les pauvres des riches, ceux dont les familles payent des sommes colossales pour qu'ils puissent disposer d'une chambre indivi-duelle. Le Dr Goethe est convaincu des bienfaits du travail dans le traitement de la folie. Seuls les malades séniles, paralysés ou attachés à leur lit en sont dis-pensés. Le travail, outre ses vertus thérapeutiques, aide à remplir les caisses de la clinique, et permet ainsi de financer la prise en charge des plus démunis. Les malades aisés accomplissent des tâches faciles : ils brodent, cousent, tricotent, fabriquent des fleurs artificielles et des petits objets en bois. Aux autres sont assignées des tâches plus dures : le blanchissage des vêtements et de la literie, la fabrication de boutons et de chaussures...

« N'oubliez-pas de visiter notre boutique en sortant de l'hôpital – vous y trouverez les œuvres de nos chers patients : des chaussettes, des écharpes, des chemises de nuit, des robes, des mouchoirs et des serviettes, des figurines en bois..., me dit le Dr Goethe avant de me décrire le quotidien du Nid : On se réveille à six heures. On commence d'abord par réparer les dégâts de la nuit sous la surveillance des infirmières, et vous pouvez imaginer que ce n'est pas une tâche facile. Entre ceux qui défèquent au milieu de leur chambre, ceux qui coincent leurs oreillers entre les barreaux des fenêtres, qui étalent leurs draps au milieu des pièces ou qui cachent les pantoufles de tout le monde sous leur matelas, il y a fort à faire... Après cela commence la visite des médecins. Puis, le petit déjeuner (nous avons six réfectoires assez grands pour accueillir tous les patients) ; ensuite, tout le monde travaille jusqu'au déjeuner, avant une petite sieste. Après quoi, chacun reprend sa tâche jusqu'au soir. Le travail fait l'homme et ramène à l'humanité celui qui a rejeté cette responsabilité. Je le dis comme je l'entends, la folie est le refus d'assumer son obligation d'être homme. Enfin viennent le dîner et quelques distractions avant l'heure du coucher. »

Tandis que nous longeons un couloir de l'hôpital, une autre patiente échevelée s'approche du Dr Goethe. Celle-ci tombe à genoux devant lui et, la voix entrecoupée de sanglots, l'implore de la laisser rentrer chez elle. Il la contourne sans répondre, et la femme continue à hurler jusqu'à ce que des infirmiers interviennent et l'emmènent. Mon trouble est si évident que le médecin se sent obligé de se justifier.

« Ne pensez pas que tout est si noir ! Même l'horreur doit être vue avec un brin d'ironie. L'ironie, comme le disait mon grand-père, "c'est le grain de sel sans lequel nous ne pourrions pas jouir de ce qui nous est servi à table".

— Sauf qu'il ne s'agit pas d'un repas, mais de la vie !

— À plus forte raison ! rétorque-t-il. Sans ironie, la vie serait fade. Et terriblement insupportable. »

Nous continuons à arpenter les couloirs. Par moments, il ouvre une porte pour me permettre de jeter un œil à l'intérieur. Devant mes regards horrifiés, il cherche à me rassurer : « Ce que vous voyez ici, c'est encore le paradis par rapport à ce qu'on peut voir ailleurs. Si vous saviez le climat qui règne à Paris, à la Salpêtrière ! Les patients dorment sur des paillasses à même le sol. On les garde tout le temps enfermés. Le plancher et les murs sont souillés d'excréments. Ce n'est qu'une fois par semaine que l'on nettoie cette crasse. On nourrit à peine les malades, tout juste si on ne les laisse pas crever de faim. Les médecins ne passent que pour les inspections de routine. Voilà, c'est comme cela à Paris ! Et ici, c'est le beau Danube bleu, dit-il en sifflotant un air de valse. Je n'ai pas besoin d'insister, vous pouvez le constater par vous-même. Dites-vous que votre amie a encore eu de la chance de devenir folle à Vienne. »

Je proteste : « Clara n'est pas folle, il lui faut seulement un peu de temps pour redevenir elle-même.

— Et qu'est-ce que c'est que la folie, d'après

vous ? Quelque chose de monstrueux ? Non, c'est simplement un état où l'on n'est plus soi-même. Et ici, nous employons les meilleures méthodes pour que les patients se retrouvent eux-mêmes. Savez-vous comment on les soigne à Paris ? Par la peur ! Ils s'imaginent là-bas qu'on les ramènera à la raison en les arrosant d'eau froide, en les battant, en menaçant de couper la langue de ceux qui crient. » Je voudrais lui répondre qu'à ma connaissance, même à Paris, on ne traite plus les patients de la façon qu'il décrit, que les méthodes qu'on applique ici sont exactement celles que le Dr Pinel a introduites à la Salpêtrière il y a de cela plusieurs décennies, mais je n'ose pas l'interrompre. « Ici, nous soignons les patients par la conversation ; pour arriver à la cause profonde de leur trouble, nous laissons libre cours à leur parole. La plupart du temps, c'est un fatras de choses insensées, mais à force de les laisser dire et répéter, on finit bien par arriver à quelques conclusions raisonnables. Je ne dis pas que tous auront la chance de recouvrer la normalité, mais certains d'entre eux, assurément. »

Malgré les discours rassurants du Dr Goethe, je quitte le Nid inquiète. En prenant congé de Clara, je l'embrasse.

« J'aimerais tellement te voir plus souvent, mais j'ai peur. »

Elle a l'air de me comprendre. « Tu viendras lorsque tu auras surmonté ta peur. »

Mais ma peur persiste. Le comportement de ma mère me fragilise chaque jour un peu plus. Elle me répète à tout bout de champ cette phrase de Balzac qui dit que les femmes sont nées pour être épouses et mères. Celles qui ne le sont pas sont des monstres, conclut-elle.

Mes sœurs se marient l'une après l'autre. Tout d'abord Anna, qui s'en va vivre avec son époux en Amérique, puis Maria et Pauline, qui déménagent en Allemagne, et enfin Rosa. Alexandre quitte lui aussi la maison l'année du mariage de Rosa. Lorsque notre père meurt quelques mois plus tard, je me retrouve seule avec ma mère. L'enfer recommence de plus belle. Elle a besoin de détruire mon existence. Elle me parle constamment de mes sœurs enceintes, m'assaillant de questions sur ma propre vie, critiquant sa vacuité ; chacun de ses mots me pousse un peu plus vers l'abîme. Je me mets à la haïr, parfois j'aimerais la voir souffrir, la prendre par le cou et l'étrangler. En fait, je refuse d'admettre combien je l'aime. À mon âge, je n'ose pas m'avouer qu'un simple geste d'amour de sa part ferait disparaître toute ma douleur. Cette idée me fait honte.

Je vais rarement rendre visite à Clara, la clinique me remplit de terreur. En revanche, j'entre avec plaisir dans la boutique où l'on vend les produits fabriqués par les malades. Au milieu des gants et des écharpes, des mouchoirs et des serviettes, je trouve toujours quelques bricoles à acheter : un bonnet d'enfant, des chaussures pas plus grandes qu'un pouce, un chaperon… Je garde ces objets dans une petite valise au fond de mon placard et, lorsque je suis seule à la maison, j'ouvre la valise et je les étale sur mon lit. Puis je les enferme à nouveau dans mon placard. Je ne veux pas que ma mère me surprenne en train de m'occuper de ces futilités. Ce serait pour elle la confirmation définitive de mon insignifiance et cela lui donnerait une nouvelle occasion de me lancer l'une de ses phrases assassines.

Parfois, j'aimerais demander à Sigmund de m'aider, mais les mots me restent en travers de la gorge. Chaque fois que nous rentrons de chez lui après notre repas dominical, maman me répète à quel point Martha est une mère extraordinaire. Ce qui est vraiment le cas, puisqu'elle se consacre entièrement à ses enfants, Mathilde, Jean-Martin, Oliver, Ernst, Sophie et Anna. Cependant, dans sa bouche, ces louanges ne sont qu'un prétexte pour m'humilier. Il m'arrive de l'implorer de m'épargner ses remontrances. La réponse ne se fait jamais attendre.

« Si tu ne supportes pas de vivre avec moi, tu n'as qu'à t'en aller. »

Elle tire une sombre jouissance à prononcer ces mots, car elle sait que je n'ai nulle part où fuir. « Et puis, qu'est-ce que tu ne peux pas supporter ? Tu ne travailles pas, tu n'as rien à faire puisque tu vis de l'argent de ton frère. Tu n'as pas d'enfants à ta charge, tu jouis du plus grand confort et encore tu trouves matière à te plaindre... »

Ma vie devient si intenable que j'entretiens même l'espoir de déménager chez Sigmund.

Par un après-midi d'été, alors que nous sommes assis sur un banc au bord du Danube, je prends mon courage à deux mains et lui pose la question.

« Est-ce que je pourrais vivre avec vous ?

— Avec nous ? Et pourquoi cela ?

— Je ne peux pas te l'expliquer exactement. Je te demande seulement de m'accueillir chez toi.

— Et notre mère ? Tu veux la laisser seule ?

— Elle peut très bien vivre seule.

— Le moment est mal choisi, maintenant que papa est mort.

— Je t'en supplie !

— Il est déjà question que Minna, la sœur de Martha, déménage de Hambourg et vienne vivre chez nous. Il n'y aurait pas assez de place pour tout le monde si tu venais toi aussi.

— Je pourrais dormir dans le couloir, s'il le faut. Maman me rend la vie infernale, je ne peux plus la supporter.

— Ne dis pas de mal de notre mère, elle n'a pas la vie facile.

— Tu sais avec quel mépris elle m'a traitée depuis toujours. Tu faisais semblant de ne rien voir.

— Ne parle pas comme ça, tu as une vie facile, un foyer… et maman a besoin de toi. »

Cet après-midi-là, j'erre longtemps, sans but ; ma mère a prévu de partir pour Bad Gastein le lendemain. Il fait nuit quand je rentre à la maison. Comme j'ai faim, je vais me préparer quelque chose dans la cuisine. Je suis assise à la table. Soudain ma mère vient s'encadrer dans l'embrasure de la porte et me lance sur un ton de menace que, avec la vie insensée que je mène, je finirai par me retrouver au même endroit que Clara. Ma place est là-bas, dans la maison des fous et je lui épargnerais bien de la honte si j'allais m'y faire soigner avant que les autres ne s'aperçoivent de mon état.

Un couteau est là, à portée de ma main, je pourrais me le planter dans le thorax, à l'endroit où, depuis que j'ai conscience de moi-même, quelque chose me picore la poitrine comme pour m'arracher le cœur.

« Tu as toujours été la honte de ma vie. Il aurait mieux valu que tu ne sois pas née. »

L'ancienne douleur se ravive, plus intolérable que jamais. Hors de moi, je saisis le couteau et je me précipite sur elle. Ma main ne s'arrête que lorsque la lame est sous sa gorge. Mon geste exprime tout ce que je n'ai pu dire jusqu'alors, tous ces mots qui durant tant d'années n'ont jamais été prononcés.

Ma mère est partie, et Martha s'en va également avec les enfants, séjourner comme tous les ans dans la forêt viennoise. Seul mon frère reste en ville. Il a prévu de partir pour Venise avec Minna, avant de rejoindre sa femme et ses enfants. Je passe presque chaque jour devant l'appartement de Rainer. Un soir, j'aperçois de la lumière derrière les vitres.

Cela fait des années que nous ne nous sommes pas vus et nous nous regardons comme des étrangers. C'est un autre Rainer et une autre Adolphine. Je cherche dans ses yeux une trace de son amitié d'autrefois. Mais il n'y a plus trace de la complicité qu'il y avait alors, cette douce sollicitude qui se lisait dans son regard, ce regard qui veillait à ne blesser personne.

« Je suis venu pour vendre mon appartement, je vais rester très peu de temps », dit-il d'un air glacial pendant que nous nous dévisageons comme deux êtres qui auraient quelque chose à se reprocher.

Il passe quand même l'été à Vienne. L'appartement est vendu. Tous les meubles sont partis, il ne reste que les rideaux et le lit. Je viens le voir régulièrement, malgré sa froideur. Je ne pose pas de questions sur ce qui s'est passé dans sa vie entre-temps, sachant qu'il ne voudra pas me répondre. Je ne lui parle pas non plus de moi, car il m'a suffisamment laissé entendre qu'il ne voulait rien en savoir. Nous passons ensemble des jours et des nuits dans cet appartement vide, muets, comme des étrangers. Certains jours, cette distance entre nous me pousse à bout et alors, j'éclate en sanglots, et, au lieu de me demander pourquoi je pleure, Rainer quitte l'appartement pour plusieurs heures. Même dans ces moments, je ne songe pas à lui parler de ma douleur. À quoi bon puisqu'il ne m'écoutera pas.

Au bout de quelque temps, je suis prise de nausées le matin et, rongée par le doute, je me décide secrètement à consulter un médecin. J'en reviens ivre de bonheur. Lorsque j'arrive à l'appartement, Rainer est au lit. Les mouvements de ses yeux clos, la légère agitation de ses narines et de ses lèvres montrent qu'il rêve. Je m'assieds à côté de lui et je décide d'attendre qu'il se réveille. Je caresse l'espoir de retrouver son regard d'autrefois, celui qui voit tout et qui ne veut rien abîmer mais, lorsqu'il ouvre les yeux, je découvre un regard qui cherche une victime.

« Je crois que nous allons avoir un enfant », lui dis-je avec enthousiasme.

Il se tait.

Je prends ses mains dans les miennes et les pose sur mon ventre ; il les retire d'un geste rapide.

Mais rien ne peut gâcher ma joie et je ris. Rainer s'assied sur le lit, il appuie ses coudes sur ses genoux et se prend la tête dans les mains. J'attire son visage vers moi et l'appuie sur mon ventre.

« Tu as peur ? »

Il ne dit toujours rien.

« J'ai entendu dire que les hommes ont peur de la paternité lorsque cette situation les prend au dépourvu la première fois. »

Il me repousse des deux mains.

« Je ne peux pas me permettre une telle faute », me dit-il d'un ton glacial.

Ses mots me transpercent comme une douleur physique et je tente désespérément de les effacer.

« Toi et moi, nous aurons un enfant !

— C'est ton enfant, fais-en ce que tu veux. » Un lourd silence s'installe entre nous. Ce n'est qu'après un long moment qu'il reprend la parole. « J'ai déjà un enfant. Et je ne dois pas répéter la même erreur. »

Je ne lui demande rien sur cet enfant dont il parle comme d'une erreur. Je sais de toute façon qu'il gardera le silence. Il ne me parlera pas non plus de la personne avec laquelle il l'a eu. Je préfère ne rien en savoir. Je m'allonge sur le lit, et je mords l'oreiller pour dissimuler le tremblement de ma mâchoire.

« C'est ton enfant, fais-en ce que tu veux, répète-t-il une fois encore.

— Mon enfant... et que deviendra-t-il ? Et que deviendrai-je moi-même ?

— Tu n'as qu'une chose à faire.

— Non, je ne suis pas capable de commettre un meurtre.

— Ce ne serait pas un meurtre, mais la seule façon de prévenir une catastrophe. »

Ses paroles me déchirent la poitrine jusqu'à m'arracher le cœur. Je voudrais pouvoir pleurer pour alléger ma douleur, mais les larmes ne viennent pas.

« Maintenant, je te prie de t'en aller, dit Rainer sèchement. Tu sais que ce n'est plus mon appartement. Je dois quitter les lieux. D'ailleurs j'avais prévu de partir aujourd'hui. »

Après avoir quitté l'appartement, je déambule dans les rues de Vienne sans savoir où je vais. Les idées les plus noires m'assaillent. Un instant, je pense me jeter dans le Danube. Je ne sais trop comment, mais je finis par me retrouver dans mon lit.

Notre appartement est inondé. L'eau afflue toujours, je ne sais d'où. Est-ce un déluge ? Je veux m'enfuir, mais j'entends tout près de moi des sanglots d'enfants. « Ce sont mes enfants qui sont coincés entre les murs ! » me dis-je. Je gratte la paroi avec mes mains, j'arrache des morceaux de plâtre, je me casse les ongles. L'eau afflue toujours plus, me recouvre maintenant la tête et tandis que je me noie j'entends toujours, sous l'eau, un pleur d'enfant entre les murs.

Je me réveille en sursaut, un goût amer dans la bouche, comme si j'avais de la terre sur la langue. Je décide de demander de l'aide à Sigmund. Lui seul peut me porter secours. Nous nous donnons rendez-vous sur les berges du Danube. Je lui raconte ma détresse en peu de mots. Il réfléchit longuement. Un couple de vieillards est assis sur le banc à côté du nôtre. Ils se tiennent par la main. Deux enfants jettent des bateaux en papier dans le fleuve, tandis que leur mère leur demande de ne pas s'approcher trop près de l'eau.

« J'aimerais que tu m'aides à avorter.

— Je préfère ne pas le faire moi-même », me répond-il.

Puis, il m'explique qu'il me trouvera un bon médecin et qu'une infirmière s'occupera de moi jusqu'à mon rétablissement.

« Il faudrait se dépêcher, ajoute-t-il, si tu veux, je peux tout arranger pour demain, car après je pars pour Venise. »

Je souris. Je songe à nos rêveries d'adolescents, lorsque nous prétendions que nous irions vivre à Venise ensemble. Je presse mes poignets l'un contre l'autre, je courbe un peu mes doigts de sorte à former une gondole que je fais naviguer dans l'air.

« Je ne veux pas aller à l'hôpital. Je préférerais que ce soit fait à la maison. »

Le lendemain, alors que je suis allongée sur mon lit, le Dr Kraus prépare ses instruments. Il est assisté par une infirmière, Mlle Grubah. Sigmund est assis sur le lit près de moi. Il sait que j'ai peur.

« Ne t'inquiète pas », dit-il en posant sa main sur mon front. Il tremble un peu. « Tout va bien se passer.

— Tu crois ? Que va être ma vie après cela ?

— Rien ne sera changé, dit-il en me caressant le front et les cheveux.

— C'est ce que je crains. Que tout soit pareil qu'avant. La maternité n'est pas que le don d'une nouvelle vie. Pour moi, c'était aussi l'espoir de commencer la mienne. Je sais à présent qu'il n'en sera rien. J'ai vécu toute mon enfance dans la peur de te perdre et je t'ai perdu.

— Tu ne m'as pas perdu, nous serons toujours ensemble. Tout va bien se passer. »

Le médecin fait signe à Sigmund de s'éloigner. Mlle Grubah se tient déjà prête à mes côtés avec une serviette trempée dans un liquide amer qui servira à m'endormir. Mon frère esquisse ce geste qui marquait notre complicité quand nous étions enfants : de son index, il me touche le front, le nez, les lèvres. Je ferme les yeux pendant qu'on m'applique la serviette sur la bouche et sur le nez. Alors que je sombre dans l'inconscience, un lointain souvenir resurgit, un souvenir de l'époque où bien des choses pour moi n'avaient pas encore de nom ; mon frère me tend un objet tranchant et me dit : « couteau ».

Je suis réveillée par une forte douleur dans le ventre. Je regarde autour de moi : des objets aux contours incertains vacillent devant mes yeux. J'ignore où je suis et qui je suis. La première chose qui me vient à l'esprit est le prénom de mon frère. Je le prononce aussi fort que je peux. « Sigmund ! »

Une voix de femme me répond.

« Il est dans l'autre pièce. Voulez-vous que je l'appelle ? »

Un instant plus tard, Sigmund est assis sur mon lit, il pose ses mains sur les miennes.

« Tout s'est bien passé », me dit-il.

Je tourne ma tête vers le mur et j'y découvre une trace de sang. Mon frère remarque la fixité de mon regard.

« Cela est dû à une petite négligence du Dr Kraus. »

Cette trace de sang sur le mur est tout ce qui me reste désormais de l'enfant que j'ai porté.

Nous gardons un instant le silence.

« Il est temps que tu partes. »

Je ne veux pas qu'il reste. En guise de salutation, je passe ma main sur son front, son nez et son menton. Mon regard est brouillé et je ne peux pas voir s'il y a des larmes dans ses yeux. Il se penche et m'embrasse le front. Le geste est furtif, comme lorsque nous étions enfants et qu'il voulait éviter les moqueries de notre mère. Je tourne de nouveau ma tête vers le mur, vers la trace de sang, et il sort de la chambre.

Mon corps est pris d'une violente secousse, comme sous l'impulsion d'une force extérieure et je me retourne dans le lit en pensant à ces mots que ma mère a tant de fois répétés par le passé : « Il aurait mieux valu que tu ne sois pas née. » Cette phrase me revient avec tout son venin et je pense aux paroles du prophète Jérémie : « Qu'il soit maudit, le jour de ma naissance ! Que personne ne dise du bien du jour où ma mère m'a mis au monde ! Je maudis le ventre de ma mère qui m'a porté, l'instant de ma conception où les corps de mes parents se sont unis, je maudis l'accouplement du premier homme avec la première femme et toute la suite de générations qui en est issue. »

Je reste alitée quelques jours encore, avec pour seule compagnie Mlle Grubah.

Lorsque ma mère rentre des bains quelques semaines plus tard, elle voit la trace de sang sur le mur mais ne fait pas de commentaires. Elle me propose d'aller rendre visite à Sigmund, qui vient lui aussi de rentrer, avec toute sa famille, des forêts viennoises où il s'est rendu après son séjour à Venise. Je la laisse y aller seule et désormais je ne l'accompagnerai plus que rarement aux déjeuners de famille. Depuis son retour, ma mère, qui doit avoir appris ce qui s'est passé, change d'attitude : elle commence à me plaindre. Et c'est encore pire. Elle ne fait que remuer le couteau dans la plaie quand elle me toise sournoisement de son regard plein de tristesse et me dit d'une voix tremblante qui lui ressemble si peu : « Ma pauvre Adolphine, elle est restée seule. » Elle le fait en présence de ses amies, en présence de Sigmund et de sa famille, et la tristesse qui fait vibrer sa voix provoque l'apitoiement sincère de ceux qui l'écoutent. Tous me lancent des regards aussi compatissants que les siens. La première chose qu'elle me laisse entendre le matin au réveil, c'est son regret de me voir passer encore une journée sans personne à qui parler. Le soir, elle me plaint parce que personne ne partage mon lit. Quand ses amies viennent lui rendre visite avec leurs petits-enfants, je m'enferme dans ma chambre. Je ne peux cependant pas m'empêcher d'entendre leurs gloussements, leurs rires joyeux, les petits mots gentils qu'ils adressent à leurs grand-mères. Le soir, au dîner, il me faut supporter la voix doucereuse de ma mère : « Comme je te plains, quelle terrible douleur pour moi de savoir que tu resteras seule. » Et lorsque je lui dis que ses paroles me blessent, elle me répond : « Si tu étais mère, tu saurais combien on souffre pour son enfant. Tu saurais qu'on aime sa fille plus que soi-même. » Un jour, quand je rentre à la maison, une petite fille qui sait à peine marcher sort par la porte ouverte du salon et accourt vers moi. Je la prends dans mes bras et l'embrasse pendant qu'elle rie et me tapote les joues avec ses petites mains. Mais j'entends la voix de ma mère : « Ma pauvre Adolphine, elle avait tellement envie d'être maman ! » C'est trop pour moi. Je pose l'enfant par terre et je cours dans ma chambre. Je sors du placard ma petite valise et y jette rapidement quelques vêtements. Puis je quitte la maison. Dans les escaliers, j'entends encore la fillette qui frappe de ses menottes contre la porte.

Lorsque je pénètre avec ma valise dans la chambre de Clara, elle me regarde avec surprise.

« Tu n'as plus peur ? » me demande-t-elle seulement.

Je fais non de la tête.

Nous sortons mes affaires et les rangeons dans le petit placard encastré dans le mur près du lit.

Le lendemain au réveil, après ma première nuit passée au Nid, une infirmière m'informe que quelqu'un est là qui souhaite me voir.

Sigmund entre.

« Le Dr Goethe m'a appris que tu étais ici. »

Il s'assied sur mon lit.

« Pourquoi es-tu partie de la maison ? Tu aurais au moins pu m'en parler avant de songer à prendre une telle décision… Mais laissons ça. Tu dois rentrer tout de suite !

— Je ne peux plus rentrer à la maison.

— Tu n'as pas d'autre endroit où aller. C'est ta demeure. Que tu le veuilles ou non, tu dois y retourner. »

Je ne réponds pas.

Il me dévisage avec colère. Son ton se fait impérieux.

« Tu viens avec moi !

— Non, je reste ! »

Cinquième partie

TOUS LES ÊTRES NORMAUX sont normaux de la même manière et chaque fou est fou à sa manière propre.

Si la clinique psychiatrique du Nid se trouve au cœur même de Vienne, c'est néanmoins une île séparée du reste du monde.

Durant la nuit, des hurlements déchirent l'obscurité des grands dortoirs. Ce sont les cris de ceux qui sont condamnés à partager leur folie avec celle des autres. Au milieu de ces cris qui se fondent les uns dans les autres et se prolongent à l'infini, il y a des êtres muets, qui rêvent de silence, qui ont seulement besoin d'un petit bout de ce monde où ils peuvent, en sécurité, courber la tête et dormir. La nuit, ils respirent rapidement, ou pleurent, ou prient sans savoir à qui adresser leurs prières, car ils ont abandonné Dieu depuis longtemps, comme Dieu les a abandonnés. Ou bien, ils respirent lentement et, avec leurs inspirations et expirations, ils essaient de chasser la douleur qu'ils portent dans leur poitrine. C'est un caillot où se concentre la question de leur existence, et ils sont contents tant que ce caillot enveloppe cette question car, toute nue, celle-ci serait insupportable. Puis, à force de lutter contre les bruits, ils s'endorment, vaincus par la fatigue. Les hurlements de la clinique du Nid leur parviennent de loin, non pas comme des voix humaines, mais comme le son de la douleur, transformée en rage sous le poids du destin.

Durant la journée, lorsque les uns vont travailler, les autres restent dans un coin de leur chambre, enfermés dans un monde clos, arrachés à l'existence. Une vieille femme s'applique à faire et à défaire des nœuds sur une corde, une jeune fille compte inlassablement ses orteils, un jeune homme tremble de peur devant la manche de sa chemise, une autre femme... un autre homme...

Chaque nuit, avant de se coucher, un vieillard plonge son regard dans l'obscurité et chuchote : « Bonne nuit, le monde. »

Mon frère a écrit que « tout homme est un enfant de son époque même dans ses qualités les plus singulières ». On peut dire que chaque trouble psychiatrique appartient à son époque, mais aussi que les particularités les plus singulières de la folie individuelle se retrouvent d'une époque à l'autre.

La folie est aussi ancienne que le genre humain. Le premier homme qui a dit « je » a peut-être éprouvé la déchirure de cette identité embryonnaire. Dans cette enfance de l'humanité, les membres de la communauté regardaient ceux qui étaient différents comme des monstres, des phénomènes inexpliqués. De même que l'on regarde l'éclair ou que l'on scrute le trajet du soleil d'un bout à l'autre du ciel.

Des milliers d'années ont passé et l'homme a essayé de trouver des explications aux choses. La foudre a été interprétée comme l'expression de la colère divine, le soleil était un dieu qui traversait le ciel, et la folie devenait la conséquence d'une possession par des forces démoniaques. Dans certaines civilisations primitives, on creusait un trou dans le crâne des possédés pour en faire sortir le démon. Ensuite, on jetait les corps de ceux qui avaient subi cette opération loin des habitations, pour garder les démons à l'écart des autres membres de la communauté.

Des milliers d'années ont passé et l'homme a commencé à trouver des explications plus rationnelles aux choses : l'éclair est le résultat d'un choc entre les nuages, le soleil est un corps céleste qui tourne autour de la terre ; cependant la folie, elle, est restée le fruit des forces divines ou démoniaques. Dans les textes sacrés, la folie est un châtiment de Dieu : « Dieu te frappera par la rage, l'aveuglement et la folie », c'est ce que dit l'Ancien Testament. Dans le Nouveau Testament, celui qui est possédé par les forces maléfiques doit être exorcisé. Dans la Grèce antique, en revanche, où la folie était généralement interprétée par l'influence de la déesse Héra ou par celle du dieu de la Guerre Arès, un disciple d'Hippocrate écrivait que c'est notre cerveau qui nous rend « fou et délirant et introduit en nous la peur et l'horreur ». Quelques siècles plus tard, Arétée de Cappadoce, dans son œuvre *Des signes et des causes des maladies aiguës et chroniques*, expliquait :

Les mélancoliques varient dans l'objet de leur démence ; ou ils s'imaginent qu'on veut les empoisonner, ou ils fuient dans la solitude par misanthropie, ou ils se tourmentent par des idées superstitieuses, ou ils prennent la lumière et la vie même en aversion. […] Ils se plaignent de maux imaginaires, maudissent leur propre vie, désirent la mort.

À la Renaissance, la maladie mentale est divisée en trois catégories : la folie comme fantasme, lorsque l'homme s'imagine être autre chose que ce qu'il est ; la folie comme punition divine ; la folie comme conséquence d'une grande passion. À cette époque, des prisons destinées aux fous existent dans chaque grande ville. Au lieu d'être soignés, ils sont punis : la folie n'est pas une maladie, c'est un crime. La communauté trace une frontière infranchissable entre ceux qui sont considérés comme normaux et ceux que l'on proclame fous. On embarque les déments sur des bateaux, on les attache sur le pont et ceux qui ne périssent pas de faim et de soif, ceux qui résistent aux intempéries, sont déchargés sur une île déserte ou tout simplement jetés à l'eau. Au XVIIe siècle, Reginald Scot et Thomas Willis affirment dans leurs recherches que la folie n'est pas le fruit d'un pacte avec Satan, mais une maladie des nerfs et de la raison. La croyance selon laquelle l'aveuglement de la raison est provoqué par des forces obscures persiste néanmoins, même parmi les lettrés. À la fin du même siècle, à l'université d'Iéna, le professeur de médecine Ernst Friedrich Wedel explique encore à ses étudiants les différentes formes de la manifestation du diable chez les sujets atteints de démence. Mais il est déjà trop tard : John Locke déclare que même la religion doit être rationnelle, et Thomas Hobbes interprète la folie comme une erreur du raisonnement suscitée par des déficiences du mécanisme corporel. Malgré cela, les lieux qui recueillent les fous continuent à ressembler à des maisons de torture pour criminels. À Paris, à la Salpêtrière et à Bicêtre, on traite les malades comme des bêtes, certains sont enfermés dans des cachots sous terre, enchaînés, ou exposés au regard des curieux qui s'arrangent avec les gardiens pour les voir fouettés comme dans un spectacle de foire.

Ce n'est qu'au XIXe siècle que la religion et les institutions de répression livrent enfin les fous à la psychiatrie. La folie n'est plus un péché ni un crime, mais une existence ratée, une chance manquée.

Toutes les fenêtres du Nid donnent sur le parc. C'est une pelouse agrémentée d'arbres si touffus qu'ils donnent l'illusion d'une forêt. Le soir, Clara et moi nous tenons à la fenêtre pour regarder la nuit tomber.

Au Nid, certains êtres ont peur de la nuit comme de la mort.

Lorsque le silence se fait autour de nous, Clara et moi arrêtons de parler. Nous aimons le silence, d'autant plus qu'il est rare en ce lieu. Dans la chambre située au-dessus de nous, on entend les pas de Hans et de Johan. Les uns sont lents et lourds, les autres rapides et trépidants. Dans la chambre à côté de la nôtre, Christa ne cesse de monologuer et s'accable de reproches. Un peu plus loin, Beata et Herta ricanent de façon hystérique. Parfois, elles donnent des coups de tête ou de poing contre le mur. Des coups sourds, comme les échos d'une douleur oubliée. Des autres chambres nous parviennent des hurlements, des pleurs et des rires, des grincements, des crissements, des craquements de toutes sortes. Le silence est si rare que, lorsqu'il survient, nous arrêtons spontanément de parler et nous le savourons comme un prodige.

Sur les tables de chevet du Nid sont disposés d'innombrables objets qui évoquent la mémoire de vies passées.

Notre voisine de chambre, Christa, garde précieusement à côté de son lit une mèche de cheveux de sa fille et sa première dent. Chaque fois que quelqu'un lui rend visite, son regard se pose sur la petite table et elle dit, en oubliant qu'elle l'a déjà répété tant de fois : « Ça, c'est ma petite Lotte. » Elle prend la mèche et la dent de lait dans la paume de sa main et les regarde longuement, avec fascination, à la manière d'un enfant qui, ayant ramassé un éclat de verre, l'observe comme un objet précieux.

On trouve toutes sortes de choses sur les petites tables du Nid. Des morceaux de tuiles, des photographies, des cartes postales à l'encre pâlie, des plumes d'oiseaux, des bouts de rideau, des boutons, des petits cailloux, des lacets, des rubans de chapeau, des perles, des poupées disloquées et des poupées entières...

Sur certaines tables, les objets sont rangés méthodiquement, selon un ordre rigoureux, sur d'autres, ils sont jetés de façon chaotique. Selon cette singulière géométrie d'ordre et de chaos peut se lire l'agencement d'une vie passée, quelque chose qui ne se laisse pas dire avec des mots.

Clara garde sur sa table un dessin de son frère, représentant une femme le dos tourné à l'abîme. Sur la mienne, il n'y a rien. Au Nid, beaucoup d'autres tables de nuit sont vides.

Au bout de l'aile est de l'hôpital se trouve une petite bibliothèque. Certains d'entre nous y vont et feuillettent les livres de la première page à la dernière et inversement. D'autres s'asseyent seulement devant un livre fermé et fixent une lettre ou un point. Rares sont ceux qui lisent vraiment.

Clara regarde souvent le dessin sur sa table de chevet. C'est un croquis qui devait traîner dans la poche de son frère un jour qu'il est passé la voir. Gustav a l'habitude de garder les mains dans ses poches pendant qu'il parle, et chaque fois qu'il les sort il en fait tomber des crayons, des craies ou des gommes. Lors de l'une de ses visites, il a dû lâcher un morceau de papier froissé, et Clara l'a récupéré. Un jour, elle me dit : « Je me demande si cette femme regarde dans l'abîme ou si elle se tient au bord, les yeux fermés. »

Les après-midi, lorsqu'il fait beau, nous sortons nous promener dans le parc. Ce n'est pas une obligation ; on peut tout aussi bien rester dans sa chambre. Comme j'ai souvent des maux de tête et des douleurs au ventre, je reste à l'intérieur et j'observe depuis ma fenêtre ce qui se passe au-dehors. Certains patients courent dans l'herbe comme de petits enfants, d'autres, assis sur un banc, discutent avec animation, peut-être même se querellent-ils. D'autres restent seuls dans un coin, rient ou pleurent. La fenêtre est un cadre de tableau qui délimite un monde dont je suis l'observatrice isolée.

Un jour, j'aperçois un homme accompagné de deux enfants qui s'approche de l'une des patientes. Elle les regarde comme pétrifiée et tous quatre restent un instant immobiles. Le mari a l'air de vouloir lui expliquer quelque chose, il désigne les enfants, pose ses mains sur leur tête. Visiblement, il attend une réponse. Elle ne bouge pas, je ne la vois que de dos, sans pouvoir deviner l'expression de son visage, ni même savoir si elle a articulé un mot. Le mari s'efforce de communiquer avec elle, de provoquer une réaction. Découragé, il renonce à lui parler et, faisant un pas vers elle, il l'enlace. L'espace d'un instant, je crois qu'elle va faire de même mais il n'en est rien. Les deux enfants l'agrippent par la taille et elle se penche mollement sur eux. Déçus, le mari et les enfants se dirigent déjà vers la sortie. Ils agitent leurs mains. Elle lève la sienne lourdement et son bras retombe le long de son corps. L'un d'eux hésite, comme s'il voulait se précipiter vers sa mère, mais il rejoint son père et tous disparaissent derrière le portail. La femme reste encore longtemps immobile, tout comme sur le dessin de Gustav, elle a l'air de se tenir au bord d'un gouffre. Je n'arrive pas à imaginer son visage. Je me demande si elle regarde dans l'abîme ou si elle se tient au bord, les yeux clos.

La vie de Christa a brusquement basculé le jour où son mari est mort. À partir de ce jour, elle n'a plus reconnu ses proches, elle regarde ses parents comme on regarde un mur. Sa fille, qu'elle a mise au monde quelques mois plus tôt, elle la voit comme un objet. Cependant, son état s'est un peu amélioré depuis son arrivée au Nid. Elle a recommencé à manger, à se laver, à se promener et à broder. Mais, chaque fois que ses parents viennent la voir et lui amènent son enfant, elle retombe dans son apathie. Lorsqu'ils s'en vont, en revanche, elle pleure, réclame sa fille, implore qu'on la lui rende. À tel point qu'on lui a donné la permission de rentrer chez elle. Elle y a passé plusieurs semaines mais son état s'est aggravé de façon dramatique. Alors on l'a renvoyée au Nid où elle a repris ses activités, tout en recommençant à réclamer désespérément sa petite fille.

Après chaque visite de sa famille, ses cris résonnent pendant des heures dans les couloirs de l'hôpital. Souvent, nous entrons dans sa chambre pour lui dire et lui redire qu'on lui ramènera son enfant, mais elle ne peut nous entendre. Ce n'est que lorsque ces paroles parviennent à sa conscience qu'elle arrive à se calmer et que la vie reprend.

À une époque où les hommes croient que la terre est plate, où ils tremblent à l'idée du jugement dernier, où ils redoutent l'enfer et rêvent du paradis, dans la plupart des villes, des gens sont enfermés dans des cages et exhibés sur les places publiques.

La foule se rassemble : les hauts dignitaires, les prêtres, les militaires, les enfants et les vieillards, les grandes dames et les laveuses, les médecins, les artisans, les honnêtes gens et les voleurs. Ils attendent tous le grand spectacle qui commence avec l'ouverture des cages, d'où sortent de pauvres malheureux en haillons, les yeux hagards, sans voix ; encadrés par des officiers de police, ils sont accueillis par des cris enthousiastes. Tous les regardent, et eux aussi observent la foule et se dévisagent les uns les autres. Quelqu'un dans l'assistance, un dignitaire ou un voleur, peu importe, leur lance une injure. Certains fous répondent, d'autres restent muets, enfermés dans leur monde ou confus de se trouver face à tant de regards. Et la multitude attend. Un enfant ramasse des pierres et les lance dans leur direction. Il atteint une femme qui se mord avidement les doigts. Un autre caillou touche un vieillard qui sautille et sifflote comme un moineau. Femme et vieillard se mettent à hurler de concert. Les autres fous s'agitent à leur tour, poussent des cris, courent sur place, se vautrent par terre. Quelqu'un rit en jappant comme un chien, un autre se gratte tout le corps, des pieds à la tête. La foule rassemblée est excitée par ce spectacle, par ce brouhaha, par la rage et l'exaspération des déments. Un pauvre hère, les bras à l'horizontale, implore qu'on le crucifie : « Crucifiez-le, crucifiez-le ! » hurle la populace. Quelqu'un se vante d'être le maître du soleil et prétend qu'il lui suffirait de souffler pour l'éteindre. « Mais tu peux aussi l'éteindre en pissant dessus ! » lui lance un manant et le pauvre idiot de baisser son pantalon et de pisser vers le haut, vers le soleil, sous les vivats et les applaudissements. « Où est mon enfant ? Où est mon enfant ? » glapit une femme. « De quel enfant parles-tu, souillon ? Tu n'en as jamais eu ! ». « Non, il est mort à la naissance », explique quelqu'un. « Où est mon enfant ? » continue à sangloter la malheureuse. Et un drôle dans la foule, qui prend visiblement un grand plaisir à ce spectacle, ôte sa chemise, l'enroule rapidement et la lui lance : « Le voilà, ton enfant ! » Elle saisit le balluchon et le serre contre sa poitrine : « Mon pauvre enfant, on m'a rendu mon enfant ! » Tous jubilent – et les dignitaires et les prêtres et les enfants et les vieillards, les grandes dames et les laveuses. Mais le clou du spectacle reste à venir : les gardiens commencent à faire claquer les fouets et mènent les fous vers les portes de la ville comme on conduit du bétail. L'assistance toujours plus nombreuse les suit, on continue à leur lancer des pierres, comme si la morsure des fouets ne suffisait pas. Les misérables hurlent sous les coups, essaient de les esquiver, se lançant dans toutes sortes de contorsions. Ils arrivent enfin devant les murailles, les portes de la ville s'ouvrent, les gardiens dispensent les derniers coups de fouet et les laissent quitter la citadelle en criant : « Maintenant, vous êtes libres ! » Et ils courent, boiteux, ne sachant pas que derrière eux les portes se sont refermées pour toujours et qu'ils resteront de l'autre côté des murailles. Ils ignorent que c'est là la façon dont les villes se débarrassent de leurs fous à intervalles réguliers. Quelques-uns traîneront encore longtemps autour de la forteresse, rares seront ceux qui réussiront à se faufiler à travers les remparts. Les autres erreront sur les routes, dans les champs et aux abords des fleuves. Cette femme qui se mordait avidement les doigts mourra de froid ce même hiver. Ce vieillard qui sifflotait comme un moineau sera déchiqueté par les loups. Ce jeune homme qui, en marchant, se grattait des pieds à la tête arrivera jusqu'aux murailles d'une autre ville et, voulant y entrer, sera pourfendu par l'épée d'un chevalier. Cette femme qui cherchait son enfant sera violée par des brigands de grand chemin, avant d'être abandonnée au bord de la route. Elle mourra en rêvant à côté d'un arbre, embrassant le balluchon qu'elle avait pris pour son fils.

Au Nid, Dora ne se sépare jamais de ses enfants. Elle leur raconte des histoires, les nourrit, les couche, les amène en promenade. Ses enfants sont toujours avec elle, même si elle est la seule à les voir. Pendant les repas, au réfectoire, elle nous demande de laisser libres les places autour d'elle, car celles-ci leur sont réservées : elle prend de la nourriture invisible avec des cuillères invisibles et remplit des bouches invisibles, et elle gronde ceux qui refusent de manger. Dans le parc, elle joue avec eux, leur lance une balle, jette des petits cailloux en direction d'un cercle imaginaire, joue à la marelle avec l'invisible. Dans la bibliothèque du Nid, elle ouvre des livres et leur apprend à lire. Certaines personnes disent que Dora n'a jamais eu d'enfants. Et pourtant, ses enfants sont toujours avec elle.

Ma sœur Rosa vient me rendre visite pour la première fois et nous nous asseyons sur mon lit. Elle passe constamment la main sur son ventre arrondi, comme pour le caresser.

« Il ne reste plus que deux mois », me répond-elle lorsque je lui demande quand elle deviendra mère.

Cinq jeunes gens s'en vont à Tübingen le cœur grave, comme s'ils se rendaient en un lieu de pèlerinage. Là-bas, dans la maison du menuisier Zimmer, vit Friedrich Hölderlin. Mme Zimmer les conduit derrière la maison, dans le jardin où celui-ci passe le plus clair de son temps. Elle tente de les avertir de l'état dans lequel se trouve le poète. Et alors qu'ils sont encore imprégnés du visage plein d'esprit du grand écrivain tel qu'ils le connaissaient par son portrait, ils découvrent un vieillard perché sur une balançoire. Mme Zimmer leur explique qu'il se balance ainsi tous les jours, chaque fois qu'il n'est pas assis devant le piano ou qu'il n'aide pas son mari à ses travaux de menuiserie ; mais les jeunes gens n'écoutent pas, ils s'approchent du vieillard aux yeux hagards qui continue à se balancer et ils essaient de lui poser des questions sur la poésie, sur la métrique, sur Diotima. Au bout d'un moment, comme s'il venait seulement de prendre conscience de leur présence, il les toise avec colère et leur crie de le laisser en paix. « Mais nous sommes venus ici pour vous ! » explique l'un des jeunes gens. Hölderlin continue à se balancer et poursuit : « Je ne sais pas de qui vous parlez. Je ne suis plus celui que j'étais, je suis maintenant un autre. » D'innombrables êtres, dans des espaces et des temps différents, répètent ces mêmes mots.

Chez certaines personnes le moi est une substance poreuse rongée par l'acide de l'existence.

165

Dans un état somnambulique, John Clare murmure au hasard des vers de son poème : *I am !* Il en récite des bribes, de façon entrecoupée, sans suite :

« *Je suis : et pourtant, ce que je suis, personne ne s'en soucie ni ne le sait... mes amis m'ont abandonné comme une mémoire perdue... mes malheurs... ils émergent et disparaissent... comme des ombres dans l'amour... Et pourtant je suis... Dans la nullité du mépris et du bruit... où il n'y a de sens ni à la vie, ni à la joie... même les plus chers, ceux que j'aimais le plus, sont étrangers, ceux-là plus étrangers que les autres... Je me languis d'horizons où jamais homme n'a mis le pied, d'un lieu où jamais femme n'a souri ni pleuré. Là-bas, demeurer avec mon Créateur, Dieu, et dormir paisible, comme je dormais enfant, ne dérangeant personne et moi-même épargné... Sous moi, l'herbe, au-dessus, la voûte du ciel[1].* »

Il se récite ces mots comme s'il se chantait une berceuse, s'agitant dans son lit de la petite cellule de la maison de santé de Northampton.

Il est des êtres qui ont éprouvé une fois dans le passé le sentiment qu'ils n'avaient pas droit à l'existence et leur moi se décompose dans la confrontation avec la réalité. Certains se cantonnent dans un monde créé de toutes pièces qui se substitue pour eux au monde réel. Ces êtres vivent comme les autres, mais ils voient, ils éprouvent, ils pensent une autre réalité,

---

1. John Clare, *I am !* (Poète non traduit en français.)

166

une non-réalité, et ils transforment les signes et les messages qui leur viennent du monde extérieur en d'autres signes et en d'autres messages.

Certains génies se sont créé des mondes artificiels. Leur œuvre porte l'empreinte des esprits qui les ont hantés. Quel déchirement a dû conduire Gérard de Nerval à se pendre rue de la Vieille-Lanterne, à Paris…

Je suis le Ténébreux, – le Veuf, – l'Inconsolé,
Le Prince d'Aquitaine à la Tour abolie :
Ma seule Étoile est morte, – et mon luth constellé
Porte le Soleil noir de la Mélancolie[1].

Avait-il ces vers aux lèvres en cet instant ultime, alors que son âme se détachait de son corps ?

Il est des personnes qui croient que leur être le plus intime ne leur appartient pas. Un homme, en train de penser, se demande : « Qui pense cela ? » Un autre est convaincu que quelqu'un d'autre lui insuffle ses idées. Une jeune fille, persuadée que tous ses désirs lui sont imposés de l'extérieur, se force à faire le contraire de ce qu'elle voudrait. Elle songe : « Il est l'heure de manger », et l'instant d'après elle décide de ne rien avaler jusqu'au jour suivant ; ou encore : « Fais attention à ne pas casser ce verre », et le verre lui tombe des mains. Une femme se plonge la tête dans un seau d'eau froide, espérant qu'elle pourra ainsi y noyer les idées fausses qui ont fait intrusion

---

1. Gérard de Nerval, *El Desdichado*.

dans son cerveau et brouillent son esprit, et qu'elle finira par récupérer les siennes.

Certains êtres prennent les fruits de leur imagination pour des choses réelles. Ils s'inventent les histoires les plus invraisemblables à propos des gens qu'ils rencontrent, et même de ceux qu'ils croisent dans la rue : tel est persuadé que l'inconnue qu'il aperçoit à une fenêtre ourdit un plan sournois ; tel autre se dit qu'au contraire elle nourrit à son égard des desseins amoureux. Les événements de la réalité et ceux de leur imagination s'entrechoquent et s'entremêlent, et ils cherchent par tous les moyens à justifier leur irrationalité. Le notable d'une petite ville est persuadé que sa femme, en lui administrant des médicaments, cherche à l'empoisonner. Une couturière doute de l'identité de sa sœur qui vient lui rendre visite après plusieurs années d'absence. Un étudiant ayant échoué à un examen s'imagine être la victime d'un complot de ses professeurs.

Il est des êtres qui substituent à leur moi un autre moi. Certains d'entre eux, quand ils se regardent dans la glace, y voient Jésus, Napoléon ou un autre personnage illustre. Ceux qui cherchent à les ramener à la raison ne sont que des envieux refusant de reconnaître leur supériorité, ou des créatures minables trop limitées pour voir la réalité.

Il est des êtres qui perçoivent des choses qui n'existent pas – un homme est hanté par le fantôme d'un parent décédé, une femme a peur des fissures dans le trottoir parce qu'elle y voit des bouches ouvertes, une jeune fille découvre que sa voisine a une tête de rat. Pour certaines gens le vide prend forme

– ils y discernent des hommes, des fauves ou des monstres, des paysages invraisemblables, fascinants ou horrifiants.

Certaines personnes entendent ce qui est inaudible pour les autres. Des coups à la porte les réveillent au beau milieu de la nuit, d'autres vivent dans une querelle permanente avec un interlocuteur inexistant, ou encore se bouchent les oreilles parce qu'elles ne peuvent plus supporter les cris qui les assaillent.

Chez certains individus, le moi est une substance poreuse rongée par l'acide de l'existence et, là où l'érosion est la plus forte, s'ouvre une réalité différente. Cette réalité prend le dessus sur le reste de leur personne et obscurcit leur discernement.

Il est des êtres qui perçoivent les autres comme irréels, comme faisant partie d'un rêve. Il y en a qui n'essaient même pas de s'expliquer leur propre irréalité. Ils ont le besoin désespéré d'éprouver quelque chose de vrai, quelque chose de réellement vécu, et ils le cherchent dans la douleur. Un jeune homme se pique le doigt avec une aiguille, s'arrache les cheveux, s'écorche les joues avec les ongles, se cogne la tête contre le mur. Lorsqu'on lui demande pourquoi il le fait, il répond : « Pour savoir que je suis vivant. » Mais aucune douleur n'est suffisamment forte – même s'il devait s'arracher les yeux, se soumettre à une mort lente –, parce que son moi est mort depuis longtemps et que la douleur ne peut le ramener à la vie.

(...) Où es-tu ? j'ai peu vécu ; mais déjà c'est le soir
Aux souffles froids. Et morne, pareil aux ombres,

Me voici désormais ; et mon cœur déjà glacé
S'endort dans ma poitrine sans poème.
(...)
Et veuille, Ô fille de l'Ether, m'apparaître alors
Au seuil de ces jardins de ton père, et si ce n'est
En esprit de la terre, oh ! viens, et
D'un autre effroi saisis-moi le cœur[1] !

Dans le courant d'une vie, le moi est façonné par l'expérience comme la pierre l'est par la mer au fil des siècles. Le moi est le centre de gravité d'un univers individuel, c'est la façon dont chacun se perçoit lui-même tout en comprenant le monde. Certains êtres craignent à tout instant que le monde extérieur ne les submerge, si bien que la limite entre eux-mêmes et le monde n'existe plus. Les rapports avec les autres représentent pour eux une menace. Même les liens avec ceux qui leur sont le plus proches sont altérés par leur peur de se laisser engloutir. Le regard d'autrui est une négation de leur personne et l'identité des autres est pour eux une abolition de la leur propre. Ils étouffent en leur présence comme si une main invisible leur obstruait la bouche et le nez, les effaçait du temps et de l'espace, les condamnait à mort, tout en laissant leur corps intact. L'identité de ces êtres est insaisissable comme la vapeur, menacée de disparaître à chaque contact avec la réalité. C'est pourquoi, certains d'entre eux dissimulent leur vrai moi sous un faux-semblant. Qu'ils soient bien ou mal traités, ils cherchent la sécurité dans l'idée que

---

1. Friedrich Hölderlin, *Odes : À l'espérance*, trad. R. Rovini.

tout ce qui arrive advient à cet autre fictif, à ce moi de substitution, tandis que leur vrai moi n'est que le spectateur de leur vie. Cependant, ils ont parfois eux-mêmes conscience que cette sécurité n'est qu'un leurre, une façon de fuir la réalité. Un homme, une nuit, se parle désespérément à lui-même : « Je suis comme un bateau dans une bouteille, protégé de la tempête, et que rien ne peut atteindre. Mais ce bateau ne peut naviguer. » Cette peur de se faire dévorer par les autres a traversé les époques et les lieux.

Dans le courant d'une vie, le moi est façonné par l'expérience comme la pierre l'est par la mer au fil des siècles. Le moi est le centre de gravité de son propre univers, la conscience que chacun a de soi-même et du monde. Et rempli de ce sentiment, il éprouve la plénitude de la vie. Il y en a pourtant qui se sentent vides, et ce vide ne peut être comblé ; ils se sentent comme habités par un désert, un désert que rien ne peut rendre fertile. Ce vide les tourmente, mais ils appréhendent plus encore la réalité qui pourrait s'y loger, car ils vivent la réalité comme une menace qui risque d'anéantir leur moi, ce moi inhabité. Ces êtres avancent dans la vie en portant cette horrible vacuité dans leur poitrine, exténués par cette expérience qui fait leur quotidien. Il leur arrive cependant de pressentir que la chaleur et la plénitude pourraient se loger dans ce désert glacial, mais ils fuient tout ce qui pourrait leur apporter ce changement. Lorsqu'ils ne peuvent pas s'évader, ils s'imaginent que les autres, ceux qui pourraient réchauffer leur cœur, ne sont que des choses, et que tout être humain est régi par des lois objectives, par une mécanique aussi précise que celle d'une horloge. Ainsi, privés de vie, ils ne peuvent remédier à la mort qui les habite, ils s'imaginent que l'autre risque de mutiler leur moi, de broyer son intimité et ce sentiment les remplit de peur et de haine.

L'homme établit une nette distinction entre lui-même et le monde – il peut compatir avec ses proches, il peut être indifférent aussi. Mais, quels que soient ses échanges avec les autres, sa douleur est sa douleur et sa joie est sa joie et, la douleur et la joie de l'autre, jamais il ne peut les faire siennes. Il est cependant des êtres dont les sentiments s'échappent et vont se loger ailleurs, dans quelqu'un ou quelque chose d'autre. Ils ont peut-être appris depuis long-temps que leur souffrance sera moindre si une part de leur moi, celle qui éprouve quelque chose, se transporte ailleurs. Une jeune fille, au moment de s'endormir, écoute le vent, et elle a le sentiment qu'il pleure, alors que quelque chose pleure au plus profond d'elle-même. Et elle se dit : « Combien tristement, combien douloureusement siffle le vent ! » Elle reste sourde à ce pleur dans son âme, ne veut rien en savoir, parce que jadis l'écoute de ce pleur intérieur lui faisait aussi mal que si on arrachait une part d'elle-même, et c'est pourquoi elle écoute le vent, elle écoute comment il geint de douleur.

Dans la folie, l'homme fuit la douleur qui le submerge, celle-ci devient alors le refuge ultime contre une souffrance insupportable.

Voici comment j'explique que de violentes douleurs morales, que des événements terribles et inattendus occasionnent fréquemment la folie. Une douleur de ce genre est toujours, à titre d'événement réel, limitée au présent ; c'est dire qu'elle est passagère et que comme telle elle ne dépasse point nos forces : elle ne devient excessive que si elle est permanente ; mais comme telle elle se réduit à une simple pensée et c'est la mémoire qui en reçoit le dépôt : si cette douleur, si le chagrin causé par cette pensée ou par ce souvenir est assez cruel pour devenir absolument insupportable et dépasser les forces de l'individu, alors la nature, prise d'angoisse, recourt à la folie comme à sa dernière ressource ; l'esprit torturé rompt pour ainsi dire le fil de sa mémoire, il remplit les lacunes avec des fictions ; il cherche un refuge au sein de la démence contre la douleur morale qui dépasse ses forces : c'est comme lorsqu'on ampute un membre gangrené et qu'on le remplace par un membre artificiel[1].

Il est des êtres qui ne peuvent pas supporter la réalité douloureuse et se glissent dans un monde imaginaire, se perdent dans leur rêve intérieur où le tranchant du scalpel de la douleur est émoussé, voire inexistant. Ils se perdent dans leur rêve intime où vibre la réalisation de tout désir et les désirs eux-mêmes se confondent ou se rétrécissent, au point de provoquer un état de léthargie béate. Au Nid, il y a des personnes allongées sur leur lit, comme arrachées au monde, un sourire bienheureux aux lèvres.

---

1. Arthur Schopenhauer, *Le Monde comme volonté et représentation*, Livre 3 § 36, trad. A. Burdeau.

On dirait qu'elles ont passé les portes du paradis, ou qu'elles sont retournées dans le ventre de leur mère.

Dans la folie, il n'y a pas de différence entre ce qui est en moi et ce qui est en dehors de moi. Des mondes entiers existent en moi mais, dans le même temps, des parts essentielles de mon être sont aliénées. Elles sont là, quelque part, mais gouvernées par d'autres.

On trouve dans certaines chambres du Nid des malades qui ne sortent jamais – les uns gisent inertes, les autres se contorsionnent de rage, révoltés contre les sangles et les chaînes qui les tiennent attachés à leurs lits. Ceux-là, ce sont les « fous dangereux ». Le Dr Goethe nous permet parfois d'entrer dans ces chambres. Nous nous trouvons face à des yeux déments, effarés, vides ou exaltés. Des lèvres serrées expriment l'horreur, elles laissent échapper des mots à peine audibles, des cris inarticulés, des menaces ou des prières.

Le mouroir. C'est ainsi que l'on appelle la pièce où l'on transporte les patients du Nid pour lesquels il n'existe plus d'espoir. Un jour, Clara m'entraîne dans cette longue chambre qui sent la mort : l'odeur de la chair qui se décompose, l'odeur des excréments, de la sueur. Au milieu de toute cette saleté, des corps à vif s'agitent, d'autres corps exténués et rigides attendent calmement la rencontre avec la mort. Certains gisent exsangues sur des matelas posés à même le sol et agonisent en luttant pour leur dernier souffle. Il fait froid mais il me semble que quelque chose s'évapore dans cette chambre sombre.

Alors que je regarde ces gens, je me dis que dans la mort tous sont à la fois différents et semblables : tous se séparent de leur âme en expirant, mais chacun expire à sa façon.

Clara me chuchote : « Je n'oublierai jamais la mort de Regina, la première à laquelle j'ai assisté ici. Dans le réfectoire, pendant le déjeuner, elle s'est affalée sur la table, à côté de son bol de soupe, comme si elle s'était endormie. »

Quand quelqu'un meurt au Nid, la nouvelle se répand d'un bout à l'autre de l'hospice et chacun la transmet de sa voix propre, en marmonnant ou en hurlant, avec résignation ou avec effroi...

Il est des êtres qui ne peuvent plus se retrouver dans le temps. Dans leur monde intérieur, certains moments, certaines images, certains événements se sont arrachés à leur contexte et reviennent les hanter comme des fantômes. Le présent, le passé et l'avenir sont confondus dans un même magma confus et incompréhensible. Ces êtres essaient parfois de réorganiser le temps, de remettre en place ce qui a été par rapport à ce qui est et à ce qui sera ; les choses du passé lointain et celles du passé plus proche. Ils tentent de distinguer les événements réels des fruits de leur imagination. Mais ils se rendent compte que leurs efforts sont vains, ils échouent à trouver leur place dans le temps.

Il est des êtres qui ne peuvent plus se retrouver dans l'espace. Certains d'entre eux ne sont plus capables de distinguer ce qui est proche de ce qui est lointain. D'autres encore ont l'impression que l'espace autour d'eux s'amplifie, les menace et les envahit jusqu'à l'étouffement, ou bien que tout ce qui est dans l'espace disparaît, et ils ont besoin de toucher tout ce qui leur tombe sous la main pour se rassurer : les objets, les murs, le sol.

La mère de Heinrich vient souvent voir son fils. Heinrich est complètement apathique, son esprit ne peut commander à son corps de bouger ; il passe son temps au lit et, aux heures de promenade, les infirmiers viennent le chercher et le forcent à marcher. Il avance avec une démarche de robot, telle une machine. Ils le conduisent ainsi dans les couloirs jusqu'aux jardins, l'amènent à un banc et ils appuient sur ses épaules pour le faire asseoir. Assis sur son banc, il fixe un point sans rien voir, même lorsque sa mère est près de lui. Elle lui tient la main et lui parle chaleureusement. Les yeux de cette femme sont pleins de vie, ses lèvres profèrent des paroles rassurantes, sa main libre s'agite joyeusement dans l'air en suivant l'intonation de ses phrases. Elle regarde le visage de son fils avec amour, comme si elle ne remarquait pas la fixité de ses pupilles, l'absence de son regard. Lorsqu'il est temps de retourner à l'intérieur, les infirmiers l'empoignent et lui donnent des coups dans le dos pour le faire marcher au pas, comme une marionnette. Une fois son fils disparu dans le bâtiment, la mère se lève. Son visage est méconnaissable, comme si un grand malheur s'était abattu sur elle, un malheur persistant et tenace que l'on porte avec dégoût et résignation. Et les yeux fatigués, les gestes lents, elle se dirige vers la sortie.

Il existe un abîme entre les fous et ceux qui les ont proclamés tels. Les êtres qui se tiennent sur la berge de la normalité se sentent souvent étrangers les uns aux autres, mais ils savent qu'ils partagent la même berge et la même réalité. Sur l'autre berge, tout être vit dans son monde singulier, car la folie advient lorsque le moi s'arrache à la réalité commune et se retranche dans une non-réalité qui lui appartient. Entre la berge de la normalité et la berge de la folie, il n'y a pas de pont. Il arrive que quelqu'un qui se trouve du côté de la normalité plonge son regard dans le gouffre entre les deux rives et reste prisonnier de ce spectacle. Il se tient quelque temps au bord, puis se fourvoie dans l'abîme. Mais sa chute ne le fait pas disparaître, il réapparaît sur la berge de la folie. Il arrive aussi que quelqu'un sur la berge de la folie cesse de regarder dans l'abîme et dans les profondeurs de son être et, comme par miracle, se retrouve sur la berge opposée. Entre les deux berges, il n'y a pas de pont, et cependant certains êtres passent d'une berge à l'autre. Ils ne périssent pas dans l'abîme, néanmoins ils traversent la mort, comme s'ils passaient d'un monde à un autre.

Si tu plonges longtemps ton regard dans l'abîme,
l'abîme te regarde aussi[1].

Une vieille femme se promène avec son fils dans le parc Kannenfeld de Bâle.

On peut lire sur le visage du fils que, pour lui, tout est infiniment lointain, tout appartient déjà à une vie passée, la vie de quelqu'un d'autre – les livres qu'il a écrits, les conversations qu'il a menées, les souvenirs des jours vécus et des nuits d'insomnie. S'il regardait ces choses à travers un verre épais, il pourrait peut être se souvenir qu'une fois, dans le passé, il a connu cette vie. Cependant, pour lui, son passé est enfoui dans l'obscurité. À moins qu'il soit lui-même dans l'obscurité et que la lumière dans laquelle vibre son passé ne fasse que l'aveugler. Entre l'existence actuelle et celle de jadis s'est faufilée la mort, qui a effacé tout ce qui était là auparavant. À un moment, alors que tous deux longent lentement l'allée du parc, le fils aperçoit un jardinier en train de tailler quelques roses d'un massif et, devant ce tableau, tout son être se met à vibrer. Son visage inexpressif jusqu'alors s'anime, comme si ce spectacle avait atteint le bout d'un fil, un fil qui mène vers ce qui a eu lieu et qui n'est plus. La vibration de ce fil éveille en lui une sorte de vague souvenir, et il éclate en sanglots. Il pleure comme un enfant. Sa mère tire un mouchoir de son sac et essuie ses larmes, la morve qui coule de son nez sur ses épaisses moustaches.

---

1. Friedrich Nietzsche, *Par-delà le bien et le mal,* trad. H. Albert.

« Ne pleure pas Friedrich. Ne pleure pas... » lui dit-elle tendrement, puis elle lui prend le bras et le conduit plus loin dans le parc.

(...)
Dans l'air clarifié,
quand déjà le croissant de la lune
glisse ses rayons verts,
envieusement, parmi la pourpre du couchant :
– ennemi du jour,
glissant à chaque pas, furtivement,
devant les bosquets de roses,
jusqu'à ce qu'ils s'effondrent
pâles dans la nuit : –
ainsi je suis tombé moi-même jadis
de ma folie de vérité,
de mes désirs du jour,
fatigué du jour, malade de lumière,
– je suis tombé plus bas, vers le couchant et l'ombre :
par une vérité
brûlé et assoiffé :
– t'en souviens-tu, t'en souviens-tu, cœur chaud,
comme alors tu avais soif ? –
Que je sois banni
de toutes les vérités !
Fou seulement, poète seulement[1] !

De l'hospice Saint-Paul-de-Mausole à Saint-Rémy-de-Provence, Vincent Van Gogh écrit à son frère Théo :

---

1. Friedrich Nietzsche, *Ainsi parlait Zarathoustra*, trad. H. Albert.

Je t'assure que je suis bien ici et que provisoirement je ne vois pas de raison du tout de venir en pension à Paris ou aux environs. J'ai une petite chambre à papier gris vert avec deux rideaux vert d'eau à dessins de roses très pâles, ravivées de minces traits de rouge sang.

(...) Mais sans blague, la peur de la folie me passe considérablement en voyant de près ceux qui en sont atteints, comme moi je peux dans la suite très facilement l'être.

Auparavant j'avais de la répulsion pour ces êtres et cela m'était quelque chose de désolant de devoir y réfléchir que tant de gens de notre métier. (...) Eh bien à présent je pense à tout cela sans crainte, c. à. d. je ne le trouve pas plus atroce que si ces gens seraient crevés d'autre chose, de la phtisie ou de la syphilis par exemple.

(...) Car quoiqu'il y en ait qui hurlent ou d'habitude déraisonnent, il y a ici beaucoup de vraie amitié qu'on a les uns pour les autres, ils disent : il faut souffrir les autres pour que les autres nous souffrent, et autres raisonnements fort justes, qu'ils mettent ainsi en pratique. Et entre nous, nous nous comprenons très bien, je peux par exemple causer quelquefois avec un, qui ne répond qu'en sons incohérents parce qu'il n'a pas peur de moi.

Si quelqu'un tombe dans quelque crise les autres le gardent et interviennent pour qu'il ne se fasse pas de mal.

La même chose pour ceux qui ont la manie de se fâcher souvent. Des vieux habitués de la ménagerie accourent et séparent les combattants, si combat il y a.

Il est vrai qu'il y en a qui sont dans des cas plus graves, soit qu'ils sont malpropres, soit dangereux. Ceux-là sont dans une autre cour.

(...) La salle où l'on se tient les jours de pluie est comme une salle d'attente 3me classe dans quelque village stagnant, d'autant plus qu'il y a d'honorables aliénés

qui portent toujours un chapeau, des lunettes, une canne
et une tenue de voyage, comme aux bains de mer à peu
près, et qui y figurent les passagers.

(...) Lorsque je t'enverrai les 4 toiles que j'ai en train
du jardin, tu verras que comptant que la vie se passe sur-
tout au jardin, ce n'est pas si triste. J'y ai dessiné hier un
très grand papillon de nuit assez rare, qu'on appelle la
tête-de-mort, d'une coloration d'un distingué étonnant,
noir, gris, blanc nuancé et à reflets carminés ou vague-
ment tournant sur le vert olive ; il est très grand.

Pour le peindre il aurait fallu le tuer et c'était
dommage, tellement la bête était belle[1].

Sigmund vient souvent me rendre visite. Le
Dr Goethe est chaque fois ravi de rencontrer le
Dr Freud, son collègue. Ils discutent longuement
ensemble mais, à en juger par l'intonation de leurs
voix, la mimique de leurs visages et les gestes de
leurs mains, je devine que leurs discussions dégé-
nèrent souvent en querelles.

Un jour, on nous apprend que le Dr Goethe a
l'intention d'organiser un grand carnaval au Nid
qui, outre la distraction qu'il procurera aux patients,
devrait rapporter de l'argent à l'hôpital grâce à la
contribution des visiteurs. Nous nous préparons
pendant des semaines pour le grand événement. Les
violents et les maniaques en sont exclus.

« Pourquoi n'ai-je pas le droit de participer au carnaval ? proteste Augustina, en se passant la langue
sur les lèvres.

1. Vincent Van Gogh, *Lettres à mon frère Théo*, trad. L. Roedlandt.

« — C'est le règlement : les nymphomanes seront enfermées à clef dans leurs chambres, répond le Dr Goethe.

— C'est une injustice, proteste-t-elle, une injustice ! »

Nous attendons le grand événement non pas comme un simple jour de fête, mais comme s'il marquait le début d'une nouvelle existence. Les médecins nous ont permis de choisir nous-mêmes nos déguisements et nous passons de longues heures à coudre avec l'idée que nous nous fabriquons une nouvelle identité. Le Nid devient une usine de confection de vêtements. Fiévreusement, chacun d'entre nous met en œuvre son savoir-faire pour se fabriquer un costume dans lequel il se moulera comme dans un autre corps. Tous choisissent leur habit selon les exigences de leur existence imaginaire. Ils vont enfin pouvoir endosser cette autre identité que le monde ne leur reconnaît pas.

« Voilà, annonce Karl, en lissant le grand chapeau qu'il vient de confectionner, je vais pouvoir récupérer mon empire ! » Karl se prend pour Napoléon ; Thomas se prépare un modeste costume d'ermite et demande à porter une croix ; Ulrike exige de vrais diamants pour son diadème ; Joachim insiste sur le pantalon jaune et le manteau bleu de Werther. Le costume atteste une existence qui appartient à leur monde imaginaire. D'autres se confectionnent des vêtements qui ont pour but de les protéger, de créer un rempart par rapport à ce qui les entoure : ils se fabriquent des armures, ou des cuirasses en fer qui ressemblent à des cages, se travestissent en animaux sauvages et menaçants, ou alors se fabriquent des ailes pour s'envoler dans un autre univers. D'autres encore s'identifient à un objet ou à une chose et se déguisent en mur, en cercueil, en pierre...

Chaque jour, je me rends dans les ateliers de couture où l'on travaille à plein temps : on mesure, on coupe, on coud et recoud inlassablement. Le Dr Goethe s'étonne que je ne participe pas à ces préparatifs. Je lui explique que je n'ai aucune idée du déguisement que je pourrais choisir.

« Ah ! s'écrie-t-il, quand on parle de carnaval, il ne s'agit pas de se déguiser mais de se transfigurer ! La question est de savoir ce que l'on veut être, en quoi l'on veut se transformer.

— Et si l'on veut ne rien être ? »

Il insiste cependant et m'encourage à prendre des initiatives. Je ramasse alors un morceau de tissu qui traîne par terre et je l'attache sous mon sein gauche, le tenant avec les deux mains comme on tient un nourrisson.

« Voici, dis-je. Je serai une mère. Pour participer à la mascarade ! »

Toute la ville est invitée à assister à la nuit du carnaval, et le vaste parc du Nid n'est pas assez grand pour accueillir tout le monde.

« Tous les billets sont déjà vendus, dit le Dr Goethe une semaine avant le grand jour, en se frottant les mains de contentement. Il y aura aussi vos frères ! » ajoute-t-il en se tournant vers Clara et moi.

Cette nuit-là, les jardins du Nid sont bondés. La foule s'entasse et se bouscule pour voir le cortège des déments : des créatures étranges en costumes à plumes, avec des chapeaux en forme de becs et de grandes queues de poisson ; des monstres badigeonnés de couleur rouge sang, portant des ailes d'ange ou de papillon ; des figures drapées, soufflant dans des trompettes comme pour annoncer l'apocalypse ; d'autres enveloppées dans des draps jaunes et rouges, se contorsionnant comme si elles brûlaient dans les flammes de l'enfer. Un homme, une croix sur le dos, regarde vers le ciel et crie : « Père, père pourquoi m'as-tu abandonné ? » Partout, des lanternes, des torches et quelques grands feux dont les flammes montent vers le ciel sombre. Je cherche mon frère dans la foule, mais je ne le trouve pas. Soudain, quelqu'un me tire par la manche : c'est Gustav.

« Clara est restée dans sa chambre, lui dis-je.

— J'irai la voir plus tard. Pour l'heure, j'ai une affaire urgente », répond-il en me faisant un clin d'œil, et il se dirige avec une jeune femme dont il vient sans doute de faire la connaissance vers les buissons au bout du parc.

Je continue à chercher Sigmund et je le trouve à l'entrée, auprès des buffets où les infirmières vendent boissons et petits-fours. Il est en train de reposer son verre vide et d'en prendre un autre.

« Je vois que tu t'amuses ! lui dis-je.

— Tu veux un verre de schnaps ? me demande-t-il nonchalamment.

— L'alcool est interdit aux patients.

— Je peux t'en prendre un en prétendant qu'il est pour moi.

— Tu sais que je ne bois pas d'alcool.

— Moi, non plus d'habitude. Et pourtant... »

Nous montons les quelques marches à l'entrée du bâtiment de l'hôpital, ce qui nous offre une vue dégagée sur l'ensemble : une dizaine de personnes ont enfourché un énorme poisson confectionné au moyen d'oreillers cousus les uns aux autres et s'égosillent : « Nous volons ! Nous volons ! » Une vieille femme tient une pantoufle et s'exclame : « Où est mon prince, qu'il s'assure que mon pied rentre à merveille dans ce soulier ! » Deux autres vieillards, un homme et une femme, affublés d'énormes ailes de papillon, sautillent comme pour essayer de s'envoler.

« C'est une scène de théâtre, dit mon frère.

— Ou plutôt une arène de cirque !

— Oui. Comme au Moyen Âge. Lorsqu'il y avait beaucoup de fous dans une ville, les autorités les rassemblaient sur la place pour amuser la populace, avant de les chasser hors de la cité puis de refermer les portes derrière eux.

— Je crois que la plupart de ces créatures n'auraient rien contre le fait d'être expulsées du Nid après le carnaval. Clara, moi, et quelques rares autres personnes serions les seules à rester.

— Cela prouve que votre place n'est pas ici.

— Ou que nous sommes les seules à y trouver notre place, dis-je en riant. Mais pourquoi n'es-tu pas déguisé ? Les invités aussi portent des costumes. Tu dois te trouver quelque chose !

— Tu sais que ce n'est pas mon genre.

— L'alcool non plus ce n'est pas ton genre, mais ce soir, tu bois ! »

Il descend les escaliers, s'approche du buffet et se ressert un verre.

« Viens, lui dis-je, tu dois te déguiser. » Et je le tire à l'intérieur du bâtiment, dans la Grande Salle, où il reste quelques costumes empruntés au Burgtheater.

« Voici quelque chose pour toi ! dis-je ravie, en lui tendant un costume.

— Tu sais que j'ai horreur du ridicule ! proteste-t-il.

— Je sais. C'est pourquoi, ce soir, je te transforme en bouffon. Défais-toi au moins une fois de ton masque de sérieux !

— Il est trop tard pour cela. Il colle à mon visage.

— Change-toi ! » dis-je soudain avec autorité, puis je lui tourne le dos pour lui permettre de se déshabiller.

Lorsque je fais volte-face, je ne peux m'empêcher d'éclater de rire. Ses jambes sont moulées dans un collant rose, sa chemise est multicolore et sa tête barbue coiffée d'un bonnet à cornes oranges décorées de pompons verts.

« Je suis un vrai bouffon, n'est-ce pas ? »

Je ris tellement que je ne peux lui répondre. Et il insiste pour que je me déguise moi aussi.

« Pour moi, c'est facile », dis-je en ramassant une chemise qui traîne au milieu des vêtements jonchant le sol. Je la roule en boule et la glisse sous ma robe. Je pose mes mains dessus avant d'annoncer : « Voilà, nous sommes à présent tels que nous devrions être. Et maintenant, je vais te faire visiter le Nid. Ici, nous sommes dans la Grande Salle, où le Dr Goethe tient ses conférences. Il décrypte la folie, croyant que cela nous aidera à nous comprendre nous-mêmes.

— Il continue donc à employer le mot "folie" ?

— Il estime que c'est mieux de s'en tenir à la bonne vieille terminologie, et il a raison.

— Mais l'éthique médicale impose depuis déjà longtemps d'autres appellations.

— Voici ce qu'il dit : si la folie s'appelle psychose, si les fous sont des patients, si cette maison de fous est une clinique psychiatrique, si nos insanités sont des symptômes, cela créera une trop grande distance entre lui et nous. Je ne sais pourquoi il préfère abolir cette distance, mais pour nous c'est agréable : lorsque l'un d'entre nous est exaspéré, il peut lui cracher dessus, lui lancer toutes sortes d'injures, sans être puni. Nous pouvons nous permettre avec lui toutes les familiarités.

— Vous ne devriez pas être aussi intimes. Il faut conserver une certaine distance, c'est l'une des bases du traitement, une condition première de la guérison.

— Et qui parle de guérison ? Ici personne n'est malade, chacun vit dans son monde. »

Tout en disant cela, j'ajuste ses lunettes sur son nez rougi par l'alcool. Puis nous quittons la salle et je lui montre les autres pièces.

« Ici, c'est la bibliothèque. Tu vois, elle est petite, mais il y a quelques bons livres, et c'est largement suffisant pour ceux qui resteront internés jusqu'à la fin de leur vie. » Ensuite nous passons à travers le réfectoire, les ateliers de couture, de tissage, la pièce où nous brodons et tricotons.

« Clara et moi avons appris au Dr Goethe à tricoter.

— Et il tricote ?

— Parfois. »

Nous arrivons enfin devant la dernière pièce, celle que j'avais envie de lui montrer.

J'entrebâille la porte. « Ici, c'est un lieu pour mourir. »

Mon frère sait ce qu'il va y voir et refuse d'y pénétrer.

« Entre, s'il te plaît, tu es le bienvenu ! »

Finalement, il me suit. Là. Comme toujours, les lieux sentent la mort.

Je chuchote : « Dans la vie, tous sont différents. Et dans la mort tous sont différents et tous sont semblables : tous se séparent de leur âme en expirant, mais chacun expire à sa façon.

— De l'eau... De l'eau ! » implore un vieillard moribond, couché sur une paillasse à même le sol. L'infirmière de garde sert les boissons dans le parc et il n'y a personne pour s'occuper des mourants.

Je saisis une carafe sur une table et je verse quelques gorgées d'eau dans la bouche qui implore. Le vieillard me remercie.

« Allons-nous-en ! » dis-je, et nous quittons cette pièce qui sent la mort.

Une fois dehors, nous contemplons quelques instants la fête qui bat son plein. Les invités se sont mêlés aux habitants du Nid, ils dansent, chantent, discutent ou se querellent.

« Te souviens-tu de ce que je t'ai dit, une fois, au musée ? Que la beauté est une consolation en ce monde. Regarde combien de beauté il y a autour de nous et combien de consolation. Mais aussi combien de douleur !

— Oui, combien de beauté et combien de douleur ! » répond Sigmund.

Nous descendons les escaliers et nous approchons du buffet. Sigmund est déjà ivre. Son visage est rouge, ses gestes plus nerveux que d'habitude, et j'entends la même chaleur dans sa voix que quand nous étions adolescents.

« J'ai trop bu, constate-t-il, mais cela ne l'empêche pas de se resservir un verre avant de s'éloigner du buffet. Je pense souvent à toi.

— Tu penses à moi ? »

Il hoche la tête.

« Et toi, tu penses au monde hors de ce lieu ?

— Non, depuis que je suis arrivée ici, je me sens comme s'il n'y avait rien à l'extérieur de ces murs. »

Il boit une gorgée, mais sa main tremble et le contenu du verre se répand par terre.

« Une raison de plus pour me resservir à boire, bredouille-t-il en se dirigeant vers le buffet d'un pas incertain. Je te promets que c'est mon dernier verre. Il y a tant de choses que je voudrais te dire, mais j'ignore si tu veux les entendre ni si c'est la peine de t'en parler...

— Quelles choses ?

— Des choses concernant notre mère, moi, Martha, Minna, les enfants. Nos sœurs. La ville, tout. Ça fait des années que tu es ici... Il y a tant de choses, en effet, mais je ne sais pas si c'est la peine. »

Il lève son regard et me fixe dans les yeux.

« Et toi, est-ce que tu as quelque chose à me dire ?

— Je ne sais pas ce que tu veux entendre.

— Tout », dit-il avec emphase.

Je répète : « Tout. »

Mais ce que j'ai à lui dire ne se laisse pas traduire en mots. Ce ne sont que des images, et elles se fondent les unes dans les autres.

Nous gardons le silence.

« Tu souffres ? » me demande-t-il soudain. Sa voix tremble, ce qui ne s'est jamais produit jusqu'alors.

« Oui.

— C'est le passé qui te fait mal ?

— J'ai le sentiment de ne pas avoir de passé. Comme si ma vie avait commencé au moment où je suis venue ici. Ou comme si elle s'était terminée alors. »

Il porte son verre de schnaps à ses lèvres et le vide d'un trait, avant de le laisser tomber par terre. Il tremble de tout son corps. Il prend ma main dans les siennes et l'embrasse. Puis il m'enlace, appuie ma tête contre sa poitrine et murmure : « Ma sœur... Ma sœur... » et j'ai le sentiment que mon destin est contenu dans ses paroles, tout ce qu'il sait et ne sait pas de moi. Il pleure doucement et m'embrasse le front. C'est le même geste que celui qu'il a eu si souvent dans notre enfance, ce geste furtif qui devait tout dire sans éveiller la suspicion de notre mère. Je ne respire plus, je ne sens que le contact de ses lèvres sur ma peau, la chaleur de son souffle alcoolisé, la force de son étreinte qui me tient collée contre lui.

« Voyez-moi ça, quelle passion ! » lance une voix à proximité. Je reconnais Augustina.

Je sens les bras de Sigmund se relâcher. Je redresse la tête et me libère de son étreinte.

« Monsieur, regardez-moi, est-ce que je ne mérite pas aussi un peu d'affection ? s'écrie Augustina pendant que mon frère essuie ses larmes. N'auriez-vous pas un peu de gentillesse pour moi ? » Elle se jette à son cou avec ardeur.

« N'était-il pas décidé que les nymphomanes devaient rester dans leurs chambres ? » crie Hilda, l'infirmière.

Sigmund s'efforce de se débarrasser d'Augustina jusqu'à ce que les gardiens l'emmènent enfin.

« Et vérifiez que les autres malades interdits de sortie sont bien enfermés ! » crie encore Hilda.

Des créatures ailées à tête de dragon et affublées de manteaux d'écailles dansent en cercle autour de nous. Mon frère titube et, soudain, s'appuyant contre un arbre, il se met à vomir. Je lui tiens la tête. Le Dr Goethe fait brusquement irruption au milieu de cette liesse.

« Lorsque j'avais dit que l'alcool ne serait servi qu'aux visiteurs, je ne m'attendais pas à ce que ceux-ci se comportent d'une façon encore plus déraisonnable que mes patients ! Quant au choix du costume, mon cher collègue, je vous fais mes compliments. On dirait qu'il a été fabriqué pour vous. » Il presse les pompons du bonnet de Sigmund. « Je vais vous raccompagner à l'intérieur, si vous souhaitez vous changer. La fête est terminée. »

Nous regagnons la Grande Salle. Sigmund entreprend de se déshabiller, je me tiens un peu en retrait mais ne perds pas une miette de la conversation entre lui et le Dr Goethe.

« Vous savez, explique le médecin, j'apprécie vos efforts pour sonder l'âme humaine, mais permettez-moi de douter de vos méthodes et de l'efficacité de cette science que vous appelez "psychanalyse". Votre procédé qui consiste à vous mettre derrière le dos de vos malades pendant qu'ils radotent allongés sur un divan, de les regarder sans qu'ils puissent vous voir... tout cela relève un peu du charlatanisme.

— Du charlatanisme ! Sigmund s'indigne. Mes patients, lorsqu'ils sont allongés sur le divan de mon cabinet, ne radotent pas. Je les encourage à parler de leurs problèmes par le biais des associations libres afin de pouvoir atteindre jusqu'aux racines de leurs symptômes, jusqu'aux traumatismes de leur enfance qui sont enterrés dans leur inconscient, avec leurs instincts primaires. C'est la seule façon d'accéder à une vraie compréhension de leurs maladies, de saisir les causes de leurs troubles. C'est parce que j'écoute si attentivement mes patients que j'ai acquis des connaissances essentielles sur le fonctionnement de l'être humain. Avec ma découverte de l'inconscient, je suis sur le point de révolutionner l'humanité. Croyez-moi, ce sera, après Copernic et Darwin, une troisième grande révolution dans notre façon de concevoir l'homme et le monde. Copernic a montré au genre humain qu'il n'est pas le centre de l'univers, Darwin, lui, a prouvé qu'il n'a pas été créé par Dieu mais tient ses origines du singe, et moi je suis en train de démontrer que l'homme n'est pas ce qu'il croit être.

— Mon cher Freud, là-dessus, je ne suis pas d'accord avec vous. Une invention comme celle de la chasse d'eau est infiniment plus importante que ces trois théories réunies ! Il y a seulement quelques décennies, les hommes vidaient leurs intestins dans des pots de chambre et en jetaient le contenu par les fenêtres. Parfois même sur la tête d'un passant. Ceux qui avaient des maisons avaient encore la chance de disposer de toilettes dans la cour. Mais en 1863, seulement quelques années après que Darwin a annoncé au monde ses théories sur la sélection naturelle, Thomas Crapper a déposé le brevet de la chasse d'eau. Qu'est-ce que ça change pour nous de savoir que la Terre tourne autour du Soleil et que nous ne sommes pas le centre de l'univers ? À quoi nous sert-il de savoir que nous tenons nos origines du singe ? Qu'est-ce que ça nous apporte d'être conscients que nous sommes victimes de ce que vous appelez l'"inconscient" ? Ça ne change rien du tout. Tandis que la chasse d'eau... dois-je vous expliquer combien cela a transformé notre vie ?

— Supposons que vous ayez raison au sujet des découvertes de Copernic et de Darwin. Vous devriez tout de même reconnaître que mes théories sont autrement importantes. Elles parlent de ce qu'il y a de plus essentiel pour nous. La théorie de Copernic a décrit le rapport de l'homme au cosmos, celle de Darwin l'origine du genre humain. La mienne définit l'homme par rapport à lui-même et aux autres, et explique d'où proviennent ses pensées et ses émotions. À la différence des deux précédentes découvertes, les miennes sont applicables.

— C'est d'autant plus grave ! s'écrie le Dr Goethe. Imaginez ce qui arrivera lorsque certaines personnes auront mal compris vos théories et les auront mal appliquées. Et songez que toutes vos doctrines ne sont pas nécessairement justes ; cependant, les hommes les utiliseront malgré tout pour s'aider eux-mêmes. Je vous le dis très sérieusement, docteur Freud, la chasse d'eau est la plus grande invention depuis la roue.

— Il se peut qu'il en soit ainsi, mais seulement dans le domaine de la technique. La psychanalyse est quelque chose de bien plus essentiel, comme le dit déjà son nom : la *psyché* – l'âme… », poursuit Sigmund d'une voix altérée par l'alcool. Mais le Dr Goethe l'interrompt d'un éclat de rire.

« Je ne suis pas sûr que votre psychanalyse peut faire autant pour l'âme que la chasse d'eau pour la cuvette des cabinets. » Les deux médecins se dirigent alors vers la sortie de l'hôpital, tandis que je monte dans ma chambre. Clara se tient près de la fenêtre et regarde dans le parc.

« Comme c'est gai ! » dit-elle.

Je m'allonge sur le lit et enfouit ma tête dans l'oreiller.

« La fête n'est pas finie, d'après ce que je vois. Pourquoi n'es-tu pas restée ? »

Je ne réponds pas. Elle s'assied à côté de moi et me caresse les cheveux tandis que je pleure, inconsolable en cette nuit pleine de beauté. Je n'ai pas pleuré depuis des années, aucune larme n'est sortie de mes yeux depuis le jour où on a tué l'enfant que je portais. Clara se couche à mes côtés et m'enlace. Je sens que je me perds dans la douleur et dans le sommeil, un immense oubli m'enveloppe. Seule me parvient, comme de loin, la voix consolatrice de Clara : « Ça passera… Ça passera… »

Dans une lettre datant du 21 avril 1889, Vincent Van Gogh, conscient de son état, écrit à son frère Théo :

La bonté que tu as eue pour moi n'est pas perdue, puisque tu l'as eue et cela te reste, alors même que les résultats matériels seraient nuls cela te reste pourtant à plus forte raison, mais je ne peux pas dire cela comme je le sentais.

(...) Je serai bien content d'avoir quelques nouvelles de ce que tu dis de la mère et de la sœur, et si elles vont bien, dis-leur de prendre mon histoire, ma foi, comme une chose de laquelle elles ne doivent pas s'affliger hors mesure, car je suis malheureux relativement, mais enfin j'ai peut-être malgré cela encore des années à peu près ordinaires devant moi. C'est une maladie comme une autre (...).

Dans la même lettre, il ajoute, comme pour s'excuser :

Pour moi tu sens assez que je n'aurais pas précisément choisi la folie s'il y avait à choisir (...).

Moins d'un mois plus tard, le 9 mai, lorsqu'il est hospitalisé dans la maison de santé de Saint-Rémy-de-Provence, il écrit :

Je voulais te dire que je crois avoir bien fait d'aller ici, d'abord en voyant la réalité de la vie des fous ou toqués divers dans cette ménagerie je perds la crainte vague, la peur de la chose. Et peu à peu je puis arriver à considérer la folie en tant qu'étant une maladie comme une autre.

Puis, dans une lettre de septembre de cette même année, il parle du travail comme seul remède à sa folie.

Mon cher frère – c'est toujours entre temps du travail que je t'écris – je laboure comme un vrai possédé, j'ai une fureur sourde de travail plus que jamais et je crois que ça contribuera à me guérir.

195

Peut-être m'arrivera-t-il une chose comme celle dont parle Eug. Delacroix — « j'ai trouvé la peinture lorsque je n'avais plus ni dents ni souffle », dans ce sens que ma triste maladie me fait travailler avec une fureur sourde — très lentement — mais du matin au soir sans lâcher — et — c'est probablement là le secret — travailler longtemps et lentement[1].

Il travaille comme un fou, il lui arrive de peindre une toile par jour. Une nuit, après avoir terminé *Champ de blé aux corbeaux*, il prend un pistolet et se tire plusieurs balles dans le ventre. Son frère arrive à l'hôpital alors que Vincent est encore en vie. Il cherche à le consoler, le pousse à s'accrocher à la vie. Et Vincent, mourant, lui répond : « La tristesse durera toujours. »

Mon frère vient me rendre visite quelques semaines après le carnaval. Nous restons longtemps assis côte à côte. C'est tout juste si nous échangeons quelques mots. Alors qu'il s'apprête à partir, je lui demande :

« Te souviens-tu de ce conte où il est question d'un oiseau qui se déchire la poitrine et s'arrache le cœur à coups de bec alors que son bien-aimé s'est envolé sans retour ?

— Ça ne me dit rien, répond-il.

— Tu me l'as pourtant raconté quand nous étions enfants. Souviens-toi.

— Je doute qu'un tel conte existe.

— Tu l'avais donc inventé pour moi.

---

1. Vincent Van Gogh, *Lettres à mon frère Théo*, trad. L. Roëdlandt.

196

« — Si je l'avais inventé, je m'en souviendrais, rétorque-t-il sèchement.

— Je suis pourtant certaine que tu me l'as récité.

— Tu as dû l'inventer toi-même et tu as pris l'habitude de te le raconter. »

Chaque fois que mon frère me quitte après une de ses visites, je me mets au lit, je relève le drap à quelques centimètres au-dessus de mon visage et je regarde le tissu, blanc comme un ciel en coton.

Parfois, les fous se détachent de leur non-réalité. Dans ce court intervalle de temps, ils ont accès à une réalité plus haute. Comme s'ils discernaient un rapport entre les destins qui s'entrecroisent et forment des constellations sur la terre, celles-ci ne pouvant être vues que depuis une étoile lointaine.

Au Nid, les destins s'entretissent et forment des toiles invisibles. Parfois dans le réfectoire mangent côte à côte la victime et le criminel. Il y a des gens ici qui ne dorment jamais et d'autres qui vivent dans un sommeil éternel. Les uns ont peur de s'endormir, les autres ne savent pas comment se réveiller. Un jeune homme a été amené au Nid parce qu'il se sent pourrir de l'intérieur, parce qu'il se vit comme un détritus. Un autre ne voit autour de lui que des déchets. Dans la petite bibliothèque de la clinique, un homme se tient la tête devant un livre ouvert et crie à tout bout de champ : « Les lettres s'envolent ! Les idées fuient ! » Il répète cela jusqu'à ce que les autres lecteurs s'agacent et que les gardiens le reconduisent à sa chambre. Une femme s'agite à cause d'idées dont elle ne veut rien savoir et qui la persécutent. Elle secoue la tête pour les éviter et les empêcher de s'enfoncer dans son crâne. Un malade, le visage déformé en une hideuse grimace, la voix altérée, se présente comme le diable en personne : il propose d'acheter des âmes, annonce l'apocalypse, proclame que le temps du royaume des ténèbres est arrivé. D'autres fous cherchent leur salut dans des forces démoniaques et ne jurent que par des créatures diaboliques qu'ils sont seuls à voir ; ils crachent en l'air, fuient des persécuteurs invisibles, hurlent effarés devant des visions terrifiantes. Chaque fois que les gardiens annoncent que l'heure de la promenade est passée, une jeune fille enlace l'arbre le plus proche en gémissant : « Je suis le rêve de cet arbre. Lorsqu'il s'arrêtera de me rêver je disparaîtrai ! » Les gardiens sont obligés de l'arracher de force à cette étreinte. Une autre fille répète : « Mes rêves ont des feuilles et des branches, un tronc et une écorce. Mes rêves ont des fleurs et des racines... Mes rêves sont des arbres, ou peut-être les arbres sont-ils mes rêves. »

Les destins des hommes, au Nid, tissent des toiles étranges, souvent invisibles.

La voix de Clara me fait parfois sursauter au milieu de la nuit : « Réveille-toi, c'est le silence ! » Nous nous sommes mises d'accord pour nous réveiller l'une l'autre lorsque plus rien ne bouge. Nous restons couchées dans l'obscurité à écouter le silence ; dès que nous entendons le premier bruit ou le premier cri, nous refermons les yeux et essayons de nous rendormir.

Clara et moi faisons partie de ces patients privilégiés qui bénéficient de l'autorisation de sortir de l'hôpital, en groupes accompagnés d'infirmiers. Nous pourrions donc faire un tour en ville, mais ni elle ni moi n'avons envie d'affronter le monde extérieur. Cependant de nombreuses personnes implorent à genoux le Dr Goethe de les laisser sortir, mais il reste le plus souvent implacable, même face à ceux qui sont parfaitement calmes et dignes de confiance. Certains restent plantés devant la porte du Nid et attendent patiemment le retour de ceux qui ont obtenu la permission de sortir. Ils les accueillent avec une curiosité insatiable, comme on accueille quelqu'un qui revient d'un pays lointain, et les interrogent sur la ville, sur les gens, sur tout ce qui se passe à l'extérieur.

Gustav rend visite à Clara tous les premiers mercredis du mois. Un jour, il lui déclare :
« Maman est morte. » Clara se tait. « Maintenant, tu pourrais rentrer à la maison. » Clara continue à se taire.
« Non », dit-elle au bout d'un long silence.

Il arrive que des hurlements infernaux se répandent à travers le Nid. Ces hurlements se font écho les uns aux autres, se nourrissent les uns des autres, s'encouragent, dirait-on. Nous sommes précipitées dans un monde horrible, inhumain, où seuls les murs de notre chambre nous protègent. Clara me dit alors : « Dans notre chambre, nous sommes comme dans le ventre de notre mère. »

Le docteur Goethe organise régulièrement des conférences dans la Grande Salle du Nid. Il interprète pour nous les maladies mentales, croyant aux vertus thérapeutiques de l'enseignement psychiatrique. Les fous lui rient au nez, lui lancent des boulettes de papier, chahutent pour l'empêcher de parler. Mais il reste imperturbable, il persiste à vouloir gloser sur la folie.

« Et qu'est-ce que la normalité ? » lui demande Clara lors d'une de ses conférences.

« La normalité ? » Il hésite un instant, comme si la question l'avait pris au dépourvu. « C'est le bon fonctionnement en accord avec les lois du monde dans lequel nous vivons.

— Par conséquent, si on suit cette logique, on pourrait dire que la normalité est la soumission aux normes instituées. »

« Et qu'est-ce que la folie ? » Je pose cette question à Clara ce même soir, avant de m'endormir.

Si je demandais à Sigmund, il pourrait me dire que la folie survient lorsque le moi se constitue un monde à part, tout à la fois intérieur et extérieur, un monde construit selon les désirs de l'inconscient. C'est la juxtaposition apparemment insupportable de la réalité et des désirs qui cause la rupture avec le monde extérieur.

Clara ne me répond pas. Le lendemain, elle propose au Dr Goethe de nous laisser parler nous-mêmes de notre maladie, au lieu qu'il nous l'explique à partir de son point de vue. Il accepte et, à partir de ce jour, nous nous réunissons régulièrement dans la Grande Salle. Il nous pose des questions et nous répondons.

« Être fou, c'est être en danger, appeler à l'aide, sans proférer aucun son – la gorge, la langue, les lèvres s'efforcent d'articuler quelque chose, en vain. C'est un appel muet. Vos proches vous tournent le dos, ils ne peuvent savoir que vous êtes en danger, car leurs regards sont tournés dans d'autres directions, vers d'autres ciels. Oui, nous regardons vers des ciels différents. »

« La folie est une rame qui cogne contre un mur au lieu d'être dans l'eau, qui cogne contre le mur, cogne cogne cogne... »

« C'est un point qui court, qui s'agite sur place. »

« C'est une porte sans poignée. »

« On est fou lorsqu'on voit quelque chose de rouge et que tous vous affirment que c'est blanc. »

« La folie, c'est lorsque tous attendent que tu parles et te demandent de parler, et tu parles, tu parles, tu parles, mais personne ne t'écoute et ta bouche est indocile – et reste fermée pendant que tu parles, parles, parles, et tous te disent que tu es fou, parce qu'ils attendent que tu parles, et toi tu te tais, tu te tais, tu te tais, et ils n'écoutent pas comment tu parles, parles, parles. »

« Une marionnette inachevée. »

« Un rêve se déverse dans la pupille. La pupille se déverse dans le rêve. »

Le Dr Goethe répète : « Tout ce que vous racontez là, ce ne sont que des idioties. »

Clara lui dit un jour : « Nous autres fous disons une quantité de sottises, des choses sans queue ni tête, mais au milieu de ces balivernes nous glissons quelque chose qui a une importance vitale pour nous et nous observons alors si les autres remarquent la différence. »

Nous devons renoncer à l'idée de la guérison pour les malades psychotiques – pour toujours ou provisoirement, le temps de trouver une voie plus adaptée[1].

Mais, à la longue, ces entretiens sont peu à peu désertés. À la fin, il ne reste plus que quelques personnes, dont Clara et moi faisons partie, qui éprouvent le besoin de discuter des causes de la folie. Nous sommes assoiffés de dialogues, mais aussi contraints au dialogue, comme si une puissance torturante au fond de nous ne nous laissait pas de répit, comme si nous voulions l'expulser de nous avec des mots. Nous cherchons inlassablement à comprendre cet abîme qui sépare le monde des normaux de celui des fous.

« Ce n'est pas un abîme, c'est un malentendu, affirme le Dr Goethe. La folie ne comprend pas la normalité, et inversement. »

Clara n'est pas d'accord : « La folie ne se comprend pas elle-même, et la normalité non plus ne se comprend pas. Et ce qui les sépare, c'est la peur : la normalité a peur de la folie comme la folie a peur de la normalité. Si la folie acceptait la réalité que se partagent les êtres normaux, elle verrait la non-réalité dont elle est victime. Et si la normalité devait plonger

---

1. Sigmund Freud, *Abrégé de psychanalyse*, trad. A. Berman.

son regard dans la folie, elle y verrait des vérités insupportables, non seulement pour la folie, mais aussi pour elle-même, des vérités qui risqueraient de faire craquer sa façade, de faire éclater la carapace qui la protège. Elle se rendrait compte de toutes les anomalies que comporte le monde normal, et ce serait la folie qui régnerait à la place de la normalité. Pour la folie comme pour la normalité, la confrontation avec son envers signifierait la mort, la négation de soi-même. »

Le rêve est une courte folie et la folie un long rêve[1].

Il y a au Nid une jeune fille que l'on appelle Bonne Âme, parce qu'elle s'occupe toujours des autres. Elle demande à chacun : « As-tu besoin de quelque chose ? » Lorsque nous nous promenons dans le parc, elle cueille des fleurs, arrache des touffes d'herbe ou casse des brindilles sur les arbres, puis, dès qu'elle voit une personne au regard triste, elle s'approche d'elle et les lui offre.

Lorsque, après la mort de son époux, ma sœur Rosa vient me rendre visite au Nid, nous restons longtemps assises sur mon lit. Elle tient sur ses genoux une photo de ses enfants, Herman et Cécile.

« Maintenant je ne vis que pour eux », dit-elle plusieurs fois au cours de la conversation, chaque fois que son regard tombe sur la photo.

---

1. Arthur Schopenhauer, *Le Monde comme volonté et représentation*, trad. A. Burdeau.

Erika est très liée à sa famille. Elle emporte ses proches avec elle partout où elle va. Elle demande souvent à l'infirmière l'autorisation de venir nous rendre visite dans notre chambre. Elle s'assied sur l'un des lits, sort de sa poche un petit mouchoir noué dont elle étale le contenu sur ses genoux : quelques brindilles qu'elle déplace entre ses doigts d'un geste caressant.

« C'est ma famille, dit-elle en comptant les brindilles. Ça, c'est ma mère, ça c'est mon père, mon mari, mes enfants. Nous sommes une famille heureuse. »

Elle continue ainsi pendant quelques instants, puis elle remballe les brindilles dans son mouchoir et fourre le tout dans sa poche.

Elle a toujours le mouchoir avec elle ; très souvent, pendant les repas, pendant la promenade et même à l'atelier de couture, elle sort ses petites tiges et les dispose devant elle. Un jour, elle ne retrouve plus son mouchoir et pleure amèrement la perte des siens. On lui trouve donc un autre mouchoir, on y glisse quelques branchettes et on le lui fourre dans la poche. Elle le déballe, passe ses doigts dessus.

« Ce n'est pas ma famille », dit-elle.

Christa s'approche souvent du Dr Goethe pendant les promenades de l'après-midi.

« Je veux rentrer chez moi, dit-elle en pleurnichant.

— Mais vous êtes ici chez vous ! rétorque celui-ci, l'air de ne pas comprendre.

« — Non, je veux rejoindre ma fille, je veux vivre avec elle.

— D'accord, vous pourrez partir. Finissez d'abord votre promenade. »

Cela suffit pour l'apaiser. Elle se calme un jour ou deux, puis demande de nouveau à rentrer chez elle.

Les parents de Christa viennent souvent lui rendre visite. En leur présence, elle perd tous ses moyens, c'est tout juste si elle peut parler. Son regard erre quelque part au loin, absorbé par quelque chose qu'elle seule peut voir. Quelquefois, ils amènent aussi sa fille, qui babille joyeusement, lui montre ses cahiers et ses livres de classe, lui explique ses dessins. Mais le visage de Christa demeure impénétrable, elle ne lui répond pas, elle est quelque part ailleurs, le regard vrillé sur le lointain. La fillette ne comprend pas, elle ramasse ses dessins, referme ses cahiers et regarde sa mère, puis ses grands-parents. Tous se taisent. Elle suit d'un air inquiet les yeux de sa mère, comme si elle devinait l'étrangeté de son regard fixé sur un point lointain où tout disparaît, et qui menace de l'engloutir. Au moment de partir, les grands-parents se lèvent, commencent à prendre congé et la fillette se jette dans les bras de sa mère, mais celle-ci reste pétrifiée comme une statue. Après ces visites, Christa reste encore longtemps engourdie et muette, allongée sur son lit. Puis, comme si elle se réveillait brusquement, elle commence s'agiter, se contorsionner, rugir, donner des coups de pied dans le mur. Sachant que ces visites seront suivies d'une crise, les infirmiers l'attachent avant même que l'accès ne commence. Mais elle hurle, quoi qu'il arrive :

« Je veux rentrer chez moi. Je veux être avec ma fille ! Vous entendez, laissez-moi partir ! »

Ses lamentations résonnent dans les couloirs.

« Pourquoi ne la laissez-vous pas rentrer chez elle ? demande un jour Clara au Dr Goethe.

— Elle ne va très mal que lorsqu'elle voit sa fille. La petite doit disparaître pour elle, disparaître pour toujours. »

En effet, sur la demande du médecin, la fillette ne vient plus. Même les visites de ses parents se font de plus en plus rares.

Dans le parc, il arrive que Christa s'approche de Clara.

« Il faut que je te confie un secret, lui chuchote-t-elle sur le ton de la confidence, tu ne dois pas le répéter.

— Je ne le répéterai pas, la rassure Clara.

— Ils me laisseront partir d'ici. Je pourrai rentrer à la maison. Pour toujours.

— Ils le feront ? lui demande Clara sur le même ton confidentiel.

— Oui, ils me laisseront partir. » Elle répète ces mots tel un mantra, comme l'enfant répète un mensonge, non pas pour s'en convaincre, mais pour ne pas penser à la vérité.

Une jeune fille dont j'ignore le nom bouge ses épaules, agite ses bras comme des ailes et regarde quelque part vers le toit de l'hôpital.

« Là-bas, c'est ma maison, mon nid », répète-t-elle.

Nous marchons à côté d'elle sans faire attention à ses gestes et à ses paroles car nous avons l'habitude de la voir tous les jours s'agiter ainsi, en cherchant à rejoindre sa maison, son nid.

Beaucoup de gens ici ont été amenés de force et demandent à être relâchés. Certains d'entre eux implorent les médecins de façon pitoyable, les mains jointes, d'autres tombent à genoux, d'autres encore hurlent et menacent. « Je vous enverrai tous en enfer ! » crie un possédé qui se prend pour un dieu échoué sur terre. Un illuminé, qui se prétend un grand guerrier provisoirement prisonnier de l'ennemi, menace de se venger dès la restitution de son pouvoir. Nombreux sont ceux qui menacent de tordre le cou au Dr Goethe ou de lui planter un couteau dans le cœur.

Encore plus nombreux ceux qui s'imaginent être là pour un bref séjour, prenant l'hôpital pour un hôtel d'où ils pourront repartir pour continuer leur voyage vers d'autres horizons.

Aux heures de travail, dans les ateliers, lorsque les médecins nous accompagnent dans nos travaux manuels, une clameur assourdissante ébranle les murs du Nid. Des dizaines de voix se confondent dans une composition étrange où s'entretissent les malheurs humains dans des tonalités et rythmes discordants où, au milieu des phrases, éclatent des cris, des hurlements, des ahanements, des bruits de toutes sortes dans une cacophonie cauchemardesque qui blesse les oreilles comme un brouhaha inhumain.

« Pourquoi ne les laissez-vous pas rentrer chez eux ? demande un jour Clara au Dr Goethe.

— Parce que leur place n'est pas là-bas, mais ici, lui rétorque-t-il. La loi exige que le fou soit protégé de sa folie et que les êtres normaux soient protégés des fous.

— Tant qu'ils ne commettent aucune infraction, ils ont le droit d'être en liberté, insiste Clara. À moins que vous ne considériez que la folie est par elle-même une violation de la loi ?

— La folie suppose la possibilité d'enfreindre la loi.

— Cette possibilité appartient à tout être humain. Si on suit cette logique, tout le monde devrait être enfermé dans des prisons ou dans des maisons de santé.

— Je me dis parfois que, si vous faites partie de ces rares patients qui n'ont jamais demandé à sortir d'ici, c'est que vous prenez un malin plaisir à faire des remarques et à chercher des failles partout. C'est une chose aisée, puisque aucun système n'est parfait. Dès qu'il y a un ordre établi, des erreurs sont nécessairement commises. Mais le système que nous appliquons pour aider les patients atteints de troubles psychiques est encore ce qu'il y a de mieux. »

Mais Clara insiste.

« Je ne suis pas d'accord. Donner la liberté à autrui est le premier de nos devoirs. La plupart des gens ici se considèrent prisonniers.

Vous devez comprendre que les fous se sentent prisonniers où qu'ils se trouvent. Le premier symptôme de la folie est sûrement le sentiment que le monde est une prison, le monde avec ses lois, et pas seulement les lois de la société, mais aussi les lois naturelles. C'est probablement la raison pour laquelle les malades éprouvent le besoin de se créer un univers personnel, régi par leurs propres lois, même s'ils ne se débarrasseront jamais du sentiment d'enfermement. » Le Dr Goethe ramasse par terre sa pelote de laine et poursuit, tout en continuant à tricoter : « Je ne parle pas de vous et de votre amie. Vous ne faites que flirter avec la folie et vous vous maintenez dans l'entre-deux, en marge de la normalité. Ce que vous appelez "prison" est pour vous une façon de fuir le monde extérieur, cela, je l'ai compris depuis longtemps. C'est formidable ! Vraiment formidable : vos frères paient pour vous et vous jouissez de la liberté de cette prison ! Cela vous décharge des contraintes de la vie réelle. Je comprends que cette vie vous fasse souffrir, mais vos cas sont loin d'être pathologiques. En effet, vous êtes ici comme en vacances. Mais je respecte votre choix, je vous demande seulement d'avoir de votre côté du respect pour mon travail », conclut-il en continuant à tricoter sa grande écharpe noire.

Le Dr Goethe a une méthode très originale pour traiter la folie. Tous les mercredis, il réunit une vingtaine de patients dans l'une des grandes salles de l'hôpital et il s'adonne à son jeu favori : choisir un malade et le tourner en dérision. À celui qui se prend pour Casanova, il pose des questions sur ses aventures amoureuses, et il interroge sur ses batailles celui qui se prend pour Napoléon. Parfois, ces jeux ressemblent à des séances de torture. Il s'acharne à démonter les convictions d'un patient jusqu'à le démolir. En s'adressant à Hans qui a la manie incontrôlable de se cogner la tête contre le mur, il persiste à lui poser la question : « Pourquoi fais-tu cela ? » Lorsque ce procédé devient insupportable même pour nous autres spectateurs, Clara, toujours elle, s'interpose.

« Et vous, pourquoi faites-vous cela ?

— Mon but n'est pas de provoquer vos questions, mais de pousser le patient à s'interroger lui-même sur ses agissements. »

Ce disant, il tend son bras pour barrer le passage à une patiente qui ne cesse d'arpenter la pièce, afin d'opposer un obstacle à sa compulsion.

« Qu'espérez-vous obtenir ainsi ? demande Clara.

— Je veux qu'elle prenne conscience de l'obstacle au lieu de chercher à le contourner. Le but, c'est cela : que la malade se rende compte que quelque chose cloche dans son comportement.

— Pour ma part, ce que je remarque, c'est que vous êtes violent avec elle. On se croirait dans une salle de torture, poursuit Clara, indignée.

— Non, ce n'est pas une salle de torture. C'est un théâtre.

— Un théâtre ?

— Oui, un théâtre. Ceux qui comprendront ce qu'il y a d'erroné dans le comportement de cette patiente vivront une sorte de catharsis qui leur permettra de sortir de leur enfermement. Cela ne vous concerne pas vous-même, qui êtes ici pour ainsi dire en vacances. Je pense aux autres, dit-il avec un geste circulaire de la main.

— Au contraire, c'est votre comportement qui est erroné, et cela, nous l'avons tous compris. Mais je

n'ai pas l'impression que ça a provoqué une catharsis ! lance Clara avec insolence.

— Vous êtes dans l'erreur, dit-il sans se laisser
démonter et il tend à nouveau la main devant la jeune
fille qui arpente toujours compulsivement la pièce.
Ce qui caractérise les fous, c'est qu'ils mènent une
existence insensée, sans rien en savoir. S'ils étaient
capables de comprendre l'absurdité de leurs actes,
ils pourraient se remettre en question et retourner,
éventuellement, à une existence normale », conclut le
Dr Goethe.

Mais Clara n'en démord pas.

« Par tous leurs actes irrationnels, les fous ne
prouvent-ils pas qu'ils ont compris que toute existence est insensée et ne se distingue que par ses
modes d'expression ? Et qu'ils ont décidé de vivre
dans cette absurdité que l'on appelle "folie" ?

— Je n'ai pas de réponse à ce genre de questions.
Demandez-moi quelque chose de plus simple si vous
y tenez », rétorque le docteur Goethe en s'avançant
vers une jeune fille qui se tient dans un coin de la
pièce. Nul ne connaît son vrai nom, nous l'appellons
tous Bonne Âme. « Regardez ! dit-il. Le problème de
cette demoiselle, c'est qu'elle ne sait pas réagir face
à la violence. » Ce disant, il sort une aiguille de sa
poche et pique le front de la jeune fille. Elle reste
immobile pendant cette expérience, sans manifester
le moindre signe de protestation. « Vous voyez, je
lui fais mal et elle ne se défend pas. Elle ne cherche
même pas à éviter mon geste d'agression. Vous devez
donc comprendre qu'elle se comporte de façon
insensée. »

Clara est scandalisée.

« Ce n'est pas son comportement à elle qui est insensé, c'est plutôt le vôtre à son égard. »

Pendant cette discussion, Max se dirige d'un pas énergique vers Bonne Âme et arrache l'aiguille restée plantée dans son front.

C'est comme cela que débute l'histoire d'amour entre Bonne Âme et Max, même si ces deux êtres ne donnent aucun nom à ce qui se passe entre eux.

Max passe le plus clair de son temps dans la menuiserie du Nid et Bonne Âme dans l'atelier de couture. À chacune de leurs rencontres, elle lui offre des petits chiffons brodés par ses soins. De son côté, il sculpte pour elle des figurines en bois : un ange, une fleur, un petit cheval… Chacun range soigneusement ces présents sur sa table de chevet ou sous son oreiller. Elle répète le prénom de Max dans son sommeil, tandis que lui cherche en vain à connaître le sien, ce surnom de « Bonne Âme » lui ayant été attribué dès son arrivée au Nid.

Ces deux êtres sont poussés l'un vers l'autre par une force irrésistible et il n'y a pour eux ni rencontre ni séparation. Ce printemps-là, il y a des moments au Nid où nous oublions notre folie, des moments où notre folie nous oublie, et le mot « amour » vient alors effleurer nos lèvres, comme un souffle bienheureux.

« L'amour ! Il n'y a pas de place pour l'amour ici, dit le Dr Goethe.

— En quoi ce lieu n'est-il pas propice à l'amour ? demande Clara en guise de provocation.

— Ce n'est pas le lieu qui pose problème. Mais

un fou est incapable d'éprouver de l'amour. Dans la folie, haine et amour présentent un danger égal parce qu'ils mettent en péril le moi.

— Est-ce cela le plus terrible ? poursuit Clara. Ce pauvre moi vacillant n'a-t-il pas, plus que jamais, besoin d'être aimé ? Avec le peu de conscience qu'il lui reste, ce moi sait que l'amour seul pourrait le sauver, tandis que la peur de l'amour le repousse vers l'abîme.

— La folie peut s'accommoder d'un amour imaginaire. Mais aimer une personne réelle est la chose la plus grave qui puisse arriver à un fou, car aimer l'autre signifie, dans son cas, s'identifier à lui, et cela ne peut qu'entraîner sa perte. À la limite, j'aurais tendance à croire qu'il est plus dangereux pour un fou d'aimer et d'être aimé que de haïr et d'être mortellement haï.

— Cependant, le besoin désespéré d'aimer et d'être aimé n'est-il pas plus fort que la vie et que la mort ? N'est-ce pas là une possibilité de racheter la folie et de revenir vers la vie ? »

Le Dr Goethe ne daigne pas répondre à cette question.

Ce printemps se passe donc sous le signe de l'amour entre Bonne Âme et Max. Max promet à sa bien-aimée des choses simples, si simples que d'habitude nul ne songe à les promettre car elles font pour chacun partie de l'évidence quotidienne. Nul ne rêve de ce qu'il possède déjà. Il lui promet un grand lit pour deux dans une chambre avec une fenêtre qui donne sur la rue, une rue où passent des gens qui ne sont pas des médecins ou des patients.

La douce flamme qui brûle entre eux réchauffe aussi

nos âmes endurcies. Pendant que nous les regardons, que nous écoutons et buvons leurs paroles, nous oublions notre folie. À moins que ce soit elle qui nous oublie.

Un soir pluvieux, alors que le mauvais temps nous cloue au lit, les frères de Bonne Âme débarquent au Nid fous de rage. Des rumeurs leur sont parvenues sur la liaison de leur sœur et les ont poussés à exiger son retour à la maison. Mais, en les voyant, la jeune fille se révolte, peut-être pour la première fois de sa vie, et refuse de s'en aller. Alors qu'ils la menacent et la brutalisent, elle s'agrippe à son lit. Mais ils l'entraînent de force. En partant, elle a juste le temps de glisser dans ses poches les quelques petites figurines en bois sculptées par Max.

Une voix s'élève dans la nuit.

« Sortez ! Sortez tous ! On embarque Bonne Âme ! Elle s'en va pour toujours ! »

Les fenêtres du Nid s'ouvrent une à une. Nous observons, stupéfaits, ces deux grands gaillards qui martyrisent leur sœur qui se débat en chemise de nuit et en savates. D'une de ses poches tombe un petit oiseau en bois.

Puis un rugissement déchire le silence : c'est une longue et douloureuse plainte, comme une lamentation au clair de lune. La plainte de Max. Les frères de Bonne Âme s'arrêtent un instant, elle s'immobilise elle aussi et se tourne vers l'hôpital. Muets, derrière les barreaux de nos fenêtres, nous retenons notre souffle. Puis nous voyons sa silhouette s'éloigner et disparaître derrière le portail. Et tout sombre dans un grand silence.

Les jours suivants nous ne parlons que de son départ. Max ne quitte plus sa chambre. Immobile dans son lit, il mordille les petits chiffons qu'elle lui avait offerts.

La voix de Clara me fait sursauter au milieu de la nuit : « Lève-toi, c'est le silence ! »

Nous restons muettes à goûter la paix de cette chaude nuit d'été devant la fenêtre ouverte, le regard plongé dans l'obscurité du parc. Soudain, un cri retentit dans le silence. Puis un rire nerveux, suivi de pleurs saccadés. Des chambres à côté nous parviennent des coups contre le mur, des bruits incompréhensibles, des marmonnements, des gémissements, des appels à l'aide, des imprécations... Des voix humaines qui ressemblent au ruissellement de l'eau, au bruissement du vent dans les branches, au piaillement des oiseaux, au grondement des bêtes sauvages, au bruit mat du choc entre deux pierres.

Et lorsque toutes ces gorges ouvertes s'apaisent un instant et que le silence revient, nous savons que bientôt le vacarme reprendra de plus belle et que nous aurons à supporter la cacophonie des rires et des pleurs, des gémissements et des hurlements, des prières et des imprécations.

Clara referme la fenêtre.

Sixième partie

« TOUS LES ÊTRES NORMAUX SONT NORMAUX de la même manière et chaque fou est fou à sa manière », murmure Clara, debout devant la fenêtre fermée, pendant qu'enveloppée dans mon drap j'essaie de m'endormir.

« Qu'est-ce que c'est que cette chose là-bas ? s'écrie-t-elle soudain.

— Où ça ?

— Là-bas... à côté des buissons. »

Je me lève et m'approche de la fenêtre. Clara me montre du doigt les arbres du parc.

« Je ne vois rien, il fait trop sombre.

— Il y a quelque chose qui pend de cet arbre. Quelque chose ou quelqu'un !

— Tu rêves, il n'y a rien.

— Si, insiste-t-elle, il y a quelque chose ou quelqu'un ! »

Nous scrutons l'obscurité.

« En effet, on dirait que c'est une forme humaine », dis-je au bout d'un moment.

Au matin, on trouve Max pendu à une branche du pin. Personne ne sait à quel moment il a quitté sa chambre ni comment il a pu sortir sans se faire remarquer.

Ce jour-là, Clara retire de sa table de nuit le dessin de son frère – la femme tournant le dos à l'abîme –, le plie et le glisse dans sa poche.

« Je veux partir d'ici, me dit-elle gravement. Je partirai avec Gustav lorsqu'il viendra me voir. Pour toi aussi, il est temps de quitter ce lieu. »

Si Clara s'en va, je n'aurai plus aucune raison de rester au Nid. Elle semble déterminée, elle parle de moins en moins. Elle se tait comme se taisent les gens qui ont pris une résolution irrévocable. Enfin, le jour où Gustav lui rend visite, elle lui fait part de sa décision.

Nous informons les médecins et nous ne tardons pas à préparer nos bagages. J'emballe le peu d'affaires que je possède dans ma petite valise, toujours la même. J'embrasse Clara, essayant de me faire à l'idée qu'après ces longues années passées au Nid il est temps que nos routes se séparent.

Me voici devant la maison que j'ai quittée il y a si longtemps. Rien n'a changé. Je gravis les marches, sors la clé de mon sac. C'est la même porte, la même serrure. J'entre.

Dans l'antichambre, une odeur familière m'enveloppe. L'odeur que nous avons apportée avec nous lorsque nous avons emménagé dans cet appartement à l'époque où j'avais onze ans. Sept ans que je n'ai pas mis les pieds ici. J'avance lentement à travers les pièces et je pénètre enfin dans ma chambre. J'aperçois sur le mur près de mon lit la trace de sang pâlie, souvenir de l'enfant que j'aurais pu avoir. Je me rends dans la cuisine. De la vaisselle traîne sur la table. Je prends machinalement un torchon et me mets à frotter les cuillères, les fourchettes et les couteaux. La porte de la cuisine s'ouvre. C'est ma mère.

« Tu es là. »

Je décèle dans sa voix son ancien ton froid et autoritaire.

« Je suis rentrée », dis-je sans m'arrêter d'essuyer les couverts.

Elle s'assied près de moi, se saisit de la bougie du chandelier qui trône au milieu de la table et commence à la manipuler entre ses doigts d'un air gêné, comme si elle ne savait pas quoi dire ou par où commencer.

« Il est temps que nous apprenions à nous parler », dit-elle soudainement.

Je sursaute. Je viens de me couper en essuyant un couteau. Ma mère se lève rapidement et va chercher de l'alcool et des pansements pour me faire un bandage. Puis elle se rassoit et répète :

« Il faut que nous apprenions à nous parler. »

Elle reprend la bougie et la gratte avec ses ongles. Des copeaux de cire tombent sur le sol. Pour la première fois après tant d'années, je contemple son visage. Elle lève brusquement les yeux et son regard rencontre le mien. Pour cacher mon malaise, je lui demande des nouvelles d'Anna. Elle me propose d'aller sur-le-champ rendre visite à la famille de Sigmund. Il n'est pas encore midi lorsque nous partons pour le 19 Berggasse. En marchant en silence aux

221

côtés de ma mère, je comprends combien j'ai changé durant les années passées au Nid. Je me rends également compte qu'elle-même n'est plus pareille. Un abîme sépare et réconcilie tout à la fois le passé et le présent. L'amertume et la haine ont cédé la place à une résignation muette.

Nous sommes accueillies par Martha. J'aperçois Anna au fond du couloir.

« Ta tante est venue te voir », lui lance Martha. Je m'approche d'elle et lui embrasse le front, mais elle se dérobe et fait un geste comme pour effacer la trace humide de mes lèvres, puis elle s'enfuit dans une autre pièce.

Je demande aussitôt : « Où est Sigmund ?

— Il est à Venise, avec ma sœur », répond Martha.

Ce seul mot, Venise, me rappelle combien les années passées à l'hôpital psychiatrique m'ont éloignée de la réalité. De toute mon existence, je n'ai encore jamais mis les pieds hors de Vienne. Où sont passés les rêves de jadis lorsque, adolescents, mon frère et moi projetions d'aller un jour vivre ensemble à Venise ? Mes yeux se portent machinalement vers le rayonnage de la bibliothèque où était autrefois rangé *L'Âge d'or de Venise*, ce livre que Sigmund avait offert à Martha l'année de leur rencontre. Je cherche aussi du regard la petite gondole, mon cadeau pour ses vingt-six ans.

« C'est la deuxième fois qu'ils partent ensemble pour Venise. Moi, je suis trop occupée avec les enfants pour pouvoir les accompagner. »

Martha insiste afin que nous restions à déjeuner mais je suis pressée de m'en aller.

De retour à la maison, recrue de fatigue, je m'allonge sur mon lit. Ma mère entre dans ma chambre et ferme les rideaux.

« Je change régulièrement les draps, dit-elle. J'ai toujours pensé que tu pouvais revenir. Toutes tes affaires sont comme tu les as laissées. »

Une fois seule, j'ouvre le placard. J'y retrouve les vêtements d'enfants que j'avais achetés autrefois : un gilet, une petite cape, un bonnet... Je m'endors, en serrant contre moi ces vestiges du passé.

Sigmund et Mina rentrent de Venise quelques jours plus tard. Lors du traditionnel repas dominical, il n'est question que de leur voyage.

« C'est donc aussi beau que ce que l'on raconte ?

— C'est beau, en effet, répond Mina. Mais ça ne sert à rien d'en parler. Il faut visiter. »

Je déclare avec une pointe d'amertume : « Il faut voir les choses au bon moment. Les voir trop tôt ou trop tard est pire que de ne les voir jamais.

— Je constate que tu as toujours des idées aussi fatalistes, dit Mina, tu pensais déjà comme ça avant ton départ à la clinique.

— Je veux simplement dire qu'en ce qui me concerne, la question d'aller à Venise ne se pose plus. »

La conversation prend un autre tour. Mina me raconte les prodigieux succès de Sigmund. Je suis surprise : il ne m'a jamais parlé de sa carrière lorsqu'il me rendait visite au Nid. Il paraît que ses ouvrages sont en train de révolutionner le monde. Son travail avec les patients, sa carrière universitaire, la création de la Société psychanalytique de Vienne, tout cela me passionne. J'écoute ces nouvelles avec enthousiasme, tout excitée à l'idée d'en parler avec lui lors de nos futures rencontres.

Hélas, si Sigmund rend régulièrement visite à notre mère malgré ses nombreuses responsabilités, il a en revanche très peu de temps à me consacrer. Je prends l'habitude de sortir seule. Je pars à l'aventure, j'erre sans but, là où me mènent mes pas, faisant de longues promenades dans les différents quartiers de la ville. Un jour, lors de l'une de ces escapades, je rencontre le Dr Goethe. Alors que je lui demande des nouvelles de Bonne Âme, il m'apprend que ses frères, après avoir appris la mort de Max, l'ont ramenée au Nid. Elle n'est plus la même. Elle a à peine conscience des autres et ne s'intéresse plus à rien. Elle regarde dans le vide, elle interroge le vide, elle répond au vide. Et partout, dans cette absence, elle voit Max. C'est sa façon de donner du sens à l'absurde. Le monde n'est-il pas plein de gens qui se regardent dans les yeux et se racontent des choses insensées ?

Je revois Clara. Sa vie a complètement changé. Elle a trouvé un sens à son existence, me dit-elle. Maintenant qu'elle est sortie du Nid, elle a quatorze enfants à sa charge. Les quatorze enfants de Gustav. En effet, celui-ci entretient de multiples liaisons, non seulement avec ses modèles mais aussi avec les servantes qu'il emploie à l'atelier. Et en plus de cela, il va s'enivrer le soir avec des ouvrières rencontrées à la sortie des usines. Les enfants issus de ces aventures ne sont pour lui que le fruit d'un bref plaisir sans conséquences.

« Je ne me préoccupe de rien, pas même du sort de mes créations, dit-il à Clara, en parlant de ses œuvres. Et comment pourrais-je prendre soin de ce que j'ai engendré malgré moi, alors que je pensais à tout autre chose ? »

Il n'a aucune intention de jouer le rôle d'un père. Cependant, chacun de ses enfants a désormais deux mères, puisque Clara s'en occupe comme s'il s'agissait des siens. « Mes quatorze petits Gustav », c'est ainsi qu'elle les appelle. En effet, ce sont tous des garçons et ils portent le même prénom – Gustav. Elle court d'un bout à l'autre de la ville pour aider leurs mères. Elle fait aussi le tour des médecins pour soigner un des petits Gustav qui est souffrant, le fils d'Elsa, la couturière. Elle passe des heures à en garder un autre, dont la mère, Hanna, est trop occupée avec son travail à l'usine. Elle se rend même à la prison centrale pour tirer d'embarras l'aîné qui s'est trouvé, comme d'habitude, mêlé à une sombre histoire de bagarre avec les jeunes du quartier. Une fois par mois, elle touche de l'argent de son frère et se charge de le distribuer équitablement aux mamans. Elle fait les magasins pour acheter des vêtements et des jouets. Avec toutes ces occupations, elle a peu de temps à m'accorder. Lorsqu'elle me parle de ses neveux, elle ne peut cacher sa fierté. Mais il y a une autre chose encore qui la rend heureuse : la situation des femmes ne cesse d'évoluer. Elles ont acquis le droit de voter, divorcer et disposer de leurs biens. Les conditions de travail des ouvrières se sont nettement améliorées. Malgré cela, Clara poursuit ses activités de militante. Nos rencontres se font de plus en plus rares. Chaque fois que je la vois, elle est accompagnée d'un petit Gustav et toujours si pressée que désormais, lorsque nous nous croisons, elle se contente de me faire signe de la main.

L'été de 1914 marque le commencement de la grande guerre qui contaminera bientôt toute l'Europe. Le fils de notre sœur Rosa est parti au front, tout comme ceux de Sigmund : Martin a été envoyé en Russie, Ernest en Italie et Oliver, devenu ingénieur militaire, participe à la construction de tunnels et de casernes dans les Carpates. On placarde les listes des soldats morts au combat à l'entrée des immeubles et il n'est pas rare de croiser des invalides dans les rues. La guerre apporte son lot de misère : nous manquons de pain, de farine, de savon, de pétrole pour les lampes. Nous ne mangeons plus que du riz et des pommes de terre. Certains chassent les écureuils dans les parcs ou élèvent des lapins dans leur appartement. Lorsque l'hiver arrive, nous n'avons ni charbon ni bois pour nous chauffer. Ma mère et moi restons cloîtrées chez nous, emmitouflées dans des couvertures, gardant bonnets et moufles. C'est l'hiver le plus rigoureux que nous ayons jamais connu. Nous passons le plus clair de notre temps assises dans le salon sans prononcer un mot, à nous frotter les mains et à taper le sol pour nous réchauffer les pieds. Ce même hiver, ma nièce Sophie, mariée au photographe Max Halberstadt, donne naissance à un fils, Ernest. C'est le premier petit-fils de Sigmund. Cette nouvelle nous réchauffe un peu le cœur. Cependant, quelques jours plus tard, Sigmund reçoit un télégramme du front : Herman, le fils de Rosa est mort.

L'explosion d'un obus a déchiqueté une centaine de combattants de son bataillon, au point que l'on n'a pas pu identifier les corps et qu'il a fallu les enterrer tous ensemble dans une fosse commune.

Le lendemain, je cours voir Rosa et la trouve blottie dans son lit, la tête appuyée sur l'épaule de sa fille, Cécile. La douleur la rend méconnaissable. « Désormais, je ne vis que pour Cécile. Si je ne l'avais pas, je ne vivrais pas un instant de plus », me dit-elle entre deux sanglots·

Pour ne pas la laisser seule, je passe la voir chaque jour. Nous arpentons les pièces vides. Parfois, elle ouvre la porte de la chambre de Herman.

« Je ne peux pas m'empêcher de penser qu'il va revenir, me dit-elle. Je garde ses vêtements et je ne déplace rien. La nuit, je crois reconnaître ses pas et je cours ouvrir la fenêtre, mais il n'y a personne. J'entends son rire. Je respire son odeur. Tout aurait été différent si on avait retrouvé son corps. Comment croire que son cadavre est enterré dans une fosse avec une centaine d'autres ? »

La guerre touche à sa fin. Vienne se remplit de soldats qui rentrent du front et parmi eux les fils de Sigmund.

Cela fait longtemps que je n'ai plus eu de nouvelles de Clara. Un jour de printemps, je rencontre sa sœur, Johanna Klimt. J'ai appris la mort de Gustav un an plus tôt mais je ne me suis pas rendue à son enterrement, je n'ai pas contacté Clara non plus.

Johanna me raconte : « Après son attaque cérébrale, Gustav a vécu encore un mois, dans la paralysie la plus totale. Pendant tout ce temps, Clara n'a pas quitté son chevet un seul instant. Comble du malheur, quelques semaines après son décès, on nous a annoncé la mort au front de ses deux fils aînés. Ça a été un coup terrible pour Clara. Elle s'est complètement repliée sur elle-même, elle ne répondait plus à nos questions. Je lui ai amené les petits Gustav en espérant que ça pourrait la ramener à la vie, mais rien n'a pu la sortir de son mutisme. Je n'ai pas eu d'autre choix que de la renvoyer à l'hôpital psychiatrique. Maintenant, c'est moi qui m'occupe des petits. Je vais les voir régulièrement chez leurs mères, je leur achète des vêtements, je leur apporte de l'argent une fois par mois – ce qui leur revient de l'héritage de leur père. Mais je ne pourrai jamais remplacer Clara. Les gamins la réclament sans arrêt. Il est hors de question que je les amène au Nid, ce n'est pas un lieu pour eux. »

Je repense souvent à ce que m'a raconté Johanna. J'imagine les derniers jours de Gustav. Clara est à son chevet et contemple le visage inconscient de celui qui était son frère et son protecteur. Elle ne lui parle pas comme une sœur parle à un frère, mais comme une mère parle à son enfant. Elle lui chuchote des paroles rassurantes qu'il n'est pas en mesure d'entendre. Puis la nouvelle de la mort de ses deux neveux qui la brise complètement. Je décide d'aller la voir, accompagnée des petits Gustav.

Une semaine plus tard, nous débarquons au Nid. Le Dr Goethe nous informe que Clara a été transportée dans une autre chambre.

« Pourquoi n'est-elle pas dans sa chambre d'avant ? »
Ma question reste sans réponse.

Nous marchons dans les couloirs. Des visages ahuris et hébétés se montrent dans l'embrasure des portes. Des yeux hagards nous observent, des yeux dans lesquels on lit la peur, la haine, le dégoût, le vice. Partout, des sons inarticulés, des insultes et des imprécations. Le cadet des Gustav s'agrippe à moi, se cache dans mes jupes, m'empêchant presque de marcher.

Le Dr Goethe nous fait entrer dans un dortoir d'une dizaine de lits. Je cherche Clara du regard. Des femmes s'agitent dans leur lit en marmonnant des sons inarticulés. L'une d'elles a les bras et les jambes attachées. Dans un angle au fond de la pièce, je reconnais enfin mon amie vêtue d'une chemise de nuit blanche, pelotonnée sur son lit, les jambes ramassées, les genoux contre le menton, les mains serrées sur la poitrine. Elle est tournée vers le mur. L'aîné des neveux s'assied sur son lit.

« Tante Clara ! »

Cette voix familière qui prononce son prénom ne provoque aucune réaction. Respirant avec régularité, elle continue à regarder le mur.

« Nous sommes venus te voir, murmure-t-il. Nous sommes tous là. » Il pose sa main sur la sienne.

Clara ne bouge toujours pas. Le cadet des Gustav s'approche de sa tante et lui caresse les cheveux. Il est trop petit pour voir son visage tourné vers le mur. Soudain, une femme couchée à l'autre bout de la salle se met à hurler, provoquant une cacophonie de pleurs et de rires. Quelqu'un menace de mettre le feu. Seule Clara se tait. Son silence résonne plus fort que tous les cris alentour.

Je me tourne vers le Dr Goethe.

« Ces cris ne sont-ils pas trop éprouvants pour elle ? Ici, tout le monde crie, alors qu'elle est enfermée dans le mutisme le plus complet. »

Celui-ci esquisse un geste négatif en l'air, puis répète de façon hystérique : « Non, non, non ! Jusqu'à récemment elle était seule dans son ancienne chambre et elle n'a pas prononcé un mot. C'est pourquoi nous l'avons transférée ici la semaine dernière. Le silence de sa chambre la tuait. Elle a besoin d'être provoquée. Ces hurlements la pousseront à parler, j'en suis sûr.

— Ces cris la rendront définitivement muette », rétorque l'aîné des garçons.

Mais le docteur Goethe reste imperturbable.

« Vous vous trompez. »

Le neveu de Clara ne veut rien entendre.

« Peu importe si je me trompe, l'important c'est que vous arrêtiez de la martyriser en la soumettant à ce régime.

— Je ne pense pas qu'elle soit martyrisée ici. Regardez-la. Lorsque nous l'avons sortie de sa chambre, ce visage était tourmenté. Elle se taisait, immobile comme maintenant, mais ses traits étaient crispés dans la douleur. Et maintenant elle ne dégage plus que de la sérénité. »

En effet, le visage de Clara ressemble à un masque mortuaire. Les fils de Gustav Klimt contemplent leur tante ramassée sur elle-même comme un fœtus, semblable à un embryon, le visage inexpressif. Le plus jeune s'approche de ses pieds et les touche. Je l'imite. Ils sont froids comme ceux d'un mort. Elle continue à fixer le mur blanc en respirant de façon régulière.

« Et si c'était plutôt une forme d'autodéfense ? Et si elle s'était anesthésiée elle-même pour se protéger de ces cris incessants ?

— Vous parlez de ce que vous ne pouvez pas comprendre, répond le Dr Goethe avant de s'adresser aux petits Gustav : Allons les enfants, vous avez vu votre tante. Il est temps de rentrer chez vous maintenant. »

Nous nous dirigeons vers la porte. Les enfants quittent la pièce un à un, mais soudain le plus jeune retourne sur ses pas et se jette sur le lit de Clara. Il cherche à l'embrasser, mais le lit trop haut l'empêche d'atteindre son visage. Il embrasse alors ses pieds qui dépassent, avant de rejoindre ses frères.

Le lendemain, je vais voir Sigmund et l'implore d'accomplir les démarches nécessaires auprès du Dr Goethe afin que Clara puisse rejoindre son ancienne chambre. Il obtient sans problème l'accord de son collègue. Tous les jours j'essaie de me convaincre qu'il faudrait que j'aille revoir Clara mais, par peur ou plutôt par lâcheté, je reporte toujours mes visites. Qui plus est, une épidémie de pneumonie et de grippe espagnole ravage Vienne, des centaines de personnes meurent chaque jour. On ferme les écoles, les théâtres, les salles de concert et de cinéma. Il est recommandé de ne sortir de chez soi qu'en cas de nécessité absolue. En cette année 1919, tout de suite après la fin des maladies, conséquences de la guerre et de l'épuisement du pays, l'Empire austro-hongrois s'effondre : nous nous trouvons désormais dans cette portion de territoire que l'on appelle Autriche.

Sophie, la fille de Sigmund, est enceinte de son troisième enfant. Depuis son mariage, six ans auparavant, elle n'est jamais venue à Vienne, et Sigmund et Martha ne lui ont rendu visite à Hambourg que deux fois. Pendant la Grande Guerre, les lignes de chemins de fer entre l'Autriche et l'Allemagne étaient coupées et il était pratiquement impossible de voyager, néanmoins, Sigmund a téléphoné à sa fille tous les jours. Un mois avant la date prévue de l'accouchement, il apprend que la santé de celle-ci s'est brusquement détériorée. Alors qu'il se prépare à partir d'urgence pour Hambourg, son gendre Max Halberstadt l'appelle pour lui annoncer que de graves complications sont survenues et que Sophie est décédée pendant la nuit.

La première fois que je le revois après ce tragique événement, Sigmund est assis immobile dans son fauteuil, le regard vide. Il me dit d'une voix brisée : « Il n'y a pas pire tragédie que de survivre à la mort de son propre enfant. »

« Mort » et « enfant ». À entendre ces deux mots prononcés dans une même phrase, j'ai comme jadis le sentiment que quelque chose me perce les entrailles.

« Non, il n'y a pas pire tragédie que de survivre à la mort de son propre enfant », répète notre sœur Rosa.

De la pièce d'à côté me proviennent les sanglots de Martha.

L'automne de cette même année, une autre tragédie vient s'ajouter aux malheurs de notre famille. La fille de notre sœur Maria se suicide à Berlin en se jetant dans la Spree. Quelques années auparavant, son fils s'était noyé dans cette même rivière. L'époux de Maria étant mort depuis longtemps, pour ne pas rester seule, elle vient trouver du réconfort auprès de nous. Nous l'hébergeons jusqu'à la fin de l'hiver. Chaque fois que nous discutons – elle, ma mère et moi – et que la conversation s'essouffle, elle disparaît de la pièce avant de revenir les yeux rougis. Elle ne retourne à Berlin qu'au moment de la fonte des neiges.

À l'été 1922, ma mère, Rosa et toute la famille de Sigmund partent en vacances dans les forêts de Vienne. L'été est étouffant. Tout s'évapore, la touffeur fait vibrer l'air, la ville vacille devant les yeux, comme si elle allait fondre sous ce soleil de plomb. Le matin, lorsqu'il est encore possible de sortir, je me promène et vais jusqu'à l'appartement de Rosa. Je sonne souvent à la porte pour réveiller ma nièce Cécile. Elle a vingt-trois ans et est aussi belle que sa mère l'était autrefois. Rosa a toujours été considérée comme la plus belle d'entre nous. Un matin, je m'aperçois que Cécile a ouvert les fenêtres en grand. C'est un de ces matins où souffle une brise légère, et les rideaux flottent à l'extérieur et se tendent comme des ailes blanches vers la rue. J'entre dans l'immeuble, je monte à l'étage, je sonne à la porte. J'attends. Puis je sonne encore une fois. Personne. J'agrippe la poignée. La porte n'est pas fermée à clé, j'entre. Toutes les portes et les fenêtres sont ouvertes. On n'entend dans l'appartement que le souffle du vent. Je me dirige vers la chambre de Cécile. Elle est couchée sur son lit, elle semble dormir. Sur sa table de nuit sont posées une fiole vide et une lettre. Je comprends immédiatement que quelque chose de grave est arrivé. Saisie de stupeur, je m'approche du lit. Le corps sans vie, drapé d'une chemise de nuit blanche, est encore chaud. J'ouvre fébrilement la lettre. L'écriture menue et régulière ressemble à celle d'une simple note. Je lis. Elle est tombée amoureuse d'un officier marié, elle s'est retrouvée enceinte et il lui a dit qu'il était hors de question qu'il divorce pour elle.

Je sais que l'horreur de ma honte ne peut pas se mesurer au mal que mon acte causera à ma mère. Mais la honte m'aurait tuée. Et de toute façon comment aurais-je pu assurer une vie décente à mon enfant ? Je n'aurais pas pu l'élever comme tu nous as élevés, Herman et moi. Je n'aurais pas pu l'aimer comme tu nous as aimés, ni me sacrifier pour lui comme tu l'as fait pour nous. Et, puisque je ne peux pas lui donner la vie qu'il mérite, il me reste à ne lui en donner aucune en m'ôtant la mienne. Je sais que l'horreur de la honte ne peut pas se mesurer à l'horreur de la perte et je ne peux pas me pardonner le fait que, pour me sauver de la honte, je te laisse subir la perte et le déshonneur. Essaie, maman, malgré tout de me pardonner.

Puis, un peu plus loin, d'une écriture déformée et hésitante : *Sois forte, comme tu l'as toujours été.*

Je pose la lettre sur l'oreiller puis passe ma main dans les cheveux de Cécile, ses longs cheveux noirs. Je pense à Rosa. Je me souviens de ses paroles à la mort de son mari, lorsque ses enfants étaient petits : « Maintenant je ne vis que pour mes enfants. S'ils n'étaient pas là, je n'aurais aucune raison d'exister. » Je me souviens aussi des mots qu'elle a prononcés à la mort de son fils : « Maintenant je ne vis que pour Cécile. Si je ne l'avais pas, je ne vivrais pas un instant de plus. »

Je pose mes mains sur le ventre de Cécile, là où une autre vie vient d'expirer, et j'éprouve une vive douleur dans mes entrailles. Puis je me penche et je lui embrasse le front.

Rosa rentre à Vienne sur-le-champ. Elle se jette sur le corps sans vie de sa fille et passe la nuit dans cette étreinte. Sigmund et moi sommes assis dans un coin de la chambre ; nous nous levons par moments et cherchons à ramener notre sœur à la raison. Elle ne nous écoute pas. Elle ne lâche pas le corps de sa fille, elle lui chuchote des mots incompréhensibles, et ce n'est qu'aux intonations de sa voix que nous devinons que tantôt elle l'implore tantôt elle la maudit.

« Maintenant, je n'ai plus de raison de vivre. » Ce sont ses seules paroles après l'enterrement de sa fille. Toutes les autres phrases viennent et disparaissent, même les plus quotidiennes, celles que nous répétons par habitude. Et en effet, elle ne vit plus. Elle s'affaiblit chaque jour, si bien que les médecins décident de l'envoyer reprendre des forces à la campagne. Elle part avec ma mère à Bad Gastein. Elle rentre six mois plus tard, toujours aussi désespérée. La première nuit suivant son retour, elle refuse de dormir seule dans son appartement et je reste auprès d'elle.

Avant de nous coucher, Rosa me dit : « Je me demande toujours si j'ai été une bonne mère. Si j'ai donné à mes enfants ce qu'il fallait leur donner, si je leur ai dit ce qu'il fallait leur dire. J'ai le sentiment que j'ai dit des choses que j'aurais dû taire et que j'ai caché des choses qu'ils avaient besoin d'entendre. Même s'il est vain de se tourmenter avec ces questions à présent que tout est fini. »

Elle sort de je ne sais où deux photographies, une de sa fille et une de son fils, et passe ses doigts humides de sueur et de larmes sur leur surface lisse.

Ces derniers temps, Sigmund se plaint de sentir une sorte d'excroissance dans la bouche qui lui cause une gêne lorsqu'il mange. D'après les médecins, il s'agit d'une réaction de son organisme due à l'abus de tabac. Il doit subir une légère intervention chirurgicale et il considère qu'il est inutile d'alarmer ses proches à ce sujet. Tout doit se faire en un après-midi. Il sera à la maison le soir même. Mais l'opération ne se déroule pas comme prévu : il perd beaucoup de sang et doit passer la nuit à l'hôpital. Le lendemain, il insiste malgré tout pour rentrer à la maison. Lorsque je lui rends visite chez lui, le soir même, la plaie dans sa bouche l'empêche de parler et il écrit ses questions et ses réponses sur un bout de papier.

Le lendemain, Max Halberstadt téléphone pour leur demander d'accueillir pendant quelque temps son fils, Heinerlé, qui vient d'être opéré des amygdales. L'enfant est d'une santé très fragile. Les médecins ont fait des recherches mais, comme ils ne trouvaient rien, ils ont décrété que le climat de Hambourg lui était néfaste. Heinerlé s'installe donc à Vienne chez Sigmund. Dès le premier coup d'œil, nous comprenons que c'est un enfant malade qui ne va peut-être pas vivre longtemps. Personne n'ose cependant en faire la remarque à voix haute, mais cela se lit dans nos yeux. Devant nos regards ahuris, l'enfant sourit, l'air troublé. L'expression de son visage évoque plutôt un vieillard qu'un enfant de quatre ans. Sigmund, prétextant son opération récente, ses nombreux patients et l'écriture de ses œuvres, confie entièrement Heinerlé à sa fille Mathilde. Celle-ci s'acquitte de cette tâche avec enthousiasme, le malheur de sa vie étant de n'avoir pu concevoir d'enfants. Elle est heureuse de remplacer sa sœur décédée et de s'occuper du petit comme si elle était sa mère. Elle nous confie que le soir on entend des bruits bizarres dans la chambre de Heinerlé : quelque chose comme des chuchotements ou des sanglots. Elle passe des heures près de son lit, à regarder remuer ses lèvres qui lâchent un son à peine audible. Il chante, chuchote, ou sanglote ainsi en dormant, toutes les nuits.

Pendant les repas dominicaux, Sigmund demande que la chaise du petit Heinerlé soit placée à côté de la sienne. Nous sommes tous réunis autour de la table : ses autres petits-enfants, ses fils et ses filles, Mina, Martha, Rosa, moi et notre mère. Sigmund fait beaucoup d'efforts pour faire rire Heinerlé en lui racontant de ces plaisanteries que les adultes racontent aux enfants. Tous, nous essayons de rire pour l'encourager mais Heinerlé ne se départit jamais de son sérieux. Un jour, au milieu des bons mots de son grand-père, il lance cette question inattendue : « Est-ce que les morts respirent ? »

Nous nous dévisageons les uns les autres tandis que le petit garçon nous explique que lui et son frère Ernest parlent souvent de leur mère mais qu'ils ne savent pas si, dans sa tombe, elle peut respirer.

Lorsque celle-ci est morte, trois ans auparavant, Ernest avait quatre ans, exactement l'âge d'Heinerlé en ce moment. Les deux petits frères discutent sans doute de la mort avec une étrange volupté, cela se voit à la façon dont Heinerlé nous rapporte ces conversations. Comme si, à force de parler de la mort, ils gardaient leur mère en vie. Ainsi, lorsqu'il évoque cette dernière, ses yeux brillent. Et il parle comme s'il savait tout sur la mort, sauf si les morts respirent.

« Et est-ce que vous savez ce qui arrive au corps après la mort ? demande Heinerlé qui n'est jamais allé au cimetière et n'a jamais vu la tombe de sa mère. Du corps poussent des fleurs et des arbres. Des yeux, il pousse des mimosas et de la bouche, des pissenlits. »

Nous essayons de le détourner de ces sujets macabres mais, comme un petit vieux libéré de la peur et raillant la mort, il nous pose déjà une seconde question : « Et savez-vous comment l'âme sort du corps ? » Sa grand-mère, pour l'empêcher de continuer, lui fourre une cuillère dans la bouche.

En dehors de ces repas en famille, Sigmund voit rarement son petit-fils. Il est trop occupé avec ses patients et ses travaux d'écriture.

Un jour, tandis que Mathilde l'amène chez nous, le petit demande : « Pourquoi grand-père ne veut pas que je reste avec lui ?

— Sans doute parce qu'il est malade. Il s'est fait opérer il y a trois semaines, répond Mathilde.

— Moi aussi, j'ai été opéré. »

Nous le savons bien, mais à la vérité personne ne

s'occupe sérieusement de sa santé. Nous oublions de prendre sa température, malgré les strictes recommandations de son père. Nous sommes tous préoccupés par Sigmund et par sa maladie. La plaie dans sa bouche n'est pas encore cicatrisée et ma mère a peur que cette excroissance ne cache quelque maladie plus grave. Néanmoins, Minna fait tout pour lui assurer une atmosphère de calme et de tranquillité afin qu'il puisse se consacrer à son œuvre dans les meilleures conditions. Martha, de son côté, l'oblige à se ménager avec les patients et Mathilde lui apporte toujours de nouveaux médicaments. Quant à moi, je m'efface pour ne pas le déranger et j'évite d'accompagner ma mère lors de ses visites. Avec toutes ces préoccupations, personne ne se rend compte que le petit Heinerlé s'affaiblit à vue d'œil et que son visage livide est maintenant mangé par ses yeux exorbités. Nous ne lui accordons pas l'attention dont il aurait besoin. Le pauvre enfant se parle à lui-même pendant que nous nous entretenons sur la santé de Sigmund.

Un jour, quelque chose cogne contre la fenêtre et interrompt brusquement notre conversation. Heinerlé s'écrit : « C'est un oiseau ! Il pense que la fenêtre est un autre ciel. Je voudrais aller au parc pour voir les oiseaux. » Nous nous regardons, étonnés, car Heinerlé ne demande jamais rien. Il est toujours d'accord avec ce qu'on lui propose. Sans doute s'attend-il à ce que nous devinions ses désirs, mais nous faisons toujours semblant de ne rien remarquer. Mathilde le laisse de plus en plus souvent seul à la maison lorsqu'elle va faire des courses en ville. À son retour, elle trouve l'enfant assis par terre devant un échiquier, en train de déplacer les pièces et de leur parler.

La santé de Sigmund ne s'améliore pas. Les médecins remarquent même une nouvelle excroissance dans sa bouche. Heinerlé aussi faiblit de jour en jour, mais dans l'indifférence la plus totale. Nous attribuons sa fièvre et sa toux à un simple refroidissement. Jusqu'au jour où il ne peut plus se lever de son lit. Les médecins diagnostiquent une tuberculose miliaire, il est hospitalisé dans le secteur pédiatrique de l'hôpital général de Vienne. Mathilde et moi restons dans sa chambre pour prendre soin de lui à tour de rôle. Mais son état s'aggrave de façon irréversible et Max accourt de Hambourg, afin d'arriver à temps pour le trouver en vie.

Lorsque je lui rends visite, je m'assieds au bord de son lit et j'essaie d'alléger ses souffrances en le divertissant du mieux possible. Il a du mal à respirer et il tousse à se déchirer la poitrine. Il essuie ses mains humides contre son pyjama.

« Où est grand-père ? demande-t-il un jour.

— Il est malade, il ne peut pas venir. »

En fait, Sigmund se prépare pour son opération suivante. Toute la famille en est bouleversée.

Heinerlé veut dire quelque chose mais ses paroles s'étranglent dans sa gorge. Il crache du sang et je m'empresse de lui essuyer la bouche.

« Fais-moi une marionnette ! murmure-t-il.

— J'en fabriquerai une plus tard.

— J'en voudrais une maintenant, tout de suite ! » dit-il en faisant un effort pour se redresser sur son lit. J'arrange son oreiller afin qu'il puisse rester assis.

« Je ne sais pas si je peux trouver ici tout ce qu'il me faut. » Je cherche du regard un bout de tissu dont je pourrais me servir. Mais il n'y a rien d'autre que les affaires de l'hôpital.

« Je t'en ferai une à la maison.

— Je t'en prie ! » dit-il. Jamais encore il n'a demandé quelque chose de cette manière-là, avec autant d'insistance.

« Maintenant… », insiste-t-il sur un ton boudeur.

Je saisis une petite serviette posée sur sa table de nuit. Je déniche dans mon sac un vieux ruban que j'enroule sur un des bouts, de manière à former une tête, puis je laisse couler deux gouttes d'encre de mon stylo pour dessiner les yeux.

« Tiens, lui dis-je en lui tendant la poupée. Plus tard, nous lui ferons des cheveux, une bouche et un nez. »

Il s'efforce péniblement de tendre la main pour saisir le chiffon.

Je lui demande gaiement : « Comment va-t-on l'appeler ? »

Heinerlé sourit. « La poupée, c'est moi. »

Mais il s'étrangle dans une quinte de toux et porte le tissu à sa bouche. Le visage de la poupée se couvre de sang. Les yeux de l'enfant se révulsent et il perd connaissance. Dans la panique, je saisis un chiffon mouillé et le lui passe sur le front. Un instant, il revient à lui et observe la poupée qu'il serre toujours dans sa petite main. Puis, il se tourne vers moi afin de dire quelque chose, mais sa voix s'évanouit et son regard s'éteint doucement. Sa main retombe le long du lit. Son petit corps s'immobilise. Il ne respire plus. Je ferme ses paupières et je retire le bout de chiffon de sa main. Un coup contre la fenêtre me fait sursauter. Je me retourne et il n'y a rien. Sans doute un oiseau, qui a cogné contre la vitre en pensant que c'était un autre ciel.

Son père, arrivé le soir, repart le lendemain pour Hambourg. Dans le train, avec lui, se trouve le cercueil de son fils.

Sigmund subit une deuxième opération. Quelques jours plus tard, malgré l'interdiction du chirurgien, il part pour Rome avec Anna. Durant le voyage, la plaie de sa bouche qui n'a pas eu le temps de cicatriser se rouvre et il est victime d'une grave hémorragie. De retour à Vienne, on lui diagnostique un cancer. Entre octobre et novembre de cette année 1923, il subit trois opérations qui se soldent par l'ablation de la mâchoire supérieure et du palais. On lui installe une énorme prothèse qui sépare sa bouche de sa cavité nasale, afin qu'il puisse parler et manger.

Je garde précieusement la petite poupée maladroitement confectionnée pour Heinerlé dans un tiroir de la commode, avec les albums de photos. Un jour, je la découvre dans les mains de ma mère.

« Ça doit être du sang, dit-elle en désignant la tache sur le visage de la marionnette.

— Non, le sang est rouge, ça c'est marron.

— Eh bien, ce sang a dû couler il y a bien longtemps, pour prendre cette teinte brune. »

Elle ouvre la fenêtre.

« Je vais laisser ce chiffon s'envoler », déclare-t-elle, et elle le jette dans la rue.

En approchant de la fin de sa vie, ma mère devient

subitement plus fragile. Pendant très longtemps, elle a gardé la démarche alerte d'une jeune fille. Elle sortait tous les jours pour rendre visite à ses amies, souvent plus jeunes qu'elle. Elle aimait jouer aux cartes, allait au cinéma une fois par semaine et ne manquait aucune première au théâtre. Lorsque les premières automobiles se sont mises à vrombir dans les rues de Vienne et que mon frère a commencé à conduire, elle lui a dit un jour sur un ton malicieux :

« Mon Siggy en or, achète-moi une voiture et j'apprendrai à conduire ! »

Elle se porte comme un charme jusqu'à ses quatre-vingt-dix ans, puis, d'un seul coup, elle se met à vieillir comme pour rattraper toutes ces années où le temps semblait l'avoir épargnée. Son visage se creuse de rides. Seuls ses traits secs restent les mêmes, comme sculptés dans la pierre. Elle n'a plus envie de voir personne, hormis les membres de la famille. Elle ne sort plus seule et marche de plus en plus péniblement. À peine dehors, elle a envie de rentrer à la maison. Elle se plaint de ne plus reconnaître la ville. Lorsqu'elle croise des amies, elle peine à se souvenir de leur nom et, lorsque celles-ci viennent la saluer, elle cache sa confusion, leur posant des questions générales afin de masquer son embarras. Accomplir les tâches simples de la vie quotidienne lui devient difficile. Elle me pose parfois des questions insensées et n'a plus aucun jugement. Elle se met aussi à confondre les choses. Elle range les pommes de terre dans le placard à souliers, découpe ses nouveaux vêtements pour les recoudre ensuite et oublie par moments que son mari est mort.

En août, elle ne quitte déjà plus la maison. Chaque après-midi, elle s'appuie sur moi et nous sortons sur la terrasse où nous restons longtemps assises à regarder la rue. Autrefois, elle faisait des commentaires sur les passants. À présent, elle fixe le vide d'un air absent, sans prononcer un mot. Ses traits, jadis si durs, s'affaissent. Les commissures de ses lèvres s'étirent vers le bas. Elle ne se ressemble plus. Son regard est désormais empreint de quelque chose que l'on pourrait prendre pour de la tendresse. Un après-midi, alors que nous sommes assises sur la terrasse, elle me demande :

« Est-ce qu'il viendra ?

— Qui ça ?

— Sigmund.

— Certainement. Il rentre toujours à Vienne à la fin du mois de septembre.

— Cette fois-ci, il faut qu'il arrive plus tôt. »

Tous les ans, Sigmund passe le début de l'été en Italie, en Grèce ou dans quelque station balnéaire. Puis il finit ses vacances dans la forêt viennoise, où il possède une petite maison qui sert de lieu de villégiature à toute la famille. Cet été de 1930, ma mère reste seule à Vienne avec moi. Ce sera le dernier été de sa vie. Elle est sans doute consciente qu'elle ne verra plus jamais ni les stations balnéaires ni la forêt viennoise. Elle mentionne souvent avec nostalgie les vacances d'autrefois. Elle se remémore des moments de la vie de ses petits-enfants et des détails de ses conversations avec Sigmund.

« Et toi, ces étés-là, tu es restée seule ici », conclut-elle toujours.

244

Un après-midi, j'aperçois une hirondelle morte sur le bord de la terrasse et je prends une boîte à chaussures pour la ramasser.

« Qu'est-ce que c'est ? me demande ma mère.

— Une hirondelle, dis-je en refermant le couvercle de la boîte.

— Tu vas la garder enfermée ?

— Elle est morte, je l'ai ramassée pour la jeter.

— Morte... Tu veux la jeter... », dit-elle en s'appuyant sur les accoudoirs de sa chaise comme si elle avait l'intention de se lever. Puis elle se retourne vers moi : « Sigmund viendra ?

— Il arrivera à la fin du mois de septembre.

— Cette fois, il sera en retard.

— Non, il reviendra, comme d'habitude. »

Chaque fois que Sigmund appelle, je lui dis que maman veut le voir. Elle-même entend mal et ne peut plus suivre une conversation téléphonique. Quand je parle avec Sigmund, elle me suit du regard, ce regard caractéristique qu'ont les vieilles personnes qui se sentent déjà exclues du monde des vivants. Un jour, à l'instant où j'ai fini de parler, elle me dit d'un ton autoritaire :

« Sortons. »

Je la prends par le bras et la conduis sur la terrasse. Elle s'assied, cramponnée aux accoudoirs de la chaise comme si elle avait peur de tomber. Tassée sur elle-même, presque anéantie, elle reste longtemps sans dire un mot. Puis, au bout d'un moment, elle brise le silence.

« Donc il ne viendra pas... »

Son ton est amer et elle se tasse encore davantage

sur sa chaise. La rue est déserte. L'air chaud vibre autour de nous, mais elle frissonne.

« Il n'a jamais fait aussi froid que maintenant. »

Jadis, à l'époque où j'étais à sa merci et qu'elle m'écrasait de paroles cruelles, je rêvais de l'instant où elle serait physiquement faible, où je pourrais lui faire subir tout ce qu'elle m'avait imposé, où je pourrais me venger. Maintenant qu'elle est impuissante, je pourrais, et je l'aurais fait s'il ne s'agissait que d'une faiblesse physique. Mais cette Amalia Freud qui, autrefois, tuait avec les mots n'existe plus. Je reconnais dans sa faiblesse quelque chose de la vulnérabilité de mon enfance. Toute parole d'inimitié que je pourrais adresser à cette créature en train de s'éteindre serait une attaque contre moi-même, contre le souvenir de l'enfant, de la jeune fille et de la femme que j'ai été.

Au début du mois de septembre, son état se déteriore, elle souffre de plus en plus. Une plaie mal soignée sur sa jambe dégénère en gangrène. Je dois changer son pansement tous les jours. Quand elle veut que je la sorte sur la terrasse, elle frappe le sol avec sa canne. Elle s'accroche à mon bras et nous nous asseyons pour regarder au-dehors.

« J'ai faim, me dit-elle, un jour.

— Tu as oublié que nous venons de déjeuner ?

— J'ai envie de la nourriture de mon enfance. J'ai envie de manger du pain. Que du pain. »

Je lui apporte du pain. Elle l'émiette et l'approche de sa bouche. Elle l'humecte de sa salive avant de l'avaler. Puis elle observe longuement les miettes sur ses genoux. Soudain, elle lève la tête.

« Regarde cet enfant qui vole.

— Ce n'est pas un enfant, c'est un ballon.

— Un ballon », répète-t-elle comme si elle ne reconnaissait pas le mot. Et elle ferme les yeux : « Je suis fatiguée de regarder. »

Ses mains, cramponnées aux accoudoirs de la chaise, se relâchent et sa tête tombe vers l'avant, on dirait qu'elle s'incline devant quelqu'un. Elle s'est endormie. C'est une chaude journée de septembre mais je sais qu'elle a froid. Je sais que ce froid la pousse à rêver de l'hiver et de la glace. Je sais également qu'elle rêve qu'elle a été abandonnée, qu'elle est seule et que la neige tombe sur elle. Je me lève pour aller chercher une couverture. Lorsque je reviens, des moineaux sont posés sur ses genoux et picorent les miettes de pain. Elle continue à dormir paisiblement. Peut-être les moineaux lui chantent-ils une berceuse dans son sommeil. Ils s'envolent à mon approche et je pose la couverture sur ses épaules.

Il fait déjà nuit à son réveil. Je l'aide doucement à se lever et la guide jusqu'à son lit.

« Reste avec moi cette nuit ! »

Cela fait trente ans que je suis rentrée à la maison. Durant ces années, nous nous sommes rapprochées l'une de l'autre. Et pourtant, quelque chose demeure entre nous de la haine d'autrefois, quelque chose qui m'empêche de me coucher à côté d'elle, du côté où dormait mon père jusqu'à sa mort.

J'approche le fauteuil de son lit.

« Je vais rester là. »

Nous passons la nuit l'une près de l'autre, sans parler. J'ai le sentiment qu'elle a bien des choses à me dire, mais elle se tait. Autour d'elle, pareilles à la lumière bleue qui irradie la lune vibrent des pensées et des sensations, mais aucune d'entre elles ne se mue en paroles. Alors que je contemple ma mère, je me dis que c'est sa dernière nuit. Je songe aux nuits tourmentées de ma jeunesse, à mon désespoir, à cette époque maudite où ma mère prenait un cruel plaisir à jeter du sel sur les plaies béantes de mon âme. Je rêvais alors d'une nuit comme celle-ci, sa dernière nuit. Combien de fois, durant les insomnies de ma jeunesse, j'ai ruminé une vengeance qui ne pourrait s'accomplir qu'à un moment comme celui-ci, le moment de son ultime impuissance devant la mort ! Et maintenant, j'observe cette Amalia qui n'a plus rien en commun avec celle d'autrefois, l'impuissance de cette femme en train de mourir me rappelle ma propre fragilité et je ne peux pas, ou plutôt, je ne veux pas réveiller en moi cette haine qu'elle a cependant toujours manifestée à mon égard. Si je réveillais cette cruauté en moi, je serais vraiment sa fille. Je l'observe et elle fait de même. Nul besoin de paroles, nous nous comprenons. Vers le matin, elle finit par s'endormir. Son sommeil, son dernier sommeil, est calme et bref. Avant de se réveiller, elle tend la main comme si elle cherchait quelqu'un. Elle ouvre les yeux. Je ne peux pas reconnaître son regard. On dirait que ce n'est pas moi qu'elle voit, mais une autre femme. Je prends sa main dans la mienne.

« Maman », me dit-elle.

Jamais personne ne m'a appelée ainsi. Comme ce mot résonne étrangement à mes oreilles et comme les temps s'entremêlent ! Car, soudain, un lointain souvenir me revient. Jadis, ma grand-mère voyait en elle sa propre mère et me prenait, moi, pour sa fille Amalia. Et voici que l'histoire se reproduit. « Maman ! » C'est le dernier mot que ses lèvres prononcent. Ses yeux se révulsent, elle laisse échapper un râle et de l'écume apparaît aux coins de sa bouche. J'appelle le médecin qui constate qu'il n'y a plus rien à faire. Assise à son chevet, je tiens sa main et écoute son râle. Aux alentours de midi, son étreinte se relâche. Je n'ai plus qu'à lui fermer les yeux. Sous la pluie fine de septembre, je sors sur la terrasse. Je rapporte à l'intérieur les deux chaises sur lesquelles nous avons passé tous nos après-midi d'été.

Des mois se sont écoulés depuis la mort de ma mère. Désormais, j'habite seule dans l'appartement familial et personne ne vient me rendre visite. Parfois, il m'arrive d'aller chez Rosa, du moins quand elle est à Vienne. Le dimanche, nous continuons à nous réunir chez Sigmund, mais lui ne vient plus jamais me voir. Une fois par mois, il me verse l'argent dont j'ai besoin pour vivre. La nuit, le silence me fait peur. Je néglige de plus en plus l'ordre quotidien. La poussière s'amasse sur le sol et sur les vitrines. Les toiles d'araignées envahissent les murs et les lustres. Je mange comme les chiens errants, à n'importe quel moment et n'importe où dans la maison. Je mords dans la nourriture, je mâche, j'avale. Les jours se confondent à présent les uns avec les autres. J'arpente les rues, le regard vrillé au sol, comme tous les êtres solitaires qui savent qu'ils n'ont plus leur place parmi les humains. J'ai remis les deux chaises sur la terrasse et j'ai pour habitude de m'y installer, comme autrefois. Cependant, au lieu de regarder vers la rue, je fixe la chaise vide à côté de moi. Le vent y apporte parfois une feuille morte ou un oiseau – un moineau, un corbeau ou un pigeon – qui s'y repose, aiguise son bec contre les accoudoirs en métal. Un matin d'hiver, je vois que la neige s'est déposée sur la chaise de ma mère, qu'elle a recouvert cette place vide.

Un jour, par un de ces froids après-midi d'hiver passés dans la solitude, le bruit de la sonnette me fait sursauter : j'ai si peu l'habitude de recevoir de la visite que j'en avais oublié son tintement. C'est Clara Klimt. Dix ans se sont écoulés depuis ma visite au Nid, en compagnie des petits Gustav.

« Tu me reconnais ? » demande-t-elle.

Bien sûr, même si la femme qui se tient devant moi et celle que je connaissais autrefois sont différentes. Entre ces deux êtres bée l'abîme qui sépare la berge de la folie de celle de la normalité. Ce n'est plus cette Clara avec qui je partageais ma chambre au Nid, cette Clara audacieuse que j'avais rencontrée bien des années auparavant, lorsque la vie nous souriait et se montrait pleine de promesses. Ce n'est pas non plus la Clara muette et immobile que j'ai vue il y a dix ans. La Clara qui se tient devant moi est passée définitivement sur la berge de la folie, même si aucun signe extérieur ne le laisse deviner, sauf, peut-être, un petit quelque chose qui a bougé dans sa mâchoire et une inquiétante étincelle qui illumine son regard.

« Oui je te reconnais », dis-je tandis qu'elle m'enlace.

Alors que nous nous installons dans le salon, je me met à tousser.

« Tu es malade ? »

Je ne sais pourquoi, je mens.

« Oui, ma santé est fragile.

— Je vais m'occuper de toi, dit-elle. Je vais m'occuper de toi et te soigner. Comme je l'ai fait pour mon frère lorsqu'il était malade. J'ai tout fait pour l'aider, pourtant, il est mort, malgré tout. Mais toi, tu ne mourras pas. Maintenant, je sais comment faire. Non, tu ne mourras pas. »

Je lui propose de partager mon dîner. Nous nous rendons dans la cuisine et, pendant que nous mangeons la soupe de légumes de la veille, elle me parle de nos connaissances du Nid qui ont continué d'y vivre. En finissant sa soupe, elle ajoute : « Je veux m'excuser.

— Pourquoi ?

— Parce que je ne t'ai pas parlé lorsque tu es venue me rendre visite. Je le voulais, mais je ne pouvais pas. Pardonne-moi.

— Tu ne m'as fait aucun mal. Tu n'as aucune raison de me présenter des excuses !

— Parfois, lorsque j'ai peur de m'endormir seule, il m'arrive, même maintenant, d'être tétanisée et de ne plus pouvoir parler. Alors on me sort de notre ancienne chambre. » Elle sourit comme on sourit en mentionnant le bon vieux temps. « Et on me porte dans l'une de ces chambres où on crie, on crie, on crie… On me reproche mon silence et on veut me punir avec les cris des autres. Alors je reste couchée avec la sensation que je suffoque. Je ne sais pas pourquoi : est-ce à cause des cris des autres ou de mon propre silence ? Et lorsque ces étouffements deviennent insupportables, je recommence à parler. Pas beaucoup, un mot ou deux, juste assez pour qu'un médecin ou un infirmier m'entende et me reconduise à notre vieille chambre. »

Elle se lève, ramasse les miettes de la table et les jette dehors.

« Pour les oiseaux, dit-elle en refermant la fenêtre. Gustav nourrissait toujours les oiseaux. »

Son visage s'éclaire.

« Tu te souviens de Gustav ?

— Comment aurais-je pu l'oublier ?

— Je m'en souviens moi aussi », dit-elle en se postant à la fenêtre. Des moineaux se sont rassemblés pour picorer les miettes.

Clara s'exprime rapidement, d'une voix monotone :

« Gustav court à travers les chambres. Gustav pisse derrière la maison. Gustav dessine au fusain sur les balustres. Gustav se masturbe. Gustav hurle sur ma mère lorsqu'elle me cogne la tête contre la table. Gustav me montre un dessin obscène. Gustav renverse son bol pendant que nous prenons notre petit déjeuner. Gustav meurt. Nous enterrons Gustav. »

Elle se tourne vers moi.

« Le Dr Goethe m'a dit que c'était il y a treize ans, dit-elle en hochant la tête avec défiance. C'est vrai que tant d'années se sont écoulées ? »

Je lui dis que c'est vrai.

« Le Dr Goethe est mort lui aussi. Le mois dernier. Tu te souviens lorsque... »

Et elle commence à me raconter en riant comment nous lui avions appris l'art du tricot.

Il fait déjà nuit, mais nous continuons à discuter. Toutes les phrases de Clara commencent par : « Tu te souviens... » Elle a besoin de se plonger dans le passé, comme si elle cherchait à rattraper quelque chose. Tout comme autrefois elle fuyait le présent pour rattraper l'avenir. Ses yeux se ferment de fatigue. Je lui propose de dormir dans mon lit. Moi, je me coucherai dans celui de mes parents. L'idée que je ne suis pas allée lui rendre visite pendant toutes ces années me ronge. La pensée lâche qu'elle m'a probablement déjà tout pardonné ne suffit pas à apaiser ma conscience. Elle doit se dire qu'elle a dû me décourager par son silence lors de ma dernière visite et que j'ai eu peur de revenir.

Il est déjà minuit passé lorsque j'entends la porte grincer et que je vois, avec surprise, Clara pénétrer dans ma chambre, un oreiller dans les bras.

« J'ai peur de dormir seule », murmure-t-elle et elle se laisse tomber sur le lit à côté de moi. Elle pose la tête sur l'oreiller qu'elle a apporté.

Je reste éveillée jusqu'au matin. Je me remémore tous les moments que nous avons passés ensemble et je ne peux m'empêcher d'imaginer ses nuits à elle. Je me sens plonger dans les ténèbres qui enveloppent les malheureux du Nid, ces ténèbres qui avalent ce qui ne peut être vu. J'écoute les cris qui déchirent le silence. Je songe à ceux que l'on enferme jusqu'à la fin de leurs jours, condamnés à partager leur folie avec celle des autres : une voix invoque des enfants imaginaires, une autre crie au feu, et des flammes inexistantes embrasent un corps qui se débat. Tant de voix différentes au milieu desquelles je ne reconnais pas celle de Clara Klimt. Clara est seule, Clara rêve de silence, Clara cherche un coin de ce monde où elle pourra poser sa tête et dormir. J'écoute le silence de Clara : elle respire, elle étouffe, elle sanglote. Je l'entends prier, mais à qui peut-elle adresser sa prière quand Dieu l'a abandonnée depuis si longtemps ? J'écoute ses pleurs, je l'entends suffoquer et soupirer tandis que la douleur oppresse sa poitrine. Qui est-elle ? Un écheveau d'interrogations. Un noyau qui enveloppe la seule et unique question : Pourquoi exister ? Tant que ce noyau enveloppe cette ultime pensée, elle est heureuse, elle vit, car la pensée toute nue, sans ce noyau qui l'enveloppe et lui donne une apparence humaine, serait insupportable. Elle lutte encore. Elle lutte contre les bruits qui l'assaillent. Mais ses efforts pour vaincre le brouhaha du monde finissent par l'exténuer. Les hurlements de la clinique psychiatrique ne sont plus pour elle des voix humaines mais une douleur tenace enracinée au plus profond de son être, la rage impuissante contre le destin. J'entends, dans l'obscurité de la chambre, cette rumeur folle qui l'habite et je m'attends à l'entendre crier dans son sommeil, répondre à ces voix qui la tourmentent, les voix qui l'empêchent de dormir et auxquelles elle s'est si bien accoutumée que, sans elles, les ténèbres lui glaceraient le sang. Mais, voici, elle dort calmement.

Le matin au réveil, elle m'embrasse. « Comme il est bon de dormir sur ton oreiller », me chuchote-t-elle à l'oreille.

Nous sommes allongées face à face sur le grand lit de mes parents. Clara a beaucoup de choses à me dire. Elle ne tarit pas d'éloges sur ses neveux, seul lien qui lui reste avec son frère. Les petits Gustav, qu'elle persiste à appeler « petits » même si ce sont maintenant des hommes, continuent à lui rendre visite au Nid. À présent leurs épouses et leurs enfants les accompagnent.

« Lorsqu'ils viennent avec leurs bambins, c'est comme si le monde entier était là. L'un commence tout juste à parler, l'autre fait ses dents, un autre est tombé et s'est égratigné le genou en jouant avec son cerf-volant. Nous passons nos après-midi à discuter au soleil. » Elle me raconte tout cela d'une voix monotone comme si elle récitait, puis, brusquement, elle se tourne vers moi et me dit sur un ton de confidence : « J'aimerais tellement que tu viennes de nouveau au Nid, que nous soyons ensemble dans notre chambre de jadis. » Elle prend ma main dans les siennes. « Maintenant, je dois m'en aller. Je retourne là-bas. Là est ma place. C'est ce que me disent les médecins lorsque je leur demande de me laisser sortir. Cette fois-ci, j'ai réussi à me sauver, mais, de toute façon, ma place est là-bas. C'est pour ça que j'y retourne. » Elle me parle tendrement en me caressant les cheveux. Je l'enlace.

« Je m'enfuirai de nouveau pour te rendre visite. » Elle souffle ces mots dans mon cou. Puis elle se lève et se dirige vers la porte. « Maintenant, j'y vais. » Sur le seuil, elle se retourne encore une fois. « Puis-je emporter ton oreiller avec moi ? » me demande-t-elle.

Un long temps s'écoule avant que je me décide à rendre visite à Clara. Lorsque j'entre dans sa chambre, la nôtre, elle est assise sur le lit, agrippée à l'oreiller.

« Allons dans le mouroir », me dit-elle aussitôt.

C'était la pièce où l'on transportait les patients du Nid pour lesquels il n'y avait plus d'espoir. Clara prend son oreiller sous le bras et m'entraîne par la main.

« Bonne Âme va bientôt nous quitter », m'apprend-elle alors que nous marchons dans le couloir.

Dans la chambre des mourants, ça sent toujours la mort.

« Voici Daniel », dit Clara en avançant vers un jeune homme que je connais. Tout en mâchonnant son drap, il tend une main vers nous. « Et voilà Helmut. » Cette fois, elle me montre un vieillard qui gît comme pétrifié. Je me souviens que Clara avait dit un jour, il y a fort longtemps de cela, que tous les êtres normaux sont normaux de la même manière et que chaque fou est fou à sa manière. Et alors que je me remémore ces paroles, une ancienne impression me revient à l'esprit, cette impression que dans la mort tous sont à la fois différents et semblables : tous se séparent de leur âme en expirant, mais chacun expire à sa façon.

Clara fait quelques pas vers un pauvre corps recroquevillé recouvert d'un drap.

« C'est Bonne Âme. »

J'avance vers la masse sombre couchée sur un

matelas au milieu de la pièce. Je relève le drap qui recouvre son visage. Bonne Âme, la tête tournée sur le côté, a le regard absent. Sa peau pend sur ses os comme un vêtement trop large. Ses lèvres sont tellement encroûtées qu'elle a du mal à articuler, mais elle ne cesse de marmonner des paroles visiblement adressées à Max. Seuls ses yeux sont encore vivants, cependant ils ont perdu leur éclat de jadis, de l'époque où nous nous sommes connues. À présent, ce sont les yeux de quelqu'un qui a tout vu, tout vécu, et pourtant s'acharne à vivre, ne fût-ce qu'un jour de plus. Les yeux d'une personne dévorée par le désir de regarder dans le vide, à la recherche de quelqu'un d'absent. J'absorbe la vie qui reste dans ces yeux si profondément enfoncés dans leurs orbites que les globes oculaires paraissent desséchés et rétrécis.

Comme elle n'a pas réagi à mon geste, je lui touche la main. Elle reste dans la même position figée, raidie, ses pupilles seules se tournent vers moi.

« Tu as besoin de quelque chose ? » me demande-t-elle.

Je hoche la tête. Je ne sais pas quoi dire et lui pose la seule question que je ne devrais pas lui poser.

« Comment te sens-tu ?

— Ne t'en fais pas, tout ira bien. »

Cette faible voix écorchée fait trembler quelque chose à l'intérieur de moi, ma poitrine se déchire.

« Tu te souviens de moi ?

— Oui, mais je ne connais plus ton nom. » Elle prend ma main et la pose sur sa poitrine, à l'endroit du cœur.

« Tu as besoin de quelque chose ? me demande-t-elle à nouveau.

— Non. Et toi ?

— Ne t'inquiète pas, tu verras, tout ira bien.

— Je sais, je sais que tout ira bien.

— Embrasse-moi », dit-elle en pressant ma main plus fortement sur son cœur, et c'est comme si elle touchait mon propre cœur. Ici, au Nid, nous nous accrochons à ce genre de paroles comme on s'accroche à la raison qui fuit ; et presque toujours la folie nous devance. « Embrasse-moi », répète Bonne Âme en fermant les yeux.

Je me penche et pose un baiser sur son front moite. « Maintenant, je dois partir, je lui dis.

— Si tu en éprouves le besoin, reviens, dit-elle en me suivant du regard pendant que je m'éloigne vers la porte.

— Je reviendrai.

— Et sois tranquille, de toute façon, tout ira bien. »

Bonne Âme parlera encore quelques jours dans le vide, avec le vide, elle demandera à ceux qui s'approcheront de sa couche dans la chambre des mourants s'ils ont besoin de quelque chose et leur dira que, de toute façon, tout ira bien.

Ce jour-là, après cette rencontre, je me répète les paroles de Bonne Âme : « Tu verras, tout ira bien. » Mais celles-ci pâlissent devant cette question : pourquoi devait-elle tant souffrir, elle qui n'a jamais fait de mal à personne ? Et elles ne m'apportent aucune consolation.

« Tout ira bien » – à présent, ces mots me reviennent sournoisement en un écho railleur. Elle est restée couchée là-bas, enveloppée dans son drap, pensant que le monde n'est pas seulement un immense chaos, que la vie n'est pas un processus de destruction où tout se brise dans un échec final. Il y a en elle cette obscure croyance en la vie, je l'ai sentie jusque dans l'usure de sa voix, jusque dans l'éclat muet de ses yeux. Pourtant ces mots me reviennent en un écho railleur.

Quelques jours plus tard, le pâle soleil de février commence à faire fondre la glace. Anna vient me rendre visite. Elle a maintenant trente-huit ans ; vingt ans auparavant elle a imploré son père de lui permettre de suivre des études de médecine. Or Sigmund, convaincu que les études ne sont pas faites pour les filles, lui a interdit, tout comme à ses sœurs, Mathilde et Sophie, de s'inscrire à l'université. Mais cette interdiction n'a eu pour effet que de la rapprocher davantage de son père. Elle déteste toutes les femmes qui gravitent autour de lui : en premier lieu sa tante Mina qui l'accompagne si souvent dans ses voyages, puis toutes ces grandes dames qui viennent dans son cabinet étudier la psychanalyse. Une seule d'entre elles, Lou Salomé, lui inspire une profonde amitié qui aurait peut-être pu se transformer en un grand amour passionné si Anna n'avait pas déjà voué son cœur à quelqu'un d'autre – son père. Sigmund dit souvent à ses filles : « Un homme intelligent n'ignore pas les qualités que doit posséder une femme : la douceur, la joie et la capacité de lui rendre la vie plus belle et plus facile. » Et chaque fois que je vois ma nièce avec cette femme mûre, je me dis qu'elle doit découvrir en elle ces qualités (même si aux yeux des autres Lou Salomé est tout sauf douce, joyeuse et capable de rendre la vie plus belle et plus facile). Peut-être pourrait-elle elle-même rendre la vie de Lou plus douce et plus facile si elle n'était pas accaparée par sa passion pour son père et par la certitude que le sens de son existence est assuré : elle sait qu'après sa mort elle aura à s'occuper de son œuvre. De son œuvre immortelle. Dès sa prime jeunesse, elle a décidé de dédier sa vie à son père ; son quotidien consiste à relire ce que le Dr Freud a écrit, à gérer ses consultations, à organiser ses voyages professionnels, à l'assister dans la cure de ses malades. Tantôt elle le traite comme un père, tantôt comme un mari, parfois comme un enfant, mais la plupart du temps comme un grand savant. Cependant sa vivacité et sa volubilité, sa noble idée de se sacrifier pour son illustre père, dissimulent un grand vide. Ayant fait d'Anna sa compagne, son interlocutrice, sa complice, sa confidente, Sigmund est responsable de ce vide. Il a transgressé avec elle la règle d'or qu'il a imposée à tous les psychanalystes : l'interdiction formelle de soigner les membres de leur famille (frères, sœurs, parents, enfants, etc.). Il a fait de sa fille une patiente en lui confiant ses secrets, ses désirs, ses rêves, ses fantasmes ; elle les brûle au lieu de les actualiser et de construire sa propre vie.

Ce matin d'hiver, lorsqu'elle me rend visite, Anna vient m'annoncer que Sigmund et elle ont prévu de séjourner dans une station balnéaire mais qu'ils ont d'abord l'intention de faire un saut à Venise. Mina, qui aurait dû partir avec eux, est tombée malade, et Anna me propose de faire le voyage à sa place. Je hoche la tête en souriant. Depuis longtemps mon désir de voir Venise s'est éteint. Ne subsistent que des souvenirs de promesses d'une époque révolue, lorsque Sigmund et moi projetions d'y vivre ensemble. À présent, après tant d'années, son invitation sonne comme une mauvaise plaisanterie.

Il est midi lorsque nous arrivons à Venise. Je ne regarde rien de ce que jadis j'avais eu tant envie de voir. Entre mes yeux et cette ville se dresse ce voile qui avec le temps devient toujours plus impénétrable et plus obscur, ce voile qui sépare les personnes âgées de tout ce qui les entoure et fait que même ce qui est à leur portée leur échappe comme un élément d'un autre monde, un monde dont ils sont coupés.

Mon frère propose que l'on fasse un tour en gondole.

« Non, je n'en ai pas envie.

— Quand nous étions jeunes, tu disais que ce serait la première chose que nous ferions en arrivant à Venise.

— C'est ce que je disais alors. »

Anna insiste pour faire une promenade sur l'eau. Sigmund propose que nous nous retrouvions place Saint-Marc. Je regarde Anna s'éloigner sur le canal. Elle agite la main et crie à son père qu'elle lui racontera l'excursion. Elle ne vit qu'à travers le regard de Sigmund, si bien que même une promenade en gondole n'a de sens pour elle que si elle lui en fait ensuite le récit.

Sigmund suggère que l'on aille entre-temps visiter le Palais ducal ou l'église San Lazzaro ou encore le musée Querini Stampalia. Je préférerais de mon côté que l'on rejoigne la place Saint-Marc le plus rapidement possible et qu'on l'attende là-bas.

« Tu ne veux donc rien voir ?

— Je ne peux plus rien voir.

— Tu parles comme si tu étais déjà morte.

— Non, je parle comme quelqu'un qui est entre la vie et la mort. Ni ici bas, ni de l'autre côté. Je crois que les choses qui appartiennent à ce que l'on définit comme la mort sont bien plus vivantes que celles que je vois maintenant. Quand je serai morte, il y aura plus de vie dans mon âme qu'aujourd'hui. Je suis à présent dans le passage entre les deux : ni morte ni vivante. »

Mon frère se passe la main sur le visage comme pour chasser des mouches. C'est ce qu'il fait toujours quand il considère que ce qui lui a été dit ne mérite pas de réponse.

Nous longeons les étroites ruelles et traversons les petits ponts ; je suis dans la ville de mes rêves, Venise, mais je marche tête baissée, le regard rivé au sol. Mon frère, même s'il chasse mes paroles de sa main, ne peut s'empêcher de manifester sa déception.

« Tu sais, il y a longtemps déjà, j'ai écrit que les religions sont nées de notre besoin de trouver une consolation. Une compensation pour toutes les souffrances que la vie nous inflige et pour tous les plaisirs qu'elle ne nous a pas donnés ; parce que la mort nous sépare de nos proches et de nous-mêmes et parce que c'est le néant qui nous attend après notre bref séjour sur terre. Eh bien, mon explication de l'origine de la croyance religieuse comme besoin de consolation survivra à n'importe quelle croyance religieuse.

— Et c'est là ta consolation ? L'idée que tu vivras éternellement à travers tes œuvres ? La certitude que tes idées sur l'interprétation des rêves, l'inconscient, la pulsion de vie et de mort seront éternellement évoquées ? Est-ce là ta façon de triompher de la mort ? »

Un chant retentit soudain sous le pont que nous traversons ; pour la première fois, je lève les yeux et je regarde en direction du canal où passe une gondole pleine de jeunes gens qui chantent. Je trébuche et je tombe. Sigmund se baisse et m'aide à me relever.

Je nettoie la poussière de mes vêtements et continue à marcher. Je boite un peu.

« Tu as mal à la jambe ? demande Sigmund.

— Un peu, au genou.

— Nous arrivons. La place est juste à l'angle. »

J'aperçois en premier la tour de l'horloge : il nous reste une heure avant le rendez-vous avec Anna.

« Entrons dans la basilique Saint-Marc, propose Sigmund.

— Pourquoi pas au musée Correr, il doit être dans le coin. Tu te souviens de ces deux toiles de Giovanni Bellini exposées à Vienne ? Elles venaient précisément de ce musée. Nous avons passé des heures à les regarder. »

Sigmund m'entraîne alors vers l'un des palais de la place. Nous en traversons les salles sans nous arrêter jusqu'à celle de Bellini. Il repère tout de suite la

Vierge à l'Enfant. De nouveau, après tant d'années, je retrouve la même tristesse sur le visage de Jésus.

« Voilà ce que les gens attendent de la religion – une protection parentale », constate Sigmund en indiquant le tableau.

Je répète : « Une protection… »

Sigmund y voit un signe de désapprobation.

« Exactement – une protection ! Ils attendent que la religion les protège comme leurs parents les ont protégés quand ils étaient enfants. La religion est un trésor d'idées, né du besoin de rendre supportable la détresse humaine, un trésor d'idées édifié grâce aux souvenirs de la détresse dans laquelle se trouvait l'homme dans sa propre enfance comme aux temps de l'enfance du genre humain. Il est aisé de voir que, grâce à ces acquisitions, l'homme se sent protégé de deux côtés : d'une part contre les dangers de la nature et du destin, d'autre part contre les dommages causés par la société humaine. »

Sigmund s'exalte de plus en plus.

« Tout cela revient à dire que la vie en ce monde sert un dessein supérieur, dessein dont la nature est certes difficile à cerner, mais qui implique, à coup sûr, le perfectionnement de l'être humain. La partie spirituelle de l'homme, l'âme, qui a tant de mal à se séparer du corps, sera probablement l'objet de cette exaltation. On voudrait nous faire croire que tout ce qui advient en ce monde est l'œuvre d'une intelligence supérieure à la nôtre, qui, par des voies et des détours impénétrables, arrange toutes choses au mieux, c'est-à-dire pour notre bien ! Sur chacun de nous veillerait une Providence bienveillante, qui n'est sévère qu'en apparence, une Providence qui voudrait que nous ne soyons pas le jouet des grandes forces de la vie, écrasantes et impitoyables. La mort elle-même ne serait pas l'anéantissement, le retour à l'inanimé, à l'inorganique. Elle serait le début d'une nouvelle sorte d'existence, une étape sur la route d'une plus haute évolution. Et les lois morales, sur lesquelles se sont édifiées nos civilisations, gouverneraient aussi l'univers, et une justice divine veillerait à leur observance avec incomparablement plus de force et de logique. On veut nous faire croire que le bien finit toujours par trouver sa récompense et le mal son châtiment ! Si ce n'est pas dans la vie sur terre, ce sera dans une quelconque existence ultérieure. Ainsi, toutes les souffrances et cruautés de la vie auraient un sens. »

Il tousse d'avoir tant parlé, mais il est incapable de s'arrêter.

« Faut-il croire en des idées aussi infantiles ? Faut-il se leurrer ainsi pour supporter plus facilement la vie ? N'existe-t-il pas une meilleure manière de se rapporter à sa propre existence ? Savoir que nous sommes relégués à nos propres forces, c'est déjà un point de départ plus sain. Au moins, nous apprendrons à les dépenser de la bonne manière. L'homme n'est pas impuissant. La science lui a enseigné déjà bien des choses et son intelligence ne cesse d'évoluer. Quant aux grandes lois du destin, il est contraint de s'y soumettre. Il doit apprendre à les accepter. N'attendant plus rien de la vie après la mort et concentrant toutes ses forces libérées à la vie terrestre, l'homme réussira à rendre la vie supportable pour tous. Et cela, c'est le but le plus élevé de l'humanité : que chaque homme puisse vivre une vie sans souffrance. »

Il se tourne vers moi, guettant ma réaction.

« Ce n'est qu'une utopie. Cela ne pourra jamais se réaliser.

— Est-ce une raison pour chercher une consolation dans des rêveries sur le prolongement de la vie après la mort ? Il faut se faire à l'idée que la mort n'est pas le passage d'une forme d'existence à une autre, mais une interruption de l'existence ; tout simplement, l'inexistence. La vie après la mort est une très mauvaise consolation – l'homme attend d'elle une compensation pour ses échecs. »

Je ne suis pas d'accord avec lui.

« Cela n'empêche pas que toi aussi, tu as peur de la mort, tout autant que ceux qui cherchent une consolation dans l'idée de l'immortalité !

— Mais je ne m'accroche pas à de faux espoirs pour désamorcer cette peur.

— L'indifférence avec laquelle tu parles de l'immortalité prouve que tu es convaincu de la tienne. »

Sigmund prend un air offusqué.

« Je ne comprends pas ce que tu veux dire.

— L'indifférence que tu prends pour parler de la fin de la vie laisse entendre que c'est là notre lot à tous à l'exception de toi. Il y a quelque chose d'arrogant dans le ton de ta voix qui indique clairement que tous sont mortels sauf toi.

— J'ai toujours rejeté l'idée de l'immortalité de l'âme. »

Il énonce cela comme si c'était un argument ultime. Mais je ne suis pas dupe.

« C'est parce que tu comptes sur une autre forme d'immortalité. Même celui qui ne croit pas en l'âme peut espérer malgré tout que quelque chose lui survivra, qu'il vaincra la mort avec ce qu'il a laissé à la postérité. Il peut s'agir aussi bien de sa descendance que de son œuvre. Les enfants, même s'ils perpétuent le sang de leurs parents, sont différents de leurs géniteurs. Ils sont parfois même leur négation, et cette annihilation est pire que la mort. Mais toi, mon cher frère, tu as choisi la voie la plus sûre : tu es convaincu que tu vas continuer à vivre à travers tes œuvres. L'humanité te lira et te relira, elle parlera de ce que tu as dit sur l'homme, sur l'importance de ses rêves, sur sa conscience et sur son inconscient, sur le totem et le tabou, sur le parricide et sur l'inceste, sur l'*eros* et le *thanatos*. Ce que tu attends de ta survie après la mort, c'est d'être le prophète des prophètes, non pas un de ceux qui disent ce qu'il adviendra de l'homme sur la terre et au-delà, mais de ceux qui parlent de ce qui se passe en l'homme à son insu et de ce que cette ignorance peut engendrer. Tu te nourris déjà de cette immortalité, tu es orgueilleux, voire présomptueux, tu n'as que du mépris pour nous autres, pauvres mortels. Seul celui qui croit à son immortalité peut parler avec une telle suffisance à ceux qu'il condamne à la mort la plus insignifiante.

— Qu'il en soit ainsi, dit mon frère. Mais tu m'accuses de vouloir chasser la peur de la mort en recourant à la croyance en l'immortalité de mes œuvres, et je ne vois pas le rapport que cela peut avoir avec la question de l'immortalité de l'âme.

— Je dirais, pour ma part, que la question n'est pas de savoir si quelque chose doit survivre après la mort, mais plutôt de savoir si notre existence ici bas manque de sens quand elle ne sert pas un but plus élevé. »

Tout en parlant, nous arpentons les pièces du musée, sans même regarder les tableaux qui y sont exposés.

« L'idée du sens de la vie n'est que le désir dissimulé d'un bonheur permanent, rétorque Sigmund. Ou, pour le dire de façon plus précise, le besoin de chercher un sens à la vie vient de l'incapacité de l'être humain à s'assurer un bonheur permanent. Ce que l'on appelle "bonheur", dans le sens le plus strict du terme, ce n'est que la satisfaction immédiate de besoins et, d'après sa nature, n'est possible que comme phénomène épisodique. Il est beaucoup moins difficile de faire l'expérience du malheur. »

Plus nous discutons, plus je m'obstine. Je me refuse à lui donner raison.

« Ta définition n'a rien à voir avec ce que l'homme ordinaire appelle le "bonheur". Elle présuppose déjà que la vie a un sens. Est-ce que tout le malheur de l'univers est le fruit de l'erreur et du hasard ? Et que dire de la nostalgie du temps passé ? Les pensées qui nous font vivre, les sentiments ? Où sont passés tous les gestes et tous les mots prononcés depuis la nuit des temps jusqu'à aujourd'hui ? S'ils doivent disparaître comme s'ils n'avaient jamais été, pourquoi avaient-ils besoin d'être ? À quoi bon toutes ces joies et tous ces désespoirs ? À quoi bon tous ces efforts, ces espérances et ces déceptions ? À quoi bon ces sages pensées et ces pensées ineptes ? À quoi bon la joie et la tristesse ? Et quelle différence entre les crimes et les bonnes actions ? Si le temps ne peut pas se conserver, si chaque instant n'est pas sauvé dans une forme quelconque, alors le temps est insensé. Ce qui arrive dans le temps, notre vie elle-même, ce qui est et ce qui sera, ne serait qu'absurdité. Le temps est-il pure et simple destruction qui débouche sur le néant, le néant qui avale tout ce qui a été et tout ce qui sera, Chronos qui dévore ses enfants ? N'existe-t-il pas une autre possibilité, la possibilité que la totalité du temps soit conservée quelque part dans un éternel présent, dans une autre dimension ? Que les temps disparates des humains se rencontrent quelque part dans une pulsation parallèle et synchrone, que tout ce qui a été et que tout ce qui un jour sera soit transporté et sauvé dans cette autre dimension ? Et ce n'est que là, dans la rencontre de toutes ces époques et de toutes ces existences, que toute chose trouverait son sens, un sens qui ne peut être qu'inaccessible à partir de l'existence éphémère qui est la nôtre. Ainsi, à travers des intersections innombrables, chaque geste, chaque mot, chaque sourire et chaque larme, chaque enthousiasme et chaque désespoir, aura sa justification et son sens ultime, même si ce sens nous échappe inéluctablement. Toute existence est peut-être une énigme qui sera déchiffrée à la fin des temps. »

Sigmund balaie mes arguments d'un geste de la main.

« Au lieu d'émettre des hypothèses vaseuses, il faut

se poser des questions plus modestes : que peut savoir l'homme du but de son existence ? En s'appuyant sur sa seule expérience, que peut-il demander à la vie, que peut-il vouloir atteindre ? La réponse est évidente, on ne peut pas se tromper : il aspire au bonheur. Et ceux qui se tourmentent le plus avec la question du sens de la vie sont ceux qui ont le plus échoué à atteindre ce bonheur. »

Soudain, je ne veux plus lutter contre Sigmund.

« Il en est certainement ainsi : seul celui qui est frustré du sens de la vie ici-bas, le sens quotidien, cherche un sens divin. Admettons qu'il s'agisse d'une consolation. Laissons-leur au moins cette consolation-là, à ceux qui luttent dans le quotidien avec le non-sens. Même si je sais qu'il y a là plus qu'une consolation. Dans le temps cosmique, tout est insensé puisque, un jour, tout finira et perdra son sens. Mais dans l'éternité tout retrouvera de nouveau son sens, un sens que nous ne pouvons comprendre tant que nous sommes ici... »

Sigmund s'arrête brusquement. Il répète ce geste de la main qu'il fait à chaque fois qu'il considère que ce qu'on lui dit ne mérite pas de réponse.

« Anna nous attend déjà », dit-il en coupant court à la conversation.

Nous sommes à nouveau devant la *Crucifixion*. Mon regard est une fois de plus capté par la toile. Je ne vois aucune espérance dans le visage du Christ qui n'est que douleur et résignation, ni dans celui de la mère qui exprime une horrible détresse. Il n'y a que résignation et détresse, tout comme sur l'autre toile, la *Vierge à l'Enfant*. Mais ici, la résignation s'accompagne de la souffrance infinie de celui qui expire. Et la Vierge qui se tient à côté de la Croix, les mains jointes, la tête baissée, le regard vide, les yeux enfoncés dans leurs orbites, n'exprime plus que le désespoir extrême d'une mère qui a perdu son fils.

« Allez », dit mon frère en m'entraînant vers la sortie.

Je n'ai qu'à obéir. Je marche, en claudiquant, appuyée sur son bras, la tête tournée vers le tableau.

Je passe le reste de notre séjour à Venise enfermée dans ma chambre d'hôtel. Anna et Sigmund insistent pour que je visite la ville avec eux, mais je refuse, prétextant une douleur au genou. Assise seule dans ma chambre, je rumine la conversation que j'ai eue avec mon frère. Je songe à ces sages paroles qu'il a prononcées devant les deux tableaux de Bellini : qu'il n'y a pas de but plus élevé pour l'homme que celui d'alléger les souffrances de son prochain. Tout homme devrait contribuer à la réalisation de cet idéal. Ce jour de février 1933 à Venise, Sigmund croit fermement en cet idéal. Cependant, des événements troublants se produisent en Europe. L'Allemagne a un nouveau leader et nos sœurs ont dû rentrer à Vienne. Lorsque ce nouveau chef envahira l'Autriche, mon frère s'exilera à Londres avec ceux et celles qu'il a décidé de sauver avec lui. Nous autres, ses sœurs, serons déportées dans des camps. Et ses paroles, selon lesquelles tout homme doit s'efforcer de souffrir le moins possible, me reviendront sans cesse comme une raillerie dans les moments de supplice que nous aurons à subir, mes sœurs et moi.

La veille de notre départ de Venise, alors qu'Anna et Sigmund sont sortis pour la journée, j'éprouve le désir de voir les tableaux de Bellini une dernière fois. Je rassemble tout mon courage pour sortir de l'hôtel et je me dirige, en boitant, vers la place Saint-Marc. En empruntant l'une des ruelles adjacentes, je tombe sur une foule de gens. Les années suivantes, je verrai souvent des foules semblables par la fenêtre de mon appartement de Vienne. Pour le moment, ce ne sont pas des hommes en uniforme mais des gens déguisés. C'est la période du carnaval de Venise. Je croise les créatures les plus étranges et les plus invraisemblables : des princesses et des mendiants, des empereurs et des esclaves, des arlequins et des clowns. Nous allons dans la même direction mais ils marchent plus vite que moi et je suis obligée de me plaquer contre le mur d'une maison pour ne pas me faire écraser. Au milieu de cette débauche de masques, de chapeaux et de plumes, j'aperçois un bouffon, vêtu d'un collant rose, d'une chemise bariolée et d'un bonnet à pompons. Obnubilée par cette figure, je me laisse bousculer par la foule et me retrouve par terre. Étalée sur le sol, les mains sur la tête pour me protéger, je suis prise dans un tourbillon de jambes pressées qui remuent autour de moi, j'entends des cris, des chansons et des rires. Lorsque la foule se disperse enfin, je me lève péniblement et je secoue la poussière de mes vêtements. Je ne quitte pas des yeux le cortège, qui se dirige vers la place Saint-Marc. Une femme est assise sur le trottoir. Elle tient un bébé dans ses bras et fait la quête. J'ai l'impression qu'elle me fait signe. Je lui réponds en agitant la main. Mais elle baisse le bras et je me rends compte qu'elle a dû se tromper, qu'elle a dû me prendre pour quelqu'un d'autre. Elle dénude son sein et commence à allaiter son enfant.

Ce roman comporte de nombreuses citations tirées des œuvres suivantes de Sigmund Freud : *Moïse et le monothéisme* (trad. Anne Berman, Gallimard, 1948), *Abrégé de psychanalyse* (trad. Anne Berman, PUF, 1949).

Il comporte également des citations tirées des œuvres suivantes : *Médée* d'Euripide (trad. Henri Berguin, Garnier Flammarion, 1966), *Des signes et des causes des maladies chroniques* d'Arétée de Cappadoce (trad. docteur M. L. Renaud, 1834), *Chimères* de Gérard de Nerval (Gallimard, La Pléiade, 1989), *Odes : À l'espérance* de Friedrich Hölderlin (trad. Robert Rovini, Gallimard, La Pléiade, 1967), *Le Monde comme volonté et comme représentation* d'Arthur Schopenhauer (trad. Auguste Burdeau, 1912, revue en juin 2009 aux PUF), *Ainsi parlait Zarathoustra* de Friedrich Nietzsche (trad. Henri Albert, Société du Mercure de France, 1898), *Par-delà le bien et le mal* de Friedrich Nietzsche (trad. Henri Albert, Société du Mercure de France, 1913), *Lettres à mon frère Théo* de Vincent Van Gogh (trad. Louis Roedlandt, Gallimard, 2005).

Remerciements

L'écriture de *La Liste de Freud* m'a pris sept ans et demi, sept ans et demi au cours desquels j'ai pu compter sur le soutien de nombreuses fondations : le Centre Bellagio et la fondation Rockfeller (Italie/ États-Unis) ; CEC Artslink (États-Unis) ; Central European Initiative (Italie) ; la résidence internationale pour écrivains au château de Lavigny/Fondation Ledig-Rowohlt (Suisse) ; Drustvo slovenskih pisateljev (Slovénie) ; la fondation pour la culture européenne (Pays-Bas) ; KulturKontakt (Autriche) ; Ledig House International Residency (États-Unis) ; Nederlands Letterenfonds (Pays-Bas). À toutes, j'exprime ma plus profonde gratitude.

Je remercie également Pierre Astier et Laure Pécher de l'agence Pierre Astier et Associés, grâce à eux et à leur soutien, mon livre s'est retrouvé entre les mains des meilleurs éditeurs.

GILBERT David
Les Normaux
Les Marchands de vanité

GUSTAFSSON Lars
La Mort d'un apiculteur

HAGEN George
La Famille Lament
Les Grandes Espérances
du jeune Bedlam

HODGKINSON Amanda
22 Britannia Road

HOMES A. M.
Mauvaise mère

HOSSEINI Khaled
Les Cerfs-Volants de Kaboul
Mille soleils splendides
Les Cerfs-Volants de Kaboul
(roman graphique)

JOHNSTON Jennifer
Petite musique des adieux
Ceci n'est pas un roman
De grâce et de vérité
Un Noël en famille

JONES Kaylie
Dépendances

JORDAN Hillary
Mississippi
Écarlate

KAMINER Wladimir
Voyage à Trulala

KANON Joseph
L'Ultime Trahison
L'Ami allemand
Alibi

KENNEDY Douglas
La Poursuite du bonheur
Rien ne va plus
Une relation dangereuse
L'homme qui voulait
vivre sa vie
Les Désarrois de Ned Allen
Les Charmes discrets
de la vie conjugale
Piège nuptial
La Femme du Ve
Quitter le monde
Cet instant-là

KLIMKO Hubert
La Maison de Róża
Berceuse pour un pendu
Les Toutes Premières Choses

KNEALE Matthew
Les Passagers anglais
Douce Tamise
Cauchemar nippon
Petits crimes
dans un âge d'abondance
Maman, ma sœur,
Hermann et moi

KOCH Herman
Le Dîner
Villa avec piscine

LAMB Wally
La Puissance des vaincus
Le Chagrin et la Grâce

LAW Benjamin
Les Lois de la famille

LAWSON Mary
Le Choix des Morrison
L'Autre Côté du pont

TSIOLKAS Christos
La Gifle
Jesus Man

ULINICH Anya
La Folle Équipée
de Sashenka Goldberg

UNSWORTH Barry
La Folie Nelson

VALLEJO Fernando
La Vierge des tueurs
Le Feu secret
La Rambla paralela
Carlitos qui êtes aux cieux

WARD Jesmyn
Bois Sauvage

WATSON Larry
Sonja à la fenêtre

WEBB Katherine
L'Héritage

WEISGARBER Ann
L'Histoire très ordinaire
de Rachel Dupree

WELLS Rebecca
Fleurs de Ya-Ya

WEST Dorothy
Le Mariage

WINGFIELD Jenny
Les Ailes de l'ange

WOLF Jack
Misericordia

ZHANG Xianliang
La mort est une habitude
La moitié de l'homme,
c'est la femme

ZWEIG Stefan
Le Monde d'hier.
Souvenirs d'un Européen

Composé par Nord Compo Multimédia
7, rue de Fives, 59650 Villeneuve-d'Ascq

Cet ouvrage a été imprimé en France par

FIRMIN-DIDOT

à Mesnil-sur-l'Estrée (Eure)
en août 2013

N° d'impression : 116159
Dépot légal : septembre 2013

BIBLIO RPL Ltée

6 - DEC. 2013